J'aime le Diable

Julie Bissiau

J'aime le Diable

Du grand amour à l'enfer de la violence conjugale

ÉDITIONS FRANCE LOISIRS

Pour la rédaction de cet ouvrage, Julie Bissiau a été aidée
par Anne Bleuzen.

Adresse du blog de l'auteur :
J'AIME LE DIABLE / TOUS AVEC JULIE
CONTRE LA VIOLENCE CONJUGALE

Édition du Club France Loisirs,
avec l'autorisation des Éditions K et B Éditeurs

Éditions France Loisirs,
123, boulevard de Grenelle, Paris
www.franceloisirs.com

ISBN : 978-2-298-02970-3

Il est impossible d'abandonner son rêve
tant qu'on ne se rend pas compte
que c'est lui qui nous abandonne…

Avant-propos

Ai-je le droit de tout raconter ? Même maintenant, avec le recul, je peine à penser que tout cela s'est réellement déroulé. J'ai du mal à croire que j'ai participé malgré moi à cette expérience tragique. Et j'ai encore du mal à réaliser que j'y ai survécu pour en témoigner ! J'ai décidé d'écrire. Ça fait du bien. Ça fait du mal. Je désire relater les faits et le cheminement de la violence conjugale, une violence bien particulière puisqu'elle se déploie sous le vernis de l'amour. Je veux aussi être fidèle à ce qui s'est passé. Je ne me contenterai pas de raconter, je désire expliquer l'inexplicable, avouer l'inavouable et nommer l'innommable. Aussi, pardon pour la douleur certaine que ressentiront mes proches, en particulier mon père, ma mère et mon frère. Pardon pour la souffrance passée et celle qui naîtra de ces lignes. Ce témoignage, « mon » témoignage, m'invite à lever le rideau sur un sujet encore tabou malgré sa médiatisation récente et sa réalité malheureuse. C'est un phénomène social obscur dont les gens préfèrent ne pas parler, qu'ils préfèrent ne pas voir, auquel ils préfèrent ne pas penser... Sans doute en ont-ils peur ou considèrent-ils que « ça » ne les concerne pas. Femme d'un grand médecin, maîtresse d'un célèbre avocat, copine d'un sympathique ouvrier, compagne d'un serveur plein d'humour : tout le monde peut pourtant être « aux prises »...

Je sais bien que des femmes ont souffert plus que moi et continuent de souffrir dans la terreur du lendemain, avec des enfants qui n'ont pas demandé à naître. Certaines n'ont jamais trouvé le courage de partir sans se retourner. D'autres n'ont plus les réserves nécessaires pour s'assumer sans leur gourou. D'autres encore... Les cas sont tellement nombreux, et chaque histoire si unique.

Cela fait douze ans que j'ai entamé cette phase vers... La conter me procure encore des frissons. Ma poitrine m'oppresse. Un élan fort me perturbe, un besoin de purgation, une injonction d'écriture quasi pulsionnelle. Ma narration est entrecoupée de temps plus ou moins importants de vide : mes pages restent blanches. Il m'est pénible de raviver une mémoire douloureuse, mais je dois être courageuse et aller au bout de mon entreprise. Une fois qu'elle sera terminée, je serai, dans une certaine mesure, soulagée de ce fardeau. Quel titre pourrait traduire mon expérience ? Serait-il plus approprié d'écrire « Je hais mon Prince charmant » ? Non, j'opte pour mon premier choix : *J'aime le Diable.* Je préfère exprimer un amour plutôt qu'une haine, même si cela m'engage à parler du Diable.

1

Stop. Un regard et je fus touchée. Mon cœur s'emballa, mes jambes chancelèrent et je crus bien que j'allais défaillir. Souffle coupé. Cette sensation était d'autant plus incroyable qu'elle m'était inconnue. Il m'avait volée en une seconde, sans le faire exprès et sans s'en rendre compte. Je ressentais une vague de bonheur monter en moi. J'en étais tout étourdie. Je ne savais rien de lui et pourtant… Était-ce le coup de foudre ? En tout cas, ça y ressemblait. Poussée excitante et fulgurante, je l'aimais sans même connaître son nom.

« Un jour, je me marierai avec lui », affirmai-je avec la plus grande sincérité. Cette phrase résonne encore dans ma tête, douze ans après. Jessica, surprise, me regarda du coin de l'œil et se tut. Puis le silence fit place au chahut des allées et venues : il n'y avait que moi et lui, cet élève mystérieux qui occupait déjà mon esprit. Le cœur « gonflé », les yeux trahissant sûrement mes palpitations, je repris le pas et passai près de lui. Pas le choix, j'étais dans un couloir de lycée… Il ne me vit pas. J'étais transparente à ses yeux. Il dégageait quelque chose d'unique et de si particulier. J'étais irrémédiablement attirée par ce mélange de mystère et de charisme. Alchimie secrète… Cupidon était là et m'avait transpercée de sa flèche. Stop. Un regard et je fus touchée.

Déjà, nulle autre comme moi n'avait envie et besoin de lui. Cupidon, les yeux bandés, avait lancé ses flèches au hasard. Quelle flèche s'était si subitement plantée en moi ? Peut-être une flèche :

— en or : un coup de foudre heureux !

— en plomb : une illusion malheureuse !

— en bois : une pulsion sans retour !

Cible première : le cœur, mais tout mon être en était passionnément touché !

J'étais prête à tout pour l'attirer dans mes filets. Un regard, trois mots échangés et j'étais sur mon nuage... un cumulus rosé niché au plus haut du ciel. Mon attirance était disproportionnée, il n'y avait plus aucune mesure dans ce lien invisible qui m'attachait à lui. Le matin, un « bonjour » et il déposait ses lèvres sur ma joue : c'était mon cadeau réveille-matin. Objectif : la conquête de son cœur. Et j'allais m'y donner corps et âme ! Le hasard faisait bien les choses : il était là. Mieux encore, nous avions l'option latin en commun. C'était déjà ça : une possibilité de le voir régulièrement et peut-être même de lui parler, de le connaître. Il était si beau et dégageait ce je-ne-sais-quoi qui me faisait vibrer. C'était sûr, il n'était pas comme les autres ! Bien entendu, il ne remarqua absolument pas ma présence. Son indifférence me permit, à merveille, de l'admirer de la place stratégique que j'occupais dans la salle de cours. Les semaines passaient et je n'attendais qu'une chose : le cours de latin. Allais-je oser lui adresser la parole ?

J'aimais les mains des hommes et cet homme avait les plus belles mains que j'avais jamais vues... Symbole de la caresse, de la minutie... J'adorais ses mains ! Est-ce qu'elles me câlineront un jour ?

J'étais en seconde et je découvrais la vie du lycée. C'était totalement différent du collège. J'avais l'impression d'être en entreprise, vu la taille du bâtiment, le brassage humain et le rythme des journées. Le slogan du lycée était le suivant : « La passion de l'excellence ». Une telle ambition imposait un emploi du temps chargé et des exigences importantes de la part des professeurs. Déterminée, je m'investissais. J'avais des projets plein la tête. Je n'étais pas une excellente élève, mais mon courage et mon envie d'aller à l'université me motivaient pour passer dans la classe supérieure.

Feel my love ! Si cela s'était fait, je lui aurais offert une rose...

On dit que l'adolescence est une période difficile à vivre. Dans cette transition entre l'enfance et l'âge adulte, la crise et la révolte marquent souvent les relations entre « ceux qui sont en mutation » et le monde des adultes, surtout les parents. Pour moi, c'était une période riche et synonyme d'épanouissement dans tous les domaines... sauf un ! Ma quête d'identité n'entraînait aucune rébellion vis-à-vis de mes parents qui m'apprenaient à prendre ma vie en main et m'orientaient vers les bonnes décisions. Nous avions d'excellentes relations. Ils étaient tous les deux enseignants et le contact permanent avec des jeunes leur donnait du dynamisme et un esprit ouvert. Mon frère : un second moi... Je l'adorais. Des grands-parents formidables. J'évoluais donc dans un milieu familial tout à fait stable et sain : amour, écoute, disponibilité, respect. Par ailleurs, j'avais plein d'amis avec lesquels toutes les occasions étaient bonnes pour faire la fête. J'aimais la vie et la mordais à pleines dents. Je m'amusais d'un rien, je dansais jusqu'au matin. J'allais à droite, à gauche, je vivais à cent à l'heure. Ça n'arrêtait pas. Que c'était bon, l'hyperactivité ! La seule ombre au tableau était mon embonpoint. J'étais une jolie fille, mais quelques kilos superflus me contrariaient grandement. Ce n'était pas ma faute : j'avais dû prendre un traitement médical qui ne m'avait pas convenu. Difficiles à faire partir, ils me collaient à la peau. Cependant, mon énergie et ma spontanéité me donnaient une joie de vivre que rien ne pouvait atteindre. J'étais si bien, je n'aurais désiré changer de vie pour rien au monde.

Je me présente : Miss sourire et fiesta !

Durant ces années de lycée, nous devînmes copains. De « simples » copains, avec tout de même deux flirts, mais qui n'avaient pas duré. J'avais pris ce qu'il avait bien voulu me donner, sans illusions... J'avais appris à le connaître mieux. Ce n'était pas un garçon simple. Il tenait tête aux professeurs qui le jugeaient mal. Un caractère de chien : oui, sans aucun doute, mais je ne voulais pas d'une pâte molle ! En première, il sortait avec une très jolie fille de sa classe. Je ne voyais jamais l'un sans l'autre, ils étaient comme collés. Elle était très sophistiquée, féminine et sympathique. Leur relation était enviée par tous les élèves du lycée... Cette fille avait tout pour elle. Je l'enviais moi aussi, je la jalousais, même. J'étais contente pour eux – ils avaient l'air heureux – et je m'autorisais à l'aimer de loin, toujours avec ce même regard enthousiasmé. Je le touchais presque de mes prunelles caressantes. J'étais électrisée. Oui, j'admirais sa plastique et sa carrure, et il le savait bien. Mes attentions délicates ne pouvaient que me trahir. Je l'aimais, tout le monde le savait. Certains professeurs s'amusaient d'ailleurs de quelques remarques, mais je m'en fichais. Je n'avais rien à cacher.

Mon projet de vie, c'était Michael. Je savais ce que je voulais dans ma vie : lui ! Je le voulais. Je le désirais. Je mettais toute ma force de caractère, toute ma détermination, toute mon énergie pour être sa copine, fidèle et attentionnée. Mon projet de vie, c'était lui et lui seul ! Pour exister, il faut vivre sa passion. J'étais convaincue que, pour mon bien-être, je ne devais pas réprimer ces pulsions. Plathotep affirme : « Suis ton cœur pour que ton visage brille durant le temps de ta vie. »

Malgré un investissement tout à fait relatif, Michael obtenait des résultats plus qu'honorables. Le tableau fut complet lorsque j'appris qu'il était champion de France de water-polo. Que penser ?

Cet homme était parfait ! Il était mon Prince charmant. Haschich et herbe semblaient être ses seules déviances. Je n'irais pas jusqu'à dire que je m'en réjouissais, mais ce côté « bad boy » ne faisait qu'émoustiller davantage ma curiosité. C'était mon Docteur Désir ! Et il avait aussi ce petit côté tristounet qui attendrit toutes les filles. Comme j'aurais aimé le consoler... Passer ma vie à ne faire que cela, s'il le fallait !

Ma passion était un trouble, une force qui me submergeait et me tourmentait. Je ne pouvais m'y opposer ! Obsession sans solution. Il faisait tourner les têtes et moi, j'étais là, et il ne me voyait même pas... Je fermais les yeux et souriais, rêvant à la chaleur de ses bras protecteurs. Sans doute n'aurais-je pas été aussi éblouie sans cette cohorte de filles aux yeux de biche en sa présence. Lorsque Michael entrait dans une pièce, on le regardait...

Comment faire pour qu'il me remarque ? Je donnais dans la démesure, jusqu'à sortir avec quelqu'un pour éveiller une once de jalousie, susciter une risible envie... Rien ne fonctionnait. Il était avec cette superbe fille et focalisait toutes ses attentions sur elle. Son comportement vis-à-vis d'elle semblait unique. Il était si impliqué, à l'âge où peu de garçons s'engagent dans une relation amoureuse, si spécial aussi... Spécial ?

J'aimais la marginalité, j'aimais les gens à part. J'étais irrémédiablement attirée par tout ce qui sortait de la norme, du moule qui faisait de nous des « moutons », sans doute parce que j'en étais un moi-même. Je considérais que ce qui faisait une page, c'était sa marge ! J'aimais chercher, découvrir la magie, l'imprévisible, l'inexplicable. Je me méfiais d'une routine aliénante, d'une lecture trop simple de la vie et des gens, d'une robotisation qui empêchait de penser. Ce n'était pas tant que j'appréciais la difficulté ou les problèmes, mais je voulais la surprise, une vie à part, une vie d'exception... Sans doute était-ce prétentieux de ma part ? Non, c'était mon ambition, une envie qui pouvait se transformer en choix de vie !

De mon côté, je menais une belle vie avec parfois une rencontre, une amourette sans engagement. Je vivais ma jeunesse et cela en faisait partie, mais voilà : l'élu de mon cœur en préférait une autre. Après le bac, nos chemins universitaires divergèrent et je le perdis de vue, à ma grande tristesse. Il partit en médecine, moi en fac de sport. J'avais la nostalgie de ses beaux yeux vert-jaune. Notre amitié toute relative ne me permettait pas de garder le contact, mais je connaissais quelqu'un de sa promo et ne pouvais m'empêcher de prendre de ses nouvelles. Je voulais savoir ce qu'il devenait. Était-il célibataire ? Non, mais ce n'était plus la même. Deux années d'union, puis la désunion... Son union avec « la nouvelle » dura aussi deux ans, mais je ne pus jamais mettre de visage sur la deuxième fille qui compta dans sa vie.

Je m'épanouissais totalement dans la branche universitaire que j'avais choisie : sport le matin, théorie l'après-midi et fiesta le soir ! Tout allait bien, excepté cet embonpoint malheureux. Cette fois, ça suffisait ! J'en avais ras-le-bol de me peser à chaque instant, de surveiller les calories sur chaque produit, de courir sans plaisir. Je m'admirais dans le miroir le matin et me critiquais en fin de journée. J'étais très inconstante dans l'image que j'avais de mon propre corps. Une chose était sûre, il suffisait de cette obsession mais elle me suivait partout. Sans doute Michael ne voulait-il pas de moi à cause de cela !

Paradoxe : je n'aimais pas mon ventre mais je le caressais sans cesse. Il pouvait accueillir un enfant. Il serait bien confortable ! Un futur cocon. J'étais cinglée de penser cela, mais c'était la fibre maternelle qui se tissait. Pour l'instant, cette idée n'était que désir ! Michael papa… Je rêvassais alors qu'il ne sortait même pas avec moi. La plus belle image du monde : la femme enceinte. J'avais espoir, qu'un jour, je sois le plus beau tableau de l'univers ! Je « portais » déjà mon fœtus avant qu'il ne soit conçu. Il était tellement pensé. Pour moi, un ventre plat était un ventre stérile.

Contrairement au lycée, j'étais major de promo sans efforts. Je travaillais un peu et cela semblait suffire. Surtout, les matières me parlaient beaucoup plus et je comprenais avec autant d'intérêt que de facilité. Je « m'éclatais » sur les bancs de la fac et mon aisance me permettait de profiter de mes soirées et de mes nuits. J'étais aussi professeur de karaté. J'avais commencé vers l'âge de 16 ans, en tant qu'assistante. Peu à peu, j'avais pris les rênes de mon propre club et gérais une bonne soixantaine d'élèves, à raison de quatre à huit heures par semaine. J'avais arrêté la compétition, où j'avais eu de bons résultats. Mais il fallait faire un choix ; je n'avais plus assez de temps pour tout mener de front.

Je croyais être forte et protégée dans la vie...

Je cherchais un compagnon de vie mais mon cœur n'oubliait pas ce bel adolescent. Je continuais de fantasmer... Par une belle journée de septembre, peu avant ma troisième rentrée universitaire, je sortis faire des courses. C'était un banal mercredi après-midi. Brutalement, je sentis mon cœur s'emballer sans raison. Tachycardie. Cette réaction étonnante me prédisait que quelque chose allait arriver, mais quoi ? Je descendis timidement les escaliers avec cette sensation si intense qu'elle en devenait étrange. Le cœur serré, je ne savais pas pourquoi... Marche par marche, l'émotion s'intensifiait. Une impression que... Je me retournai ; une ombre semblait me pister. Quelques pas encore et...

« Bonjour ! »

C'était Michael. Ses fossettes se dessinaient sur son visage souriant. Nous discutâmes peu de temps, mais cela suffit à faire rejaillir des sentiments extrêmes, que je n'avais jamais pu ni voulu évincer. De retour à la maison, je m'allongeai sur mon lit et rêvai... rêvai... rêvai de ce doux Prince charmant.

Petite fille, je croyais aux contes de fées et à toutes ces belles histoires de Prince charmant ! Je croyais au destin, aussi...

Il avait toujours ses yeux d'un vert-jaune splendide, une stature à faire mourir et un mystère déboussolant. Une aura naturelle et une si grande prestance... Charisme : j'appelais cela « avoir de la résonance ». J'étais encore troublée, cinq ans après ma première pulsion. Quel dommage de ne pouvoir le toucher, lui dire que... Par un pur hasard, je le revis le lendemain. Par un pur hasard, je le revis le surlendemain... Signes du destin ! Il me demanda mon numéro de téléphone et je crois que je ne pus contrôler ma joie. Sourire aux lèvres, j'espérais tant qu'il m'appelle un jour.

Je continuais de déplorer mon embonpoint et voilà Michael qui revenait. Il fallait que je sois à la hauteur. Je devais me réconcilier avec mon corps et l'affiner. Je savais que tout se passait dans ma tête. Je me faisais beaucoup draguer, c'est vrai... Rien à changer à mon visage, mais je voulais mincir, ne plus être obsédée de la sorte. Je me rendis dans un centre d'amaigrissement du centre-ville. Les esthéticiennes furent sceptiques quant à ma démarche, mais je ne pouvais pas faire plus de sport que je n'en faisais déjà. Il ne me restait que cette solution. Bilan : 25 séances, 800 euros et 1,5 kilo en moins seulement...

Michael et moi nous voyions désormais très souvent, parfois avec nos copains respectifs, tantôt avec davantage d'intimité. L'espoir devenait réalité. Un jour, alors que nous nous promenions en ville, nous nous hasardâmes à parler de nos vies respectives. Café à la main dans le coin de la salle d'un bar branché, il se confia à moi. Je devins, au fil du temps, sa confidente, son amie. Il avait eu des soucis avec ses ex-copines, n'avait pas évolué dans un cocon familial idéal, accumulait les problèmes financiers. Ses divers soucis l'avaient conduit à l'échec scolaire et il avait été contraint d'arrêter le sport à haut niveau. Pas de voiture, pas de téléphone, pas d'argent, pas de couverture médicale... Il lui manquait tant de choses pour une vie épanouie. Il refusait pourtant que je lui serve de chauffeur, alors il se déplaçait à pied ou en bus, pour quelques moments partagés. Il ne désirait ni m'encombrer ni me déranger. J'aurais pourtant été ravie qu'il m'embête ! J'étais si contente qu'il se livre à moi. J'aurais tant aimé l'aider. Sa vie n'était pas aussi rose que je l'avais imaginé. Il paraissait même très malheureux, ce qui le rendait encore plus craquant.

Oui, il avait l'air si malheureux... Qu'il vienne avec moi, je lui parlerai d'amour à volonté ! Je ne désirais que son bonheur. Je voulais faire de cet homme le plus heureux de la terre. S'il était devenu « mien », j'aurais été moi aussi la plus heureuse de cette terre. C'était une question d'équilibre, d'échange, de réciprocité.

Chaque jour nous rapprochait un peu plus – je n'osais y croire. Un soir, c'était un 8 décembre, il prit délicatement mon visage entre ses mains et posa ses lèvres contre les miennes. Ma bouche ne s'entrouvrit qu'un peu pour connaître ses intentions. Sa langue vint me titiller. Quel délicieux mélange ! Tous mes sens étaient en éveil. J'ouvris les yeux pour vérifier que c'était bien réel ! Je me retenais pour être le moins « poulpe » possible.

Je profitais de cet instant comme s'il pouvait m'échapper à tout moment. Non, ne t'en va pas ! Je suis si bien ! À son contact, je frissonnais, je vibrais. J'étais au Paradis :

« Reste encore un peu... C'est si rare d'être amoureux... Laisse-moi profiter de toi... »

Un vent d'amour me faisait perdre la tête. Il m'avait appelée « chérie » et j'avais cru m'évanouir. Il ne s'en était pas même rendu compte, mais je peux vous affirmer que mon oreille ne l'oubliera jamais. Ce « chérie » était superbe... sacré... sacralisé... déifié... et je l'avais entendu comme une grâce !

« Je t'aime plus que tu ne crois et plus que je ne le croyais aussi... Je sais que cela fait très longtemps que tu m'attends. Je n'étais pas prêt pour une relation sérieuse. Aujourd'hui, je le suis. »

Mon émotion m'empêchait de parler, mais mon visage me trahissait ! Comme si une pendule s'était arrêtée, j'avais attrapé ses mots comme des bouchées magiques et inoubliables, surnaturelles.

Nos « Je t'aime » avaient quelque chose de profond, de haut, de large et qui en disait long... Quelque chose d'énorme et d'indestructible. Quelque chose de si vrai, qui ne pourrait jamais mourir ! Une autre dimension, égoïste, que seuls « nous »pouvions atteindre.

Moments magiques, j'avais tout ce qu'il fallait dans ma vie. J'étais épanouie et j'avais enfin l'homme que j'aimais par-dessus tout. À mesure que le temps passait, mes sentiments grandissaient. L'amour naissait dans ses yeux. J'étais « sa » compagne et j'en étais fière. J'adorais me promener aux côtés de ce bel étalon qui faisait tourner les têtes des filles. J'annonçais notre union haut et fort à qui voulait bien l'entendre : « Je suis avec lui... Enfin ! »

Mes amis étaient heureux pour moi, car ils savaient toute la place qu'il tenait dans mon cœur. Certains me disaient de me méfier. Me méfier ? Je ne comprenais pas très bien et passais à autre chose, très vite. Qui voulait perturber ce bien-être, cette magie qui m'éclairait, et pourquoi ? Ils ne m'en dirent pas davantage. Quant à moi, rien ne pouvait troubler la pureté de mes sentiments ni mon bonheur. Mon nuage rose s'élevait toujours plus haut vers l'infiniment bleu...

2

Comment vivais-je hier, avant ça ? Si on mesurait la richesse d'une personne à sa capacité à être aimée, cet homme était un milliardaire. Ce que je ressentais était si fort, si puissant et si vital… Je respirais l'air qu'il expirait. Il envoûtait mon esprit. Qu'est-ce qu'il m'arrivait ? Étais-je soumise ?

Peu après nos premiers baisers, il sembla contrarié. Quelque chose le chagrinait. J'étais aux petits soins et attendais patiemment de voir réapparaître son sourire angélique et ses yeux amoureux de la veille. Ses fossettes illuminaient tant la beauté de son visage. Il continuait de me regarder tristement et j'avoue ne pas avoir su comment y réagir. Attendait-il quelque chose de moi ? Voulait-il me dire quelque chose sans y parvenir ? Il me prit dans ses bras et me serra fort :

« Ne reste pas avec moi ! » me chuchota-t-il avec la plus douce des voix inquiètes.

Troublée, je relevai lentement la tête, enfouie dans son épaule. Je le regardai, la larme à l'œil, apeurée.

« Quoi ?

— Ne reste pas avec moi ! » reprit-il en replaçant délicatement ma tête contre son torse.

Je lui adressai un regard plein d'amour et de confusion.

« Mais… Je suis…, m'aventurai-je à répondre, perturbée.

— Écoute. Sauve-toi avant que je te fasse du mal. Si tu restes avec moi, je vais te démolir. »

Sa bouche tremblait. Après un temps, il ajouta, l'air perdu :

« Je suis un psychopathe… J'ai frappé mes autres copines… Tu es une fille si gentille. Je sais que je te ferai du mal. Pars. Sauve-toi avant que… »

Il conclut sur ces mots tout en me massant le dos, posant son souffle sur mon cou. Larmes perlées de ses paupières…

Piquée au plus profond de mon cœur. Au-delà de ses révélations perturbantes, une seule chose me faisait peur : l'idée de le perdre. J'avais enfin connu ses bras et je ne voulais résolument pas en partir.

« Je m'en fous, de ce que tu es. Moi, je ne te ferai jamais de mal. Je t'aime. Tu es *Michael*, est-ce que tu sais ce que ça représente pour moi ? »

Je me blottis au plus près de son corps et l'enlaçai très fort. Il me retourna ce sincère câlin. Nous restâmes ainsi, l'un contre l'autre. Je lui aurais jeté des sorts pour qu'il reste encore là, comme ça, simplement contre moi. Je voulais continuer à sentir son souffle sur mon cou.

Michael… Ce prénom, son prénom, était un régal à lui seul. Notre expérience déchirante me condamnera pourtant à le débaptiser.

En quelques semaines à peine, nous vivions ensemble, chez son père ou chez mes parents. Son mètre quatre-vingt-sept lui donnait mal au dos à force de dormir sur un matelas en mousse. C'était très inconfortable, mais la chaleur humaine était telle que nous ne pouvions nous désunir. Impossible pour tous les deux de dormir en solitaire... C'était la fusion. Cette relation était unique. Moi qui étais si habituée à l'indépendance, je ne faisais plus rien sans lui. Et surtout, il ne faisait plus rien sans moi ! Il semblait même plus amoureux que moi, à en juger par son implication, ses appels, ses allées et venues multiples, même pour quelques minutes... Nous avions attendu un temps respectable pour faire ce qu'il y a de plus beau : l'amour ! Je regrettais de ne pas lui avoir offert ma virginité. Nous avions 21 ans. Si j'avais su, je me serais réservée. Au regard des sentiments, c'était ma « vraie première fois ». Souvenir impérissable ; il était si câlin et si doux. Je découvrais son corps et ce qu'était l'amour physique et spirituel. Les choses étaient arrivées avec un naturel et une confiance merveilleux.

« Aime-moi ! Entre en moi ! » lui avais-je soupiré.

Rien n'est plus beau que de donner son corps et son cœur à la personne qu'on aimera pour toujours ! Jeux sexuels, découverte du corps de l'autre, initiations coquines, idées farfelues, contacts forts, brouillage des rôles, désirs physiques... Tant de plaisirs jusque-là inconnus ! Jeux érotiques ou jeux pornographiques ? Il bandait comme un taureau et je mouillais comme une...

Il y avait de l'animalité dans nos échanges, de la bestialité dans nos rapports et une si grande complicité. Tant de romantisme et de chaleur aussi... Il prenait le temps de satisfaire mes désirs les plus canailles, d'échanger... Je découvris l'orgasme, la jouissance, le don de soi et de l'autre. Je le désirais et le dévorais. Ce n'était plus de l'amour mais de la sublimation, de la passion, de l'adoration ! C'était plus fort que moi, je ne pouvais me contenir. Vers lui, mes désirs partaient sans peur ni retenue. Je n'avais pas de souhait à formuler. Tout ce que je désirais, c'était que demain soit un autre aujourd'hui... Notre union était une exception !

Il était, à cette époque, en première année d'informatique. Ce cursus en contrat d'alternance semblait lui convenir : une semaine de cours, une semaine de stage. Il ne lui restait plus qu'à trouver une entreprise prête à l'accueillir, ce qu'il parvint à faire avec l'aide de son père. Après deux années d'échec pour école buissonnière, il me disait reprendre goût aux études et s'investir grâce à mon aide. Il avait l'ambition nouvelle de faire quelque chose de sa vie. Une vie à deux !

« C'est grâce à toi si je veux me construire. J'ai des projets, maintenant, et je veux réussir ma vie », me confessait-il.

Il consommait malheureusement de plus en plus « d'herbe bleue » et ne parvenait pas à trouver le sommeil sans sa dose quotidienne. J'étais très peinée de cette déviance qui virait à la dépendance incontrôlable. Je n'arrivais pas à lui faire entendre raison sur les mauvais effets de ce qui se révélait être une réelle « saloperie ». Un joint entre amis ne me dérangeait nullement. Le problème était que l'envie d'un shoot occasionnel avait laissé place à un besoin qui le rongeait s'il ne pouvait le satisfaire. Michael était un drogué et je devais m'y résoudre et l'accepter. À chacun ses défauts ! Parfois, sous mon impulsion, il essayait de ralentir, voire d'arrêter, mais toute tentative se soldait par un échec et le relançait de plus belle.

Pour ma part, j'entrai dans une phase de ras-le-bol terrible de la fac. Nos situations s'inversaient : lui reprenait ses études, moi je les délaissais... Je décidai de lever le pied pour une année, de trouver un job et de reprendre plus assidûment à la rentrée suivante. Mes parents n'apprécièrent pas du tout mon choix, persuadés que je serais incapable de reprendre mes études après cette « pause » jugée irresponsable. Mais j'avais été franche, et c'était à moi d'assumer ma décision.

Il faisait homme mature et moi, jeunette dévergondée.

Quel bonheur de toucher, de sentir, de vibrer contre et dans ce corps tant convoité. Il était mon jouet sexuel, dans un profond respect de son être. Fusion, fantasme, passion, idylle... Tenue d'Adam. Nous vivions nus. J'étais une femme douce et féline. Il était un homme aux mains délicates. Nous ignorions les tabous du sexe et nous y adonnions délicieusement. Je me libérai complètement de mon poids, aux deux sens du terme : mes kilos et le poids psychologique qu'ils représentaient. Michael était mon remède. Il m'aidait énormément dans ce domaine, sans le savoir. J'avais l'homme que j'aimais et il ne tarissait pas d'éloges sur ma plastique. Que demander de plus ? Je me sentais si bien. Je me sentais belle. J'étais rayonnante ! Tant que je me voyais belle à travers son regard, les jugements des autres étaient insignifiants. Je voulais être belle pour lui et pour moi.

J'oserai parler de mon intimité sexuelle. Cela peut paraître cru de ma part. Seulement, tout ce qui suivra sera bien plus osé. Cela relève d'un tabou bien plus important. Je transgresse. J'ose car je sais... Et je dénonce.

Notre besoin de l'autre était tel qu'il m'appelait dès qu'il le pouvait, me rejoignait lorsqu'il avait une heure vacante, et bien plus encore. Honnêtement, j'en étais un peu déboussolée mais tellement heureuse. Nous accumulions les moments à deux, toujours à deux et rien qu'à deux, ficelés dans une petite bulle rosée. J'adorais cette complicité qui me surprenait par l'exclusivité qu'elle engendrait et qui, paradoxalement, me débordait de temps à autre. Je lui fis rencontrer mes amis mais il les rejeta, sous-entendant que certains ne l'appréciaient pas et qu'ils représentaient une source de conflit, vu le comportement un peu trop « tactile » de quelques-uns. Il me demanda de faire *cette* concession.

Il y a toujours des concessions à faire de part et d'autre pour continuer à s'aimer, n'est-ce pas ? Vers l'unité dans la diversité ! C'est donc ce que je fis, et ce fut un grand sacrifice. Mais je finis par « faire avec », triste de ce choix qu'il me présentait comme une obligation si je voulais le garder.

Ainsi, je n'avais plus le droit de les voir, tous ces amis avec lesquels j'avais grandi et appris à aimer la vie. Je me consolai en me disant que la plupart n'étaient plus dans le coin. C'est vrai aussi que la « bande » n'était composée pratiquement que de garçons : Benj, Régis, Pierre, Youssef, Charles, David... Je trouvais des raisons mais, au fond de moi, ils me manquaient énormément. Amour-passion : j'étais prête à tout pour continuer à vivre ça. Je lui fis part de ma tristesse, mais il n'accorda qu'une importance relative à cette perte qui n'en était pas une pour lui. Après l'éloignement de mes amis, finies aussi les sorties en boîte de nuit.

Et les interdits commencèrent... Des « micro-violences » qui préparaient le terrain.

Mes diverses demandes aboutissaient parfois à une « autorisation » de sortie, mais uniquement avec des filles. Les garçons étaient définitivement exclus de mon champ affectif, voire relationnel au sens large. Quand je sortais, il m'attendait et me téléphonait souvent. Je lui en voulais de ses exigences et de son absence, mais lui pardonnais en le retrouvant bien souvent endormi sur une table, à bout de fatigue mais désireux d'être là dès mon retour. Au fil du temps, les sorties se firent occasionnelles, puis rares, voire inexistantes, pour finir par être purement prohibées. Il ne fallait même plus en parler ! Mes « boums », comme il disait, n'étaient plus de mon âge.

« Il est grand temps de passer à autre chose… »

De grandir… Qu'est-ce que cette « autre chose » ? Le piège s'annonçait mais je ne voyais rien et plus que tout, je l'aimais.

La spirale avait déjà commencé. Dans les faits, je fermais les yeux. Je refusais de voir et d'entendre que je ne tenais déjà plus les rênes de ma vie. Pour voir, il faut concevoir. Vivre avec quelqu'un devrait apporter un plus. Alors pourquoi « devais-je » supprimer tant de choses, écarter tous ces gens, toutes ces joies ? Le couple doit être une dynamique fertile et productive. Un système dans lequel le résultat est supérieur à la somme de ses composantes. La preuve en est : homme + femme = bébé ! Formule magique du 1+1= 3 !

3

Je fus bientôt contrainte de reprendre le traitement qui m'avait fait grossir. J'avais énormément de mal à l'accepter et à envisager l'éventualité de moins plaire à Michael.

« Je t'ai parlé d'un traitement médical qui…

— Oui, et ?

— Je dois le reprendre et j'angoisse à l'idée que je ne te plaise plus si…

— Ne t'inquiète pas, ma chérie. Tu es la plus belle femme du monde et si tu prends quelques kilos, tu le resteras… »

Mon homme, c'était le meilleur ! Je me sentais Reine puisque j'avais mon Prince ! Je me sentais si jolie à travers ses paroles et son regard d'émeraude ! Ses yeux étaient de vrais bijoux, des jades dans lesquels je ne me lassais pas de me perdre.

Un samedi matin, nous faisions la grasse matinée comme à l'accoutumée. Enlacés après une nuit câline chez son père, nous fûmes brutalement réveillés par des bruits dans la chambre voisine. Sa sœur et son compagnon discutaient à vive voix de l'autre côté d'un mur trop fin pour assurer leur discrétion. Michael leur demanda gentiment de baisser d'un ton afin que l'on puisse profiter de cette belle matinée sans obligations. Malgré ses demandes, la conversation allait de plus belle et le ton monta jusqu'à la dispute. Michael voulait le silence, sa sœur désirait discuter. Il fallait que quelqu'un cède. Le compagnon de sa sœur et moi préférâmes nous abstenir de tout commentaire – cette querelle fraternelle ne nous concernait qu'indirectement. Pour le peu que je les avais vus ensemble, Michael et sa sœur avaient toujours été dans une sorte de compétition « au plus fort des deux ».

« Ta gueule, Michael, tu fais chier ! éructa-t-elle.

— Quoi ? Fais gaffe, je vais me lever. Je t'ai déjà dit de ne pas me parler comme ça…

— J'en ai rien à foutre, poursuivit-elle, menaçante.

— Arrête…

— T'es qu'un con, de toute façon… »

Première insulte. Elle hurlait. Fou de rage, Michael sauta du lit, enfila un vêtement et se dirigea vers la chambre voisine. Sa sœur continuait ses invectives et j'entendis des bruits douteux… Algarades. Frénésie. Je fus choquée par cette explosion de colère et cette dispute qui montait, alors qu'elle aurait pu se résoudre facilement. Je ne comprenais vraiment pas cette relation. Immobile et recroquevillée sous la couette, j'attendais que le drame s'estompe. Je ne voyais pas la scène et me bouchais les oreilles. Il y avait des cris de part et d'autre, des bruits comme lors d'une bagarre… C'était tout ce que je pouvais dire. Mon homme revint en transe, tout rouge :

« Est-ce que ça va ? me demanda-t-il.

— C'est à toi qu'il faut le demander », répondis-je sans comprendre sa question.

Malgré la sueur et l'état de stress visible sur son corps vacillant, il paraissait se soucier davantage de moi que de ce qui venait d'arriver.

Ce type de relation, était-ce une habitude ?

J'entendis sa sœur sortir de la chambre.

« Il ne faut pas faire attention. C'est souvent comme ça ici, commenta-t-il en secouant la tête.

— Je ne comprends pas. Est-ce que ça va ? Tu es blessé ?

— Ne t'inquiète pas pour moi. Ma sœur, elle est folle ! Elle se tape dessus comme ça. Tu verras, elle a le visage en sang, mais elle s'est griffée toute seule. »

Il leva la main en regardant le sol, comme si personne ne pouvait rien y faire.

« Quoi ? »

Je ne savais plus quoi penser, dire ou faire. Cette violente altercation n'était apparemment pas la première et je n'avais pas grand pouvoir là-dessus. Après quelques instants qui me parurent une éternité, il descendit à la cuisine. Je m'habillai, désorientée, puis les rejoignis timidement. Son père était là, perplexe, ne sachant quelle version écouter. Nous restâmes bêtement à nous guetter mutuellement. La furie avait laissé place à un silence assourdissant. Je regardais la scène en mode pause. Michael observait tour à tour le sol, sa sœur, le compagnon de celle-ci, son père puis moi. Je lisais dans son regard une demande de soutien et d'amour. Sa sœur, quant à elle, affichait un regard de haine face à son frère. Son visage et le bout de ses ongles étaient en sang... Ses yeux étaient creusés et elle n'arrêtait pas de se frotter les mains. À bout de nerfs, grimaçante, elle ne tenait plus en place.

Je ne pus m'empêcher de vérifier l'état des mains de Michael : pas de sang et des ongles trop courts pour griffer. J'étais apaisée à l'idée qu'il n'y était pour rien. La situation restait explosive. Silence oppressif, le volcan se gorgea alors et... Un regard jugé mauvais et la polémique fut relancée une seconde fois. Impuissante et heurtée, je m'évinçai discrètement et m'installai sous un saule pleureur dont quelques longues branches maigrelettes touchaient le sol. Il faisait froid ; je grelottais à cause de ma tenue légère et de ce qui venait de se passer. Un long moment après, Michael revint, beaucoup plus serein et paisible. Il semblait soulagé et affichait un air presque décontracté. Avant que nous ayons eu le temps d'échanger quelques mots, sa sœur passa devant nous en l'insultant, le prévenant qu'elle comptait porter plainte à la gendarmerie. Elle continua à crier avant de disparaître au coin de la rue. Certains voisins, aussi curieux qu'inquiets de tout ce vacarme, furent témoins de ces échanges. D'un commun accord, nous ne parlâmes plus jamais de cet « incident » misérable.

Lui aussi abandonna ses amis, désireux de m'accorder toute son attention. Je ne lui avais jamais demandé cela mais il me disait se satisfaire de ma seule présence. J'étais devenue la seule personne qui comptait pour lui. Nous commencions à vivre dans une sorte de cocon doré, qui m'écrasait parfois par son exclusivité. Seulement voilà, j'aimais Michael et Michael m'aimait. Le reste n'avait qu'une importance secondaire. Le téléphone et les messageries électroniques me permettaient de dialoguer avec certaines copines. De plus, ma recherche d'emploi occupait pas mal de mon temps – sans résultat, à mon grand désespoir. Après les boîtes d'intérim et certains contacts qui n'avaient pas eu les retours escomptés, j'avais avoué à Michael être en peine. Je m'ennuyais, et mon hyperactivité d'antan se transformait peu à peu en longues siestes improductives. Je détestais autant l'ennui que la solitude. Lui travaillait et ne pouvait me rejoindre qu'en fin d'après-midi. Alors il m'appelait, me réconfortait, passait le maximum de temps à mes côtés. Un mercredi, il m'annonça m'avoir trouvé un travail de manutentionnaire au CTC, le Centre de tri du courrier. Juste un entretien d'embauche à passer et le tour était joué. Je décrochai ce job grâce à lui. J'étais affectée à différents postes, le matin, la journée ou la nuit, en fonction de la demande. Je le remerciai de son investissement : sans son intervention, cette année aurait été gâchée sur le plan professionnel et universitaire, bien que riche d'un point de vue sentimental…

Jour après jour, nous vaquions à nos routines respectives : lui à la fac et en stage, moi au CTC et au karaté, bien entendu. Je me fis de nouvelles relations professionnelles et m'adonnai à un travail de robot. Les tâches à effectuer étaient d'une redondance pénible mais c'était bien ce qu'il me fallait. Je désirais retrouver la motivation qui me reconduirait sur les bancs de l'université. Pour sa part,

Michael semblait aller bien. Ses résultats tout à fait satisfaisants lui permettaient d'être bien vu par ses professeurs. Il retrouvait de l'ambition et des projets professionnels qui s'étaient endormis les années précédentes. J'étais heureuse de l'avoir aidé à se réveiller. Notre quotidien était simple et se résumait d'un mot : amour. Nous profitions l'un de l'autre et vivions pleinement notre intimité.

17 h 40 : Michael terminait sa journée en entreprise. Il m'appelait : « Coucou ma chérie ! Tu me manques, tu sais. J'ai beaucoup pensé à toi. J'arrive pour t'embrasser ! »

18 h 10 : il était chez moi. « Que tu m'as manqué ! Je t'aime comme je n'ai jamais aimé. »

18 h 38 : il repartait chez lui, le temps d'un bain rapide, d'un repas pris sur le pouce et de préparer sa mallette pour le lendemain.

19 h 17 : un coup de téléphone. « Je me dépêche... ma femme... tu es tout pour moi. Je t'aime, à tout à l'heure. Je t'aime. »

20 h 45 : il reprenait la route. Nos maisons respectives étant distantes d'une quarantaine de kilomètres, le trajet lui prenait trois bons quarts d'heure à chaque fois.

21 h 35 : nous commencions notre soirée romantique.

6 h 40 : le réveil sonnait.

7 h 20 : un dernier bisou.

8 h 05 : premier appel de la journée.

Et ainsi de suite...

Objectif atteint : Michael m'aimait. Je le savais. Je me sentais aimée et désirée.

4

Une fin d'après-midi de printemps, chez Decathlon. Notre histoire n'avait encore que quelques mois. Allant et venant dans les rayons, main dans la main et amoureux comme au premier jour, nous profitions de ce moment banal, échangeant des regards complices et de tendres bisous discrets… un peu comme des enfants devenus grands ! Un jeune homme s'approcha de nous et me salua chaleureusement – un peu trop au goût de Michael. Je le connaissais : c'était le responsable du personnel qui m'avait reçue, quelque temps plus tôt, en entretien d'embauche. Nous avions sympathisé à cette occasion.

« Dis, j'ai quelque chose pour toi. Est-ce que ça t'intéresse ? me demanda-t-il.

— Je ne sais pas, pour quelle période et pour combien de temps ? Quel rayon ? »

Je voyais là une éventuelle opportunité pour combler mon emploi du temps professionnel.

« Bouge pas, je reviens. Je vais chercher ma fiche. »

Michael était contrarié. L'attitude de cet inconnu était bien trop familière.

« Qui c'est ? m'interrogea-t-il sur un ton agressif.

— C'est le cadre qui m'a reçue la dernière fois, répondis-je presque trop simplement.

— Il semble t'apprécier. Ne me dis pas qu'il se souvient de chaque personne qu'il reçoit ! En plus, il me paraît bien jeune.

— Bah, je sais pas, moi ! Je le connais aussi du karaté. »

Je cherchais un argument pour apaiser ses soupçons infondés.

« Allez, on s'en va. Tu viens ? »

Son timbre vocal ne m'invitait pas, il m'ordonnait !

« Pourquoi ? Il a un contrat à me proposer…

— Je m'en fous. Ce mec est pas net avec toi. T'en trouveras un autre.

— Non, je veux du boulot ! J'attends de voir… Je lui ai dit que j'attendais. Il n'y a rien de mal ! »

Mon refus nous menait droit à la dispute.

« Moi, je me casse… Bye. »

Ce fut vite tranché. Il tourna les talons et se dirigea vers la porte de sortie. J'attendis, mais finis par le rattraper. Il se retourna et m'adressa un regard noir.

« Quoi ? Je me casse ! Tu as fait ton choix, me lança-t-il en poursuivant son chemin.

— Mon choix ? J'attends pour un boulot…

— OK. Je reste mais tu vas voir comment je vais le recevoir, moi, ton cadre !

— Mais arrête ! Tu dis n'importe quoi. Et ce n'est pas *mon* cadre ! »

Mon incompréhension se muait en énervement. Tandis que je repartais vers l'accueil, Michael me suivit de loin. Son regard n'avait pas changé ; je ne l'avais jamais vu comme ça. Le « maudit » responsable arriva, papier en main, pour me présenter ce qu'il attendait. Il s'agissait juste d'un contrat de deux semaines pendant les vacances d'été. J'écoutais. La tension entre les deux hommes était palpable. Michael ne le quittait pas des yeux, avec un regard si soutenu qu'il devait en être pesant. Il s'abstint heureusement de tout commentaire. Vu sa froideur et sa colère, l'échange fut vite bouclé : j'acceptai l'offre. Mon employeur me proposa tout de même un temps de réflexion et je m'engageai à le rappeler au plus vite. Il avait bien saisi que sa sympathie dérangeait et que planait une ambiance malsaine. Je lui adressai un dernier sourire de courtoisie, auquel il répondit. Michael demeura muet, les lèvres pincées, manifestement agacé.

En repartant vers le parking, il me devançait de plusieurs mètres et son pas s'accélérait sans se soucier du mien. Le moteur tournait déjà quand je m'assis côté passager, bien consciente de son exaspération sortie de nulle part. La nuit commençait à tomber et il était l'heure de me rendre au CTC où je devais prendre mon poste une vingtaine de minutes plus tard.

« Bientôt c'était le flirt, non ? »

Il confondait amour et propriété, amour et possession. Au bout de quelques mois de relation, je me mis à taire les petites dragues dans la rue, à l'université ou ailleurs. L'honnêteté et la confiance m'avaient fait me livrer dans un premier temps, la prudence et la phobie de sa jalousie m'avaient fait me taire par la suite. Je n'étais coupable de rien, mais j'optai pour le secret, afin de ne pas attiser une jalousie qui agissait incontestablement à nos dépens. Lorsque concession rime avec soumission...

« Qu... ? »

J'avais dû mal entendre !

« C'est pas la peine que je discute avec toi. De toute façon, tu ne vois jamais rien. Ce type te draguait et t'as rien dit ! éructa-t-il.

— Il me propose un job. Je l'ai vu il y a quelque temps pour ça. Ne dis pas n'importe quoi ! contestai-je avec fermeté.

Il n'avait pas à m'accuser de la sorte...

« Et en plus, je vais me faire engueuler...

— Michael. C'est toi qu... »

Que pouvais-je dire ? La situation était si stupide !

J'étais perplexe et énervée par de telles accusations. Je n'avais rien fait de mal et « mon type » non plus. J'en avais désespérément marre de cette possessivité qui me débordait de plus en plus. Je ne pouvais jamais parler à un garçon sans réveiller sa jalousie maladive. Parler, était-ce grave ?

Cette partie-là de Michael, Michael le méchant, le mauvais, le Michael à bannir, le deuxième visage... je l'appellerai Lucifer.

Il démarra à vive allure – certains clients du parking se retournèrent en entendant le crissement de nos pneus. La route défilait et Lucifer ne se calmait pas, bien au contraire. Son regard était toujours aussi perçant et assassin. Je me rendis compte qu'il n'empruntait pas le chemin convenu.

Où allions-nous ? Peut-être avait-il oublié que je travaillais en début de soirée ?

« Où on va ? demandai-je timidement.

— Tu verras.

— Je commence dans dix minutes. Emmène-moi, s'il te plaît, osai-je ajouter.

— Non, tu n'avais qu'à pas te donner en spectacle... »

Je restai figée, ne sachant absolument pas comment réagir face à cette situation « spéciale ». Il enchaîna :

« Tu vas voir... Je te rappelle que ce boulot de merde à la Poste, c'est grâce à moi que tu y es, et aujourd'hui, tu n'iras pas.

— Tu plaisantes ? Emmène-moi. Je n'ai rien fait !

— Tais-toi, tu me saoules », trancha-t-il.

C'est sûr, j'étais en retard et j'avais horreur de ça. Je rageais. Chemin faisant, je reconnaissais de moins en moins les routes, plus sinueuses les unes que les autres. Nous étions en pleine campagne, complètement perdus... Il s'arrêta au bord d'un champ, s'avança vers mon visage, marqué par une colère grandissante et une totale incompréhension. Nous étions tous les deux près d'éclater. À couteaux tirés... Il avait un air méchant et agressif. De mon côté, je pense que l'inquiétude dominait le reste de mes sensations. La tension était à son paroxysme. Une première claque vint me frapper la joue. Je relevai la tête, choquée. D'un coup aussi brutal que le sien, j'éclatai en sanglots. Lucifer m'accusa :

« Tu n'avais qu'à pas me provoquer. C'est de ta

faute. Je vais te laisser là, toute seule. À toi de te démerder pour rentrer, je suis pas un taxi.

— Calme-toi et emmène-moi, s'il te plaît...

— Ton boulot, toujours le boulot. T'en as rien à foutre de nous.

— J'en ai rien à foutre ? Non mais tu rig... »

Une seconde gifle s'abattit sur mon visage rouge de colère avant même que je puisse finir ma phrase. Je restai figée, léthargique, heurtée... Pas moyen de dire ce que je pensais, pas moyen de rendre des coups qui m'auraient conduite à la bagarre, alors que j'étais coincée dans cette voiture devant un homme que je ne reconnaissais plus.

Lucifer m'apparut pour la première fois. Je ne le connaissais pas encore.

Il n'y avait personne pour m'aider, dans cet endroit désert. Ma nature me disait de me rebeller, mon instinct m'invitait à l'adoucir. De longues minutes s'écoulèrent et le calme succéda au chaos. Il sembla reprendre ses esprits et me supplia de lui pardonner. Je jouai la carte de l'hypocrisie en le prenant timidement dans mes bras. Que faire ? Lui rendre ses claques n'était pas la solution. Discuter maintenant n'était pas dans mes cordes. Je désirais calmer ses foudres et ma conscience professionnelle me disait qu'il valait mieux être en retard qu'absente sans excuse.

« Désolée, ma chérie. Je ne voulais pas. »

Sa tristesse était palpable. J'étais perplexe, abasourdie par ce qui venait de se passer. Dans le silence le plus complet, il redémarra la voiture. La route se fit dans le calme, une main posée sur ma cuisse, des yeux enflammés de tendresse, une conduite paisible... Comme par un coup de baguette magique, les gifles et les accusations avaient laissé place aux demandes de pardon et les larmes avaient commencé à couler sur le visage perdu d'un Michael en souffrance. Oui, il pleurait. J'étais en colère, mais attendrie. Face à cette transmutation consternante, je perdais mes repères.

S'il suffisait d'aimer... Comme disait Cocteau : « Le verbe aimer est le plus compliqué de la langue. Son passé n'est jamais simple, son présent n'est qu'imparfait et son futur toujours conditionnel. »

Il mit en avant son manque de contrôle face à un rival. Il disait m'aimer jusqu'à cette méfiance abusive. Mais le temps pressait. L'heure tournait et j'avais déjà quarante-cinq minutes de retard. Il me déposa devant le CTC. Il semblait confiant.

« Je t'aime, à tout à l'heure.

— Je t'aime, ma chérie. Pardon encore. »

Je me retournai et me dirigeai vers la porte d'accueil. Soudain, il se précipita vers moi, rongé par le remords. Il avait abandonné la voiture au beau milieu de l'allée. En proie à une crise d'angoisse, il transpirait. La pression lui était insupportable. Le froid était glacial mais il perlait de sueur. Il ne souhaitait pas me laisser partir, affolé à l'idée de m'avoir perdue à cause de son comportement. J'eus beau tenter de le rassurer, il n'en démordait pas ; je devais rester avec lui, ce qui signifiait faire demi-tour alors que j'avais déjà un pied dans le Centre.

Il en était hors de question et je lui fis bien savoir ma détermination à assumer mes responsabilités. Il me bouscula alors vers la porte de sortie et tenta à nouveau de porter la main sur moi. Je l'esquivai et pris la fuite vers mon atelier. Sa crainte justifiait-elle une telle montée de violence ? Le visage rouge, la boule au ventre, je me cachai quelques instants pour retrouver mes esprits. Des marques devaient commencer à apparaître – pas question qu'on me voie ainsi. Je me sauvai par la sortie de derrière en veillant à ne pas être surprise. Il fallait que je parle à quelqu'un. Mon amie Christine n'habitait pas loin. Je remontai jusqu'à chez elle, priant pour qu'elle y soit. Par bonheur, elle m'ouvrit grand sa porte et ses bras. Je lui racontai tout… Tour à tour, je décrivis les gestes détestables puis les remords, la mine déconfite.

Ce qui m'agaçait le plus, c'était cette attitude en yo-yo : violence – pardon – violence… Il n'y avait aucune logique là-dedans.

À force de n'y comprendre rien, je m'y perdais. Christine me déposa chez moi après avoir appliqué quelques glaçons sur mon visage. Merci pour son oreille et ses conseils ; j'aurais dû les suivre et partir… À la maison, je fis semblant de rien auprès de ma famille.

J'eus énormément de mal à identifier la première claque comme telle. Il m'en fallut quelques autres pour remonter réellement à la source et la qualifier comme elle devait l'être. D'emblée, je lui trouvai des excuses ou une explication. La violence faite aux femmes n'existe pas tant qu'elle n'est pas nommée par la victime. Eh bien non, « ça » ne devait pas arriver ! Admission, compréhension et refus d'entendre que je venais d'être touchée dans mon intégrité physique : voilà ce qui conditionnait mon indulgence et m'orientait vers le pardon. Je mis les faits entre parenthèses pour continuer de vivre ce paradis tant espéré. Avec le recul, je pense que la spirale de la violence conjugale commence dès le premier coup. La première menace, obligation ou interdiction « sous peine de » la renforce. Le premier geste « déplacé » et ses à-côtés constituent le premier palier. Le début de la mainmise. Par souci d'honnêteté envers vous, lecteur-lectrice, mais surtout envers moi-même, je dois avouer que cette première claque ne fut pas un réel déclencheur. Mais ce fut celle qui me fit prendre conscience que quelque chose clochait, celle aussi après laquelle je réagis en appelant quelqu'un. La première fois, c'était ma première réaction.

Ce fut notre première réconciliation. Aussi surprenant que cela puisse paraître, les moments de recherche de cohésion étaient d'une intensité sans pareil, mieux que les amours de la vie quotidienne et paisible. Nous nous donnâmes corps à corps comme à notre habitude, et ce fut génial. Nous étions en harmonie totale. Torride ou en douceur... La fusion reprenait un nouvel élan que je ne pensais pas possible.

Le couple que nous formions n'était désormais plus constitué de deux personnes à part entière, mais d'une fusion de l'un en l'autre. Michael n'existait qu'à travers moi et vice versa. Les disputes ne manquaient pourtant pas. J'étais furieuse, furieuse mais si amoureuse ! Cette forme bien spéciale de violence était tour à tour occultée (je ne la reconnaissais pas en tant que telle) ou banalisée (je ne la jugeais pas comme il le fallait). Après tout, quel couple n'avait pas de mauvais souvenirs ? Qui ne connaissait pas les pleurs à cause de l'autre ? Si un couple n'avait jamais l'occasion ou la possibilité d'entrer en conflit, était-ce de l'indifférence ? Était-ce mieux ? Notre relation était complexe, mais je ne la qualifiais pas encore d'anormale, encore moins de pathologique. Et pourtant, j'avais déjà mal !

La passion allait ainsi bon train et tout semblait bien, malgré l'absence de sorties et une vie amicale restreinte. Ma vie était différente. Normal, j'étais en couple.

C'était dans nos regards qu'on se perdait. Je me voyais dans ses yeux, et ce que je voyais me plaisait. Ce n'était pas une simple fièvre amoureuse. Elle (ou il, je ne sais pas ce que c'est, un sentiment, une passion, une envie, un besoin) faisait partie de moi. Elle m'était devenue inhérente, consubstantielle. Est-ce que vous saisissez combien cet homme était vital pour mon bien-être ? Il était mon existence et j'étais la sienne.

5

Au début de l'été, nous nous apprêtions à passer nos premières vacances ensemble. Destination : le Sud, dans un village au sommet d'une colline, à environ trente minutes de route d'une plage de sable fin. Les valises étaient faites, il ne restait plus qu'à les déposer dans le coffre en fin d'après-midi. Nous devions partir le lendemain matin très tôt. Nous étions rayonnants et rêvions déjà aux journées fantastiques qui s'annonçaient. Malheureusement, un appel vint mettre fin à cet enthousiasme. C'était son père :

« C'est moi. Je ne veux plus de ta saloperie de chat ici. Tu l'emmènes où tu veux, mais plus ici », éructa-t-il sans laisser la place au moindre échange.

Il raccrocha sans un bonjour ni un au revoir. À la veille du départ, Michael devait résoudre un problème épineux. Son chat tenait une place « spéciale » dans sa vie. Il n'avait bien souvent eu que cette petite bête pour un câlin, une présence ou pour se confier. Il refusa catégoriquement de l'emmener à la SPA. Nul besoin de le connaître pour percevoir sa tristesse ; il était désarmé face à cette situation à gérer dans l'urgence. J'en parlai à mes parents, qui acceptèrent de l'accueillir. L'arrivée d'un chat risquait de perturber le calme du foyer, vu la présence de notre berger allemand particulièrement « friand » des félidés. L'affaire fut toutefois entendue et Michael en était à la fois rassuré et gêné. Heureux de cette solution de repli, il remercia mes parents comme il se devait pour ce geste de bonté. Il les appréciait beaucoup et c'était réciproque.

Michael avait des relations plus que sombres avec sa famille. Je voulais réparer cet homme blessé par son passé. Il me disait avoir « subi » des choses, mais je ne cernais pas tout dans cette ambiance familiale si différente de la mienne. Il y avait une énorme distance et une animosité entre eux. Sa mère était partie, sa sœur avait déserté les lieux malgré son jeune âge et son père ne tenait qu'un rôle de figuration. Très peu d'échanges, de signes d'affection ou de repas ensemble. Ancien collègue de mes parents, le père de Michael avait pris ses distances depuis que j'étais avec son fils. Il avait pourtant l'habitude de passer boire un verre à la maison, avant. Mais depuis que nous étions en couple, il refusait tout type de relation amicale ou professionnelle avec mes parents. Pourquoi ? Quelque chose de grave avait dû se passer dans cette famille pour qu'elle se déchire ainsi…

Tout semblait rentrer dans l'ordre. Après douze heures de route, nous arrivâmes à destination. Nous étions hébergés au rez-de-chaussée d'une grande maison, chez un couple de personnes âgées. Le soleil était au rendez-vous, la plage et le monde aussi… Michael avait un sourire exceptionnel. Pas le temps de déballer les bagages, nous avions hâte de faire de ce lieu notre « petit nid » pour une semaine. Enfin un endroit à nous ! Cela me donnait des idées : et si un jour on habitait ensemble ? Je repris mes esprits, mais cette pensée ne me quitta pas des vacances. Nous nous entendions parfaitement sur nos envies et passions d'excellents moments. Cannes... Le monde fourmillait autour de nous, mais tous ces gens s'effaçaient devant notre rayonnement. L'homme que j'aimais et ce soleil flamboyant ! Rien que cet homme et moi... Je ne voyais que lui et son visage angélique. Des liens encore différents venaient de naître. La semaine passa très vite et il fut bientôt l'heure de rentrer. Le train-train devait malheureusement reprendre, mais il fallait bien passer par des moments de travail pour savourer les moments de repos.

Mes premières vacances avec lui : j'aurais voulu que ce moment dure toujours... comme notre premier baiser ! J'avais ce que j'avais toujours voulu : Michael dans mon lit et moi dans son cœur. C'était vibrer à son contact, se sentir fébrile, frémir de plaisir avant même de se toucher, empêcher son cœur de sortir de sa poitrine, avoir cet incendie dans les yeux, cette lueur... pour des sensations ô combien mémorables et uniques, à chaque fois. Lorsque c'était le bonheur, c'était le bonheur ! Pas besoin d'expliquer davantage, ce mot résume tout à lui seul.

La nuit, nos pieds étaient enchevêtrés si fort que j'avais l'impression d'en avoir quatre... Les siens étaient le prolongement des miens. Je me maquillais, me coiffais, me parfumais. J'avais abandonné mon horrible short de foot pour des petites jupes mignonnes. Il m'avait appris à marcher. Je me tenais plus droite et me sentais plus femme. Au revoir les grosses chaussettes, je portais de fines chaussures pour mettre en valeur mes petits pieds. Michael adorait mes orteils. Il s'amusait avec eux comme un gosse.

J'étais chenille, il me faisait papillon ! Une vraie petite femme qui prenait soin d'elle et un amoureux qui prenait soin de sa compagne !

Nous travaillions maintenant tous les deux au CTC. Il avait besoin d'argent de poche et cumulait donc études et quelques heures de travail le soir. Il était très courageux et j'étais fière de lui. Il additionnait les heures de boulot sans se plaindre. Lui qui avait des soucis de sommeil, il s'endormait une fois la tête posée sur l'oreiller et le petit câlin délicieusement honoré. Ses journées étaient pleines, ses nuits aussi. De mon côté, je travaillais et l'attendais. Tout tournait autour de lui ! Ma vie était belle, même si elle commençait à manquer de piment. Le rythme était très « boulot, métro, dodo », mais je ne pouvais en demander plus à mon compagnon. Il était très gentil et attentionné. Monsieur Douceur… je l'aimais comme je n'avais jamais aimé. Nous étions complices. J'étais pile, il était face. Deux facettes pour une médaille dorée.

Nous demandâmes des changements d'horaires au CTC pour être mieux synchronisés. Il commençait plus tôt que moi, mais je le rejoignais dans la soirée. Le premier soir de mon nouvel emploi du temps, quelques filles s'activaient déjà. Je les saluai et nous commençâmes à papoter. Très vite, elles évoquèrent un nouveau manutentionnaire qui leur plaisait beaucoup. Les langues pendaient ! Comme je ne les connaissais que depuis cinq minutes, je ne pris pas part aux cancans mais soupçonnai vite qu'elles avaient des vues sur « mon Michael ». Attention, pas touche ! Elles avaient seulement le droit de rêver… À 23 heures tapantes, les responsables rassemblèrent tout le personnel, comme chaque soir, pour la distribution finale du courrier. Je m'étais mise sur le côté pour rejoindre Michael. Un discret baiser déposé sur mes lèvres et un doux « je t'aime ». Les filles de l'atelier faisaient la grimace. Cet homme convoité, c'était bien le mien ! J'en fus très flattée.

Michael plaisait énormément aux filles, jeunes ou moins jeunes, blondes ou brunes, petites, grandes, minces ou corpulentes. J'appréciais l'admiration qu'il suscitait. J'étais fière d'être sa compagne. Je n'étais pas la seule sur la liste des prétendantes, loin de là, mais il m'avait choisie. J'étais pour lui « la plus belle femme du monde ». Elles pouvaient bien le mater, mon mec, j'avais pleinement confiance. Jamais il n'avait joué de la jalousie pour me titiller — pourtant il aurait pu. Il avait cette qualité que j'appréciais grandement que de se réserver à l'élue de son cœur. Il était en couple, inaccessible.

Quelque chose de terrible arriva à cette époque. Sa mère tomba gravement malade. Pour des raisons qui ne concernaient qu'eux, elle s'était éloignée du foyer depuis une longue période. Michael était très déstabilisé, tant par son retour que par l'annonce de cette nouvelle accablante. De mon côté, je fis tout mon possible pour le soutenir, essayant de lui apporter l'amour et le réconfort dont il avait besoin. Visites à l'hôpital, coups de téléphone, moments intimes... il tenta de profiter de ces derniers moments. Très vite, trop vite, sa maladie l'emporta. Elle nous quitta alors que j'avais à peine eu le temps de faire sa connaissance. Elle semblait être une femme bien. Pour lui, ce fut une catastrophe.

Il me disait que ces dernières années l'avaient cassé tel un ressort et j'aurais dû réaliser qu'on ne répare pas un ressort. À cette période, je voulais tout faire pour l'aider à se reconstruire... Qui aurait réagi autrement ?

Son père lui annonça la nouvelle par téléphone et je crois que ce fut le seul échange que le père et le fils partagèrent sur ce drame. Pas de câlin, pas un geste de soutien. Rien... Sur le lit blanc du deuil, Michael rendit un dernier hommage à sa mère. Il pensait qu'il aurait le temps de réparer le passé, mais la vie en avait décidé autrement. Foudroyant. Il était très amer, il aurait aimé lui dire tant de choses. L'enterrement fut un moment tragique. Il s'effondra de souffrances impossibles à contenir.

J'aurais aimé être magicienne et lui redonner le sourire. Son visage était figé et il semblait trouver un peu de réconfort dans mes bras. J'en étais heureuse. Que de longs moments de tendresse et de caresses nous avons eus en cette période de deuil ! Il avait transféré toute sa souffrance et sa douleur sur moi. Je le portais. J'étais un peu devenue sa maman et lui, mon enfant à protéger...

Transfert ! J'étais totalement séduite par ce petit garçon à consoler et cet homme qui s'avérait mûr en d'autres circonstances.

Sa mère était montée au Ciel et lui avait dû rester au sol, cloué, sans autre possibilité que d'accepter leur séparation. Mais il n'accepta jamais. Rien de positif ne pouvait sortir de cette période de grand trouble, exceptées deux choses : le deuil avait permis à la fibre fraternelle de se tisser. Dans un élan réciproque, sa sœur et lui se retrouvèrent autour de cette tristesse commune. Et alors que l'état des finances de Michael laissait prévoir une probable interdiction bancaire, l'héritage lui permit de se renflouer. Il aurait préféré ne jamais avoir cet argent, mais il était là... Économe et se projetant dans l'avenir, il plaça une grande partie de son argent dans le but de le faire fructifier et d'éviter d'avoir la main légère. Lui qui n'avait jamais connu la richesse, il dormait dessus, désormais. J'étais très contente de son raisonnement. L'argent était donc protégé pour huit ans. Un testament à mon nom ; je le remerciai de ce geste, mais c'était son argent. Je n'étais pas une femme intéressée. Je l'avais aimé sans voiture, sans un sou, sans téléphone portable et sans même m'en rendre compte.

La valeur d'une personne se mesure au bonheur qu'elle procure aux autres.

Perspective d'une petite maison avec un jardin fleuri... Pour le moment, nous nous contentions de restaurants romantiques et de cadeaux, d'une couverture médicale puisqu'il n'en avait plus. Il se permit le luxe d'un portable et d'une voiture, une superbe 206 noire version sportive et agencée selon ses goûts. Un bolide avec un moteur qui ronronnait et une puissance d'accélération à vous coller sur le siège ! Je l'adorais... Ivresse de la bagnole ! L'accélérateur vibrait sous son pied, le frein à la dernière minute pour une bonne dose d'adrénaline, la musique qui m'étourdissait... Un virage, un dos-d'âne... Cette conduite à risque si maîtrisée... J'étais « folle »...

Oups ! Je devrais me méfier de l'emploi de ce terme...

... d'adorer ce risque, car j'avais confiance en sa conduite malgré l'accident qui nous guettait à chaque accélération. Intérieurement, je voulais qu'il fonce. Ce danger était un aphrodisiaque !

Pour remonter la pente de sa souffrance endeuillée, il eut une autre alliée : la drogue. Un après-midi des jours heureux, alors que nous étions allongés sur l'herbe dans son jardin, il m'avait dit : « J'ai fait des conneries avec la drogue, il y a quelques années... Je me suis calmé. J'ai même rencontré des gars qu'il faut pas croiser. La mafia. Et un jour, je me suis retrouvé devant une caisse énorme, remplie de... » Je ne l'avais pas laissé terminer cette histoire à dormir debout, qui resta pourtant gravée en moi. Pourquoi m'avait-il raconté pareille bêtise ?

Sa confession ne m'avait pas plus effrayée que ça, sur le moment. Il y a tant de choses qui nous sont données et que l'on ne veut pas entendre.

6

Michael vivait davantage chez moi que chez lui, préférant « la douceur de chez mes parents ». Un bain quotidien comme seule raison d'aller chez son père, puis il s'empressait de me retrouver. Un après-midi, il m'appela. Pas de surprise jusque-là, il m'appelait tout le temps. Mais cette fois-là, sa voix était étrange ; il sanglotait et finit par s'effondrer en longs gémissements :

« Mon père m'a foutu dehors. Je n'ai nulle part où aller.

— Je ne comprends pas. Qu'est-ce qu'il s'est passé ?

— On s'est engueulés et il m'a hurlé de dégager. Je suis viré de la maison. »

Comment pouvait-on virer son propre fils quelques jours après l'enterrement de son ex-épouse, la mère de ses enfants ? J'en discutai avec ma famille. Sans autre solution, mon père accepta Michael sous notre toit. Ce dernier le remercia grandement de son hospitalité. J'étais très perturbée par cette nouvelle situation : je l'aimais, mais je n'étais pas encore prête à vivre avec lui. Pas chez mes parents et pas comme ça. Nous fîmes ses bagages dans un long silence et en présence de son père, qui regardait la télévision, imperturbable. Nous nous enlaçâmes ; ce fut la plus merveilleuse des conversations muettes. Un cocon solide, des liens de fer et si doux nous soudaient. Nous avions une petite chambre et de gros bagages à faire entrer dans mes petites armoires déjà bien saturées. Il allait falloir apprendre à vivre à cinq avec un Michael qui sombrait de plus en plus dans le mutisme et le mal-être. Mon père l'avait accueilli à bras ouverts et ils avaient eu une discussion d'homme à homme, alors que j'avouais à ma mère mes doutes face à cette vie à deux prématurée. Trois jours plus tard, son père appela pour s'excuser de son impulsivité et prier son fils de rentrer à la maison. Ce qu'il fit. Ce retour m'apaisa. Je désirais vivre avec lui, mais pas de cette façon, précipitée et tragique.

Sur le moment, je jugeai ce père indigne qui méritait bien que son fils ne l'appelle pas « papa », mais par son prénom. Plus tard, je regretterais sincèrement ces accusations infondées. Le seul responsable de l'éclatement de sa cellule familiale, c'était Michael et lui seul ! Même son chat, Samba, que nous avions recueilli, avait mis des années pour s'en remettre. Il perdait ses poils, avait peur du moindre bruit, s'enfuyait sous un meuble ou derrière une porte et s'affolait au moindre mouvement brusque. Aujourd'hui encore, il garde les traces comportementales d'un chaton maltraité. Je m'étais trompée, je croyais que c'était le père, mais c'était Lucifer, malgré les longs câlins et les petites attentions qu'il lui réservait sans cesse... Oui, c'était bien ce maître qui l'aimait tant qui le maltraitait en même temps.

J'y repensais : Lucifer adoptait souvent une attitude bizarre, il renversait le contenu d'un réfrigérateur si ce qu'il offrait ne lui plaisait pas sur le moment, il chiffonnait avec rage une chemisette offerte par sa belle-mère pour son anniversaire et prenait bien soin de la poser sur le panier à linge, il quittait une conversation en plein milieu comme si une guêpe l'avait piqué, il n'imaginait pas perdre une partie de badminton ou qu'un jeu vidéo lui résiste…

Un après-midi ; sourire inquiet, distant, il s'assit à côté de moi avec un regard préoccupé.

« Qu'est-ce qui ne va pas ? lui demandai-je timidement.

— C'est qui, Sébastien ? se pressa-t-il de me demander.

— Sébastien ?

— C'est qui ? !

— J'en connais un… C'est un militaire. Il est au Congo. Il a une femme et vient d'avoir un bébé », répondis-je bêtement.

Il avait fouiné dans ma messagerie téléphonique. La veille, j'avais en effet eu des nouvelles d'un copain de longue date, tout content de m'annoncer que son fils était né. Il me demandait ce que je devenais et ajoutait sympathiquement garder un bon souvenir de moi. Je n'appréciai pas du tout l'attitude de Michael et le lui fis bien comprendre.

« Écoute, je n'ai rien à me reprocher. Tu n'as pas à fouiller dans mes affaires… Je te préviens, je n'apprécie pas qu… »

Il ne me laissa pas finir ma phrase.

« J'ai eu des sales histoires avec mes ex. Elles m'ont eu, elles sont allées voir ailleurs ! Elles se sont payé ma tête et je ne me ferai plus jamais avoir. Moi aussi, je te préviens ! C'est comme ça. Tu dois être *clean,* si tu veux rester avec moi. Je dois en être sûr. »

Son explication prenait des allures de menace. Je tentai tant bien que mal de lui faire entendre raison, mais il m'asséna une batterie de questions aussi inutiles qu'épuisantes :

« Est-ce que tu m'aimes ? »

« Est-ce que tu as quelqu'un d'autre dans ta vie ? »

« Est-ce que tu tiens vraiment à moi ? »

« Est-ce que tu me seras toujours fidèle ? Parce que je ne supporterais pas que... »

Et :

« Si tu vas voir ailleurs, je te tue ! »

J'eus du mal à avaler ma salive. Ma gorge était sèche et râpeuse, ma nuque en sueur. D'un coup, mon bonheur se dilua dans le scepticisme ; un frisson parcourut mon corps jusqu'à opprimer mon cœur.

Au début d'une histoire, la possessivité et la jalousie sont considérées comme des signes d'amour. Tout est rose... même ce qui deviendra noir. Au bout de quelques mois déjà, son angoisse que « j'aille voir ailleurs » perdait son charme. C'était une obsession, une hantise, une phobie, une obstination qui me pesait par son insistance maladive. Pour moi, le couple authentique devait marier complicité, connivence et confiance. La règle des 3 C que je n'arrivais pas à conjuguer avec lui.

Face à son flot de questions, il n'entendait aucune réponse. Ce qui me dérangeait par-dessus tout, c'était bien cette méfiance absolue. J'aurais donné ma vie pour lui et il me harcelait de questions absurdes. Moi, à partir du moment où il m'avait dit tenir à moi, je l'avais cru ! Et j'avais confiance en lui !

« Aie confiance en moi, merde ! Je ne vais pas te faire de mal. Je t'aime et tu le sais. Alors ? Tu te poses des questions inutiles. Arrête ! Ça va finir en zizanie ! »

Je le pris dans mes bras comme une mère qui réconforte son bébé, et tentai de soulager une inquiétude qui le rongeait incontestablement.

J'étais complaisante face à une sorte de jeu de rôles qui s'était installé très vite en moi, en lui, en nous : lui était le « malheureux » à sauver de sa tristesse et moi « l'ange » et la « mère », qui pouvait seule le secourir. Mon ange. Il m'appelait « mon ange ». Cette répartition implicite des rôles s'était installée très tôt dans notre relation. Je le couvais, à croire que j'aimais ça !

Samedi soir, un concert d'Indochine. Ouf, une sortie ! J'avais vraiment envie de bouger et cette occasion tombait à pic. Nous ne sortions vraiment plus beaucoup ces derniers temps. Michael n'arrivait pas à digérer le décès de sa mère, ce que je concevais tout à fait. Mais la vie continuait et je souhaitais qu'il retrouve un peu de bien-être. Avec ce spectacle, je comptais lui faire passer un bon moment. Cela faisait si longtemps que je ne l'avais pas vu heureux. Sa vie était noire : sans mère, sans père, sans amis.

Pourquoi restait-il sans amis ? Les miens me manquaient tant ! C'était l'anniversaire d'Audrey, ce jour-là. Ils devaient s'amuser comme des « gentils cinglés ». Soupir... Il faut que j'appelle « DD » !

L'ambiance du concert était du tonnerre. De la bombe ! Le moment vint de se mettre debout. Une envie de danser et Lucifer rugit. Je désirais applaudir et me dandiner comme 99 % du public, en transe. Nerveux, il m'interdit formellement de me « donner en spectacle » en me tirant vers lui – j'étais la seule personne assise et prostrée au milieu d'une marée humaine en délire. Pourtant je ne faisais vraiment rien de mal, résistant du mieux que je pouvais à son insistance à me faire asseoir comme une gosse obéissante. Une gamine qui avait fait une bêtise ! Un début de conflit s'annonçait, mais le hasard fit en sorte que la foule se rassît. Une chansonnette romantique et Michael se tempéra ; une caresse, un mot doux. Accélération du rythme et la foule se leva à nouveau. Cette fois, hors de question qu'il m'empêche de profiter, comme tous ces gens, du spectacle : je me lève et voilà tout !

Il pouvait préférer rester assis, mais je ne voyais pas en quoi mon comportement était gênant. Ce n'était pas mon attitude qui était exubérante, c'était son interdiction ! Il pouvait faire ce qu'il voulait et moi, je devais obéir. Obéir à mon conjoint : pourquoi ? Je n'étais pas d'accord. J'avais déjà fait de grandes concessions en renonçant à mes amis et aux sorties. J'avais dans l'idée qu'il ne supportait pas l'amusement en cette période de deuil, mais de là à provoquer une dispute en pleine foule, je ne pouvais ni l'accepter, ni le comprendre. Je le haïssais lorsque ressortait sa violence ! Lucifer pointait de plus en plus souvent son nez... Pour le moment, c'était encore un Lucifer malheureux.

Après le concert, la situation s'envenima :

« Tu ne peux pas être discrète, hein, franchement !

— Entre nous deux, c'était plutôt toi qui te faisais remarquer. Tu étais le seul assis à faire la gueule.

— Ah, c'est ça, tu as honte de moi !

— Pas du tout. Tu fais ce que tu veux tant que je fais ce que je veux aussi.

— Bah, écoute, si tu le prends comme ça, il vaut mieux que tu rentres toute seule. »

Sa violence était avant tout impulsive, une agressivité à fleur de peau. À sa grande surprise et par colère, je montai seule dans ma voiture et pris la direction de la sortie du parking sans même me retourner.

Je me disais que si je commençais à me laisser faire, surtout pour des raisons aussi futiles, cela irait de mal en pis. Je ne croyais pas si bien penser.

En comprenant ma détermination à lui résister, Lucifer courut me rattraper. J'étais coincée dans les bouchons.

« Allez, laisse-moi monter. Je vais t'expliquer pourquoi j'ai réagi comme ça ! » me supplia-t-il.

J'espérais... Après un moment de silence, il se mit à m'exposer sa grande souffrance. Une douleur générale et si diffuse qu'elle lui ôtait tout moment de bonheur. Il culpabilisait d'être bien alors qu'il pleurait sa mère défunte. Son discours était clair et respirait la sincérité. Il m'ouvrit son cœur et tenta d'expliquer ses chagrins par des analyses qui sonnaient tout à fait juste. Je n'étais pas vraiment surprise par ses révélations, mais c'était la première fois qu'il se livrait. Il avait toujours refusé de parler de ses plaies. Pour une fois, il pleurait à cœur ouvert !

Je croyais en lui. Je ne voulais pas douter. Je m'étais tellement investie dans notre relation. C'est vrai, il n'était pas toujours facile, mais il faisait battre mon cœur et c'était le plus grand cadeau qu'un homme puisse faire à « sa femme ». J'allais me battre contre ses démons qui l'empêchaient d'être celui qu'il voulait. J'étais avec lui, pour le meilleur et pour le pire.

« Je t'aime... Faisons notre vie ensemble », me disait-il chaque matin et chaque soir.

Elixir... trop tard, j'avais tout bu. C'était un breuvage exquis !

« Tu es mon ange. Sauve-moi, je suis si malheureux. Je t'aime si fort et je crois que tu es la femme de ma vie. Petits pieds... » Déclarations de tous les instants.

Je me dois d'insister. Je le percevais comme quelqu'un de bon, mais dont les craintes lui interdisaient l'accès au bonheur. Quelqu'un de fragile, d'une immense sensibilité, de très angoissé et ayant souffert de son enfance.

Malgré ses efforts de reconstruction, il était perdu. Il était de mon devoir de l'aider et de le sauver. Serais-je à la hauteur ? Oui, je le voulais. Pour « nous », car il y avait un « nous ». La vie est semée de ces miracles que peuvent toujours espérer ceux qui aiment.

7

Après une année de pause, j'avais repris le chemin de l'université, section « Sciences de l'éducation », tandis que Michael poursuivait avec succès, et sans beaucoup d'efforts, son cursus en informatique. Nous avions un grand projet d'évasion lointaine : l'Égypte ! Je tenais à assumer financièrement ces vacances : hors de question qu'il m'entretienne. J'avais donc combiné un temps plein chez Decathlon et quelques heures en soirée au CTC. L'Égypte avec lui : mes premières vacances d'amour exotiques et luxueuses ! J'avais tellement d'attentes que je ne voulais pas que des soucis financiers risquent de les gâcher. Tout devait être au mieux pour les vacances de ma vie ! Plus que quelques mois à attendre...

Des projets à court, moyen et long terme. Nous n'envisagions pas la vie l'un sans l'autre.

Je devais me rendre à Paris pour passer l'examen du BEES (Brevet d'État d'éducateur sportif), option karaté. La dispersion des épreuves m'obligeait à y rester toute une semaine et j'avais donc réservé un petit hôtel non loin de l'endroit des évaluations. Comme il n'y avait qu'une session par an, je ne pouvais pas reporter. Deux collègues masculins m'accompagnaient pour cette épreuve. Ils étaient sympathiques, un peu plus âgés que moi et passionnés par cet art martial.

Miracle : leur présence ne lui fit pas grincer des dents. Du moins, il n'y paraissait pas… J'avais frémi pour rien. Est-ce qu'il commençait à avoir confiance ? À comprendre ?

Le moment était venu de notre première séparation. Il était si triste !

« Ça va être si long, ma chérie, reviens vite et réussis ton brevet. Je sais que tu vas l'avoir. Courage, je pense à toi ! Ça va être horrible de dormir seul. Je crois que je vais me sentir tout con ! »

La semaine passa… Une éternité ! Il m'appelait très souvent, me gênant même parfois dans mes révisions. Comment refuser les appels et les « je t'aime » ? Impossible, il était si doux, attentif, encourageant et amoureux. Toujours à me dire que je devais persévérer et qu'il croyait en moi. Le matin pour me souhaiter bonne journée, plusieurs fois avant midi, et ainsi de suite jusqu'à extinction des feux, très tard au petit matin. Il avait dû faire d'énormes efforts pour canaliser sa jalousie. Je m'en réjouissais ! Nos retrouvailles furent dignes d'une séparation de plusieurs décennies.

Avoir une passion dans la vie, c'est essentiel pour aimer vivre… Je l'aimais… Je lisais dans son regard qu'il ne me quitterait jamais.

Les vacances de février arrivèrent : à nous l'Égypte ! Un autre monde nous attendait, une semaine dans le nord, une autre beaucoup plus au sud. Le moment était enfin venu de prendre l'avion – une première pour Michael. Comme l'Airbus, nous avions des ailes. Nous étions impatients, amoureux comme jamais. Nous atterrîmes sous un soleil de plomb et découvrîmes un paysage paradisiaque. Je me sentais la femme la plus heureuse du monde. Hôtels grand luxe pour une bouchée de pain en cette période, petits-déjeuners en terrasse avec vue sur le Nil. Les gens, d'une culture si différente de la nôtre, éveillaient notre curiosité. J'avais soif d'excursions et de dépaysement. Nous passâmes des moments mémorables, quinze jours et quinze nuits de régal. Abou Simbel fut la plus étonnante découverte du voyage. Nous paraissions si minuscules face à ce gigantisme ! Un grain de curiosité archéologique, un soupçon d'histoire, un grand bol de connaissances… et des tentations communes. Ce furent les meilleures vacances de ma vie et elles le resteront à tout jamais. Ces semaines resserrèrent encore davantage nos liens. Nous nagions en plein bonheur. Pas de rivalité, pas de concurrence, pas d'animosité… Michael était détendu. La mauvaise période de sa jalousie semblait passée pour de bon. Contrôle douanier aidant, la drogue ne fut pas du voyage. Je le découvrais sans cette accoutumance et l'homme qui se dessinait était superbe. Un sevrage était-il possible ? Une vie saine, un corps et un esprit sains. Je lisais dans ses yeux qu'il profitait de ces instants magiques. Osmose, harmonie, amour… Que la vie était belle ! Les nuits, douces et coquines… Je rêvais les yeux ouverts.

Objectif : le rendre heureux. Un sourire. Une joie de vivre ! Objectif atteint.

Sur une haute terrasse bordée de murs au 13e étage, je glissai coquinement ma main vers son gland déshabillé et devinai que lui aussi était excité. Je lui lançai un regard allumeur auquel il répondit par un air perplexe. Je commençai à m'en amuser, mais il stoppa mon élan.

« Toi alors, t'es pas bien ! On pourrait nous voir… Arrête ! »

Il était tout embarrassé.

« Relax, personne ne peut nous voir… Profite, je veux t'envoyer au septième ciel. Laisse-moi faire… »

Il me repoussa, gêné et étonné de mes audaces. Personne n'aurait pu nous surprendre, pourtant. Discrétion garantie dans ce panorama bleu azur et vert palmier. Dommage, j'avais plein d'idées…

Vous ne vous êtes jamais dit : c'est le bon, alors je peux oser… Tant de fantasmes… Un mélange sensuo-sexuel… Je voulais lui offrir ce que lui seul connaîtrait de moi. Le pas était franchi et dans mon esprit, c'était bien lui le dernier. L'extase que je vivais à ses côtés, le dialogue corporel, tout ce que l'on peut faire avec un corps qui s'adonne. Toute imagination devenait une possible réalisation.

Un vendeur de papyrus nous offrit un cadeau : un tableau avec nos deux prénoms écrits en hiéroglyphes. J'y vis le symbole d'une alliance : Michael d'un côté, moi de l'autre. Nous discutâmes en anglais avec cet Égyptien qui tenait à nous dépeindre la vraie vie des gens de son pays. Une vie pas très facile. Il nous emmena dans son quartier où nous pûmes nous rendre compte de la richesse locale de ce pays. Une chicha au coin d'un carrefour, un mariage multicolore… et des mendiants qui affichaient un sourire malgré leur pauvreté. Un célèbre coiffeur me repéra pour ma rousseur lumineuse atypique ; il désirait que je pose en tant que modèle. C'était le dernier jour, mon compagnon refusa.

Eh oui, il décidait de tout… Je considérais qu'il avait son mot à dire, mais j'oubliais le mien.

Deux semaines achevées et des tabous transgressés… sous l'oreiller. Puis vint le jour du retour au bercail. En rentrant, rien n'allait plus ! Les vacances s'étaient si bien passées, pourtant. Son père vint nous chercher à l'aéroport et nous lui racontâmes notre séjour. Lucifer dépeignit le Nil comme un ruisseau pollué, le soleil telle une boule de feu desséchant la peau, la pauvreté culinaire du pays et je ne sais plus quelles autres misères.

« Les Égyptiens, ils ne font rien de bien ! »

Enfin quoi ! Nous avions dormi dans deux hôtels cinq étoiles et nous avions vu les mille merveilles du monde ! Tout ce que j'avais ressenti comme des trésors n'était donc que laideurs ? Un paradis décrit de façon si… pauvre et insensée. J'étais sceptique, moi qui avais tant apprécié ce pays merveilleux. Pourquoi cette description ridicule ? Je ne comprenais pas. Il m'avait dit, là-bas, qu'il adorait ces gens, ces richesses, cette culture. J'étais en colère. Agacée par sa description, je lui coupai la parole et commençai un compte rendu totalement différent :

« Moi, j'ai adoré. On a fait plein de découvertes. C'étaient de superbes vacances… »

Il resta sur ses positions et moi sur les miennes. Un peu comme si nous ne contions pas le même séjour… Combien de personnes n'apprécieraient pas de découvrir l'Égypte avec leur compagne ou compagnon ? J'étais déçue et blessée. Je savais bien qu'il n'avait pas envie de retrouver cette maison : celle de son père inexistant, de sa sœur envolée et de sa mère défunte. J'avais eu raison d'appréhender ce délicat retour à la réalité. Malgré un cadeau par-ci, un sourire par-là, une attention, Michael replongea dans la déprime et la vie mélancolique reprit le dessus. Inexplicable ! Chaque démarche pour le faire sourire était stérile et il continuait à dépeindre ces deux semaines comme un réel calvaire.

Je comprenais sa souffrance mais elle s'éternisait et c'était la bonne excuse pour toutes les déviances : drogue, drogue et drogue pour une âme en peine. Son angoisse nous submergeait et il coulait. Par-dessus tout, j'en avais marre de cette « saloperie » qui passait avant les câlins. Cette « merde » qui était redevenue quotidienne, une priorité qui me détrônait. J'avais besoin de repères stables et d'un minimum de cohésion. Je voulais une vie avec lui sans cette balance obscure du « je vais bien, je ne vais plus bien ». Michael continuait à vivre en rose, Lucifer en noir. Où étaient l'équilibre et l'harmonie dans cette inconstance perpétuelle ?

À cette époque, je ne me rendais pas compte que ma vie à ses côtés ne serait qu'une existence en yo-yo dans laquelle je devrais me calquer sur ses états d'âme. Il semblait vivre dans deux mondes en même temps, dans deux univers bien distincts mais qu'il tentait de confondre. Ses changements d'humeur dépendaient, je crois, de sa façon de percevoir ce double monde. Il n'y avait jamais d'entre-deux. Il raisonnait selon une sorte de système binaire dans lequel ses représentations du monde (le bon/le mauvais) déterminaient sa personnalité (le gentil/le méchant). Un monde qu'il contrôlait et l'autre où il ne maîtrisait plus rien. Comment m'y retrouver ? Pour moi, le gris, l'à-peu-près existaient. Pour lui, tout allait d'un extrême à l'autre sans s'arrêter jamais entre les deux mondes de son imagination. Tout basculait à tout-va, m'entraînant dans cette vague ravageuse et incontrôlable qu'était son instabilité.

« Construis-toi une vie ! Une ! Cesse de divaguer, de te balancer, car tu tombes toujours de plus haut », lui conseillais-je en ayant la sensation de parler dans le vide. Égoïstement : et moi ?

8

Un matin, réveil grognon. Sans motif, il m'engueula ! Insultes piquantes, désinvoltes et surtout imméritées. Je venais d'ouvrir l'œil et j'étais accusée de sa mauvaise nuit. Moi qui lui avais offert un Marsupilami pour qu'il s'endorme au pays des rêves, c'était un échec cuisant de plus ! Dans ce tourbillon de propos malveillants et de grossièretés irritantes, je ne pus retenir ma langue et m'empressai de prendre la porte. Du haut de son mètre quatre-vingt-sept, il me bloqua l'issue, m'interdisant formellement de quitter les lieux :

« J'en ai pas fini avec toi ! »

Il m'agrippa d'une main acérée, tel un vautour. De l'autre, une énorme gifle sur la joue gauche à me faire trébucher sur le lit ; œil au beurre noir naissant. J'avais mal au cou. Il n'y était pas allé de main morte ! Je tombais des nues et, pour me punir de mon soi-disant sarcasme, plusieurs petites « tapes » furent censées me faire reprendre pied. Un déclic, puis il s'excusa de sa maltraitance ; l'instant d'après, le coup était reparti.

Pour la première fois, le terme était lancé : « maltraitance ». La machine infernale de la violence se remettait en route, inexorablement. Après un premier abus, un premier palier franchi sur lequel pouvaient s'en poser tant d'autres, autant que permis. À chaque fois que la douleur augmentait, un nouveau palier était franchi. Cette spirale infernale était constituée d'autant de paliers que de degrés ou de formes de douleur. La gradation de la violence s'accompagne d'une gradation de la douleur physique et psychologique, jusqu'à la disparition des demandes de pardon et des promesses de changement. Bien entendu, je ne tenais pas ce genre de discours au moment des faits. Cette analyse, je n'ai pu la faire qu'après… « coups » !

Les soins promulgués par mon agresseur en pleurs, redevenu lui-même, et les glaçons sous la serviette ne suffirent pas à faire disparaître mon coquard, ni même à atténuer les traces alentour. J'avais la marque de ses doigts sur la joue gauche, l'œil poché et bleu, et quelques rougeurs par-ci par-là mais le plus touché, c'était mon cœur. Des empreintes, des preuves, une faute, l'homme que j'aimais me… Ah, quelle atrocité ! J'osai me regarder dans le miroir, mais cette vision m'insupporta. Je rejetai viscéralement ce que je voyais et préférai détourner le regard. Le choc… Je rentrai chez mes parents. Explication bidon, aveu :

« C'est Michael. » Ma voix basse résonna comme un coup de tonnerre.

J'aurais voulu leur mentir pour me soulager, mais j'étais trop honnête pour flouer des parents qui me faisaient confiance. Autant dire qu'ils étaient bouleversés, ma mère dans ses sanglots lents, mon père dans son impulsivité à me dire que je devais le quitter.

Colère retenue d'un père qui veut se faire entendre : « Tu n'auras que des soucis avec lui. Je comprends que tu l'aimes. Ça fait des années que tu lui cours après, mais ouvre les yeux ! Déjà la dernière fois, avec ta mère, on se posait des questions. S'il frappe, ça n'arrêtera pas... Pars, ma fille ! »

Mes parents avaient toujours respecté mes choix et mes sentiments. Pour la première fois, mon père me demandait de rompre. Ils n'avaient jamais rejeté ni dénigré aucune de mes relations, mais là... c'était différent. Et pourtant, ils l'appréciaient, au début. Leur jugement changea radicalement avec ce coquard.

Eux qui avaient toujours reconnu les qualités de Michael commencèrent à l'observer sous un autre angle. De mon côté, l'amour était toujours là mais je n'eus pas l'impudence de leur dire tout de suite... Pendant cette « attente forcée » mais nécessaire, mon entourage me disait que j'étais d'une naïveté déconcertante d'espérer une métamorphose. Au lieu de vouloir le changer, je devais plutôt changer de « mec ». À cela, je répondais que ce serait trahir mes sentiments et qu'il n'était pas un simple « mec ».

« Vous ne comprenez pas. C'est un accident. Je me suis pris son doigt dans l'œil ! me limitais-je à dire sans m'en convaincre moi-même.

— Enfin, réveille-toi ! Tu te mens à toi-même. Un homme n'a pas le droit de lever la main comme ça. Enfin, tu continues à lui trouver des excuses. Je voudrais t'épargner toutes ces peines...

— Vous ne pouvez pas comprendre. Il a perdu sa mère et tout…

— Et c'est une raison pour…

— Non, je sais bien. Ça va passer. Il pleure et je vais lui demander d'aller voir un psy. J'espère qu'il le fera… pour lui, au moins. Pour moi après. Je ne veux pas le changer, je veux juste qu'il abandonne ce pourquoi il souffre tant… »

J'en voulais aux gens de leur jugement hâtif. Au nom de quoi se le permettaient-ils ? Seule ma famille avait le droit de le faire et c'était bien assez. Moi, je ne jugeais aucune liaison : si un tel était avec un tel, c'est qu'il le voulait bien !

Comment pouvais-je me détacher de lui ? Me détacher de lui, c'était « m'arracher » à lui et à moi-même ! Et encore, dire que je devais seulement m'en détacher était une belle connerie. « Mon corps, c'est le tien. Ton corps, c'est le mien… » Je me souvenais. Peine perdue pour les autres d'essayer de nous comprendre.

Le médecin que je consultai me fit un grand sermon sur la violence et sur ce qu'un homme n'a pas le droit de faire à une femme. Parlez, parlez, je ne vous écouterai pas ! J'en avais trop entendu. Je ne supportais plus toutes ces mises en garde.

L'amour rend aveugle et sourd ! Ceux qui voient et entendent deviennent coupables d'une erreur de jugement !

Mes parents me forcèrent à porter plainte. À ce moment précis, je ne savais pas quoi penser. Est-ce que je devais dire « stop », comme tout le monde me le rabâchait ? Est-ce que je devais laisser courir ou mourir la situation ? Qu'est-ce que je devais faire ? Mon Dieu, qu'est-ce que je devais faire ? J'essayais de calculer, d'éclaircir, d'estimer ou d'examiner, mais tous ces événements paraissaient à la fois indescriptibles, confus et obscurs. Difficile de juger la situation, difficile de décider. Je me laissai conduire, et voilà. Le dépôt de plainte fut enregistré.

« Ne retirez pas votre plainte, mademoiselle. Tenez bon ! On en voit tant qui viennent la retirer en croyant monts et merveilles. »

Je ne répondis pas mais regrettais déjà amèrement cette démarche ! Je considérais avoir trahi Michael et je n'estimais pas qu'il méritait cette mise en accusation. J'avais obéi aux conseils, suivi une démarche médico-judiciaire. Perdue, je frémissais déjà. Et lui, qu'allait-il en penser ? Allait-il me quitter pour ce que je venais de faire contre lui ? Non, je ne voulais pas le quitter. Je ne voulais pas qu'il me quitte. Pourquoi avais-je fait ça ! « Michael, viens me chercher ! Viens… » pensais-je si fort qu'il devait m'entendre. Ils étaient tous contre nous et contre moi…

Je devais le quitter… Vous rendez-vous compte ? Je ne croyais vraiment pas cela possible ! Dire que c'était moi qui devais rompre le lien. Michael… Comment était-ce possible ? Ce doux Michael des couloirs du lycée ! Non ! Je ne pouvais pas… Je ne voulais pas… Un jour ou l'autre, tout recommencera. Un jour ou le suivant, et puisqu'il savait le temps qu'il m'avait fallu pour qu'il s'unisse à moi, on se retrouvera. Je l'aimais plus que tout et par-dessus tout. Je ne savais pas pourquoi. C'était comme ça. Est-ce qu'il fallait une raison pour donner son cœur ? Est-ce qu'il fallait une raison pour le reprendre ? Et d'abord, est-ce qu'il m'avait demandé une seule fois, ce cher docteur, si j'aimais cette personne ? Non ! Le diagnostic était donc nul. Et ce flic ne pensait sans doute pas que je portais plainte sous la contrainte ! Personne n'avait rien compris à ce qui fondait notre relation. Laissez tous tomber ! Que de la théorie, vous ne savez rien de l'amour qu'il y a entre nous !

Et vous, lecteur-lectrice, qu'accepteriez-vous au nom de l'amour ? J'entends souvent dire : « À ta place, je serais partie depuis longtemps. » Il existe une grande différence entre imaginer une situation et la vivre. Cette différence s'appelle les sentiments. Je vous conseillerais moi aussi de partir, et pourtant je suis restée, et je respecterais votre choix d'en faire de même. Je pense à cette amie d'antan qui me déclarait, sûre d'elle, qu'elle ne se mettrait jamais avec un « type à problèmes », et qui s'est pourtant retrouvée à rouler des joints à son compagnon, à le réanimer après chaque bouteille, à les lui acheter, même. Alors ? Moi aussi, je disais : « Si un mec me touche, il prend la porte. » Mais non… Je le regrette : si je n'avais pas eu ce cœur, j'aurais sans doute moins souffert.

Je poussai également la porte du SAVU, le Service d'aide aux victimes d'urgence. Mais attendez, je n'étais pas victime ! Et que me voulait cette femme, Charlotte, qui me parlait de la violence conjugale ? Non, cela n'était pas pour moi. C'était un accident.

Il m'aimait et m'avait dit qu'il ne recommencerait plus jamais. Je savais bien que c'était déjà arrivé mais… Non… Il s'en voulait tant ! Qu'est-ce que je fichais là ? J'étouffais en ce lieu et je voulais « mon homme ». Je voulais sortir et retrouver « ma peau ». Loin de vouloir le fuir, j'avais de plus en plus besoin de lui. Effet inversé : plus vous me direz de partir, plus vite je retournerai avec lui ! Je n'étais pas prête à écouter, ni même à entendre. D'ailleurs, Charlotte me l'avait dit elle-même, alors pourquoi insister ? J'étais incapable de le quitter. Jamais je ne le quitterais. Nous nous étions promis un amour infini. Je tiendrais ma promesse. Je savais ce que je faisais et où j'allais. Impossible de résister à ses caresses, à ses mains. Je croyais en lui. Peut-être qu'un mauvais coup était parti, mais il avait compris.

À chaque empoignade, j'avais le besoin rassurant mais destructeur de dédramatiser l'événement. Ce refus me menait au déni : erreur dans la perception de la réalité parce qu'elle pouvait avoir des conséquences traumatisantes. Me persuader que ce n'était pas grave était une défense. Pas la meilleure… Déni des coups et des interdictions. Je sous-estimai pendant longtemps les conditions réelles de cette oppression. J'avais besoin de me sentir bien malgré tout et au nom de cet amour intarissable, je ne pouvais partir. Je ne pouvais le laisser seul dans sa tristesse. Je ne pouvais me laisser seule, sans lui.

Cette femme avait l'air très sympathique, mais je n'avais pas besoin de ses recommandations. On s'était trompé sur mon compte. On s'était trompé sur le sien ! Au revoir. Pardon : adieu !

La passion peut devenir dangereuse, mais comment s'en passer ? S'il était méchant, c'est qu'il allait mal. Il pouvait donc changer. Je guettais cette mutation, que Michael gagne sur l'autre. Que Michael assassine Lucifer. J'avais espoir !

Je reconnaissais en revanche qu'il avait besoin de recourir à un service d'aide psychologique. Quelles étaient les racines de son mal ? Je lui présentai cette démarche comme la condition *sine qua non* de mon retour. Je fus très virulente dans mes propos, pour qu'il mesure la dangerosité de ses actions et qu'il comprenne l'obligation d'une prise en charge psychologique. Sinon, notre relation serait vouée à mourir. Une chose était certaine : il n'arriverait pas à faire de moi une femme soumise.

Qu'est-ce qu'il pleurait ! Lui qui disait n'avoir peur de rien, c'était faux ! Une chose le terrifiait : l'idée de me perdre. Il restait là, à pleurer seul au téléphone, dans sa voiture, au coin d'une rue, chez sa sœur, devant ma porte ou celle du dojo, pendant si longtemps, implorant mon pardon et faisant appel à ma gentillesse, notre complicité, l'amour, les promesses, les bonnes résolutions… Il restait là, prostré pendant des heures interminables, à se démolir, à s'immoler. Complètement avachi tel un mort-vivant, s'abaissant à même le sol. Combien de fois se mit-il à mes pieds ? Je ne voulais pas de cette humiliation… Arrête !

Bien décidé à ne pas répéter cette faute qu'il qualifiait lui-même « d'impardonnable », il se rendit au Centre médico-psychologique dont dépendait sa ville. Il y alla souvent et longtemps. Un infirmier psychiatrique, Albano, lui faisait vider son sac sur « le mauvais Michael ». Apparemment, les entretiens se passaient bien ; je me reposais sur l'espoir... Ce qui me semblait primordial, c'était qu'il mette des mots sur sa souffrance et qu'il évacue cette mauvaise partie de lui-même. C'était sûr : s'il se purgeait de ses angoisses, notre relation en sortirait gagnante et rayonnante. J'aurais prouvé à tout le monde que j'avais raison. Chacun mérite d'être aidé et aimé. Une partie de lui, dont il était victime et qui le gangrenait, devait sortir de son ventre. Mais dans le fond, sa nature première était la gentillesse ! D'un commun accord, je ne lui posai pas de questions sur ses entretiens. Juste quelques paroles d'encouragement pour lui témoigner mon soutien. J'avais confiance et tout ce qui comptait, c'était qu'il se soulage de cette angoisse et de cette jalousie, et qu'il diminue sa consommation de drogue.

Mon entourage, qui avait observé ma dépersonnalisation, tantôt dans le silence, tantôt dans la discussion, ne pouvait comprendre comment j'avais pu me laisser entraîner dans cette folie. Famille et amis avaient tout tenté pour me faire lâcher prise, mais rien n'y faisait. Je ne savais plus distinguer ce qui était salvateur de ce qui était dangereux. Je ne savais plus faire la part des choses entre amour-fascination et amour-destruction. Je ne comprenais rien et n'entendais rien. Il est bien plus simple de cerner la pathologie d'un couple dont on est étranger et bien plus facile de l'extérieur de mettre des mots sur des faits répréhensibles. Distance affective et objectivation ne m'étaient pas permises dans cette relation que nous entretenions, car l'objectivité nie les sentiments.

Je savais ce que voulait dire « confidentiel » et je respectais cela. J'écoutais ce qu'il me faisait partager, mais je n'étais pas psy. J'étais « sa femme » et j'étais très fière qu'il se prenne en charge. Lui qui refusait toute aide extérieure, il acceptait enfin de se faire aider pour ne plus reproduire de tels actes... Et vivre ! Se soulager d'un poids, d'un poing, de quelque chose que je n'arrivais pas à identifier. Pendant la semaine qu'avait duré notre « mise à distance », il m'écrivit beaucoup, et ses phrases me disaient que j'avais raison de garder l'espoir. Il me demandait pardon, il me disait qu'il ouvrait les yeux, qu'il prenait conscience de pas mal de choses, de cette relation mère-enfant qu'il m'avait imposée et qui n'était pas saine, du mal qu'il m'avait fait. Il m'affirmait vouloir me donner son amour et non sa peine.

Mes parents ne comprenaient rien à la violence de cet homme qui disait aimer leur fille mais qui l'avait pourtant malmenée. Ils ne comprenaient pas davantage mon comportement. Sa faute était visible ! Pas besoin d'expertise médicale, il suffisait d'un seul regard pour constater les malveillances. Perdus et en alerte, mes parents ne concevaient pas mon acharnement à le défendre.

Aimer, c'est trouver sa richesse hors de soi !

Aimer, c'est donner raison à l'être aimé même lorsqu'il a tort !

Aimer, c'est donner sans vouloir recevoir !

Je le défendais sans défendre ce qu'il faisait !

Face à ses sanglots et ses doutes, je tentai de rassurer ma mère :

« Il va se prendre en charge, maintenant. Je ne vais pas l'abandonner alors qu'il fait tout pour s'en sortir. Il regrette tant ce qu'il a fait, tu sais.

— Mais ma chérie, un homme qui lève la main une fois recommencera. C'est certain ! C'est un caractériel. Il est violent et il n'avait pas le droit. Tu es rentrée dans un triste état. Il ne changera pas. Il a toujours été comme ça. Et comment expliques-tu la soudaine disparition de son père ? Il y a forcément une raison. Et...

— Écoute, je ne suis pas prête à le quitter. Je l'aime, Maman. Je ne lui ai pas pardonné, mais je ferai avec. Tant pis, on ne peut pas revenir sur le passé. De toute façon, si vous m'obligez à rompre, toute ma souffrance retombera sur vous. C'est sûr, c'est à moi de décider et c'est tout décidé.

— Ma chérie... Je sais que tu espères, mais je souhaite que tu ne sois pas déçue. Je sais que tu as des sentiments forts pour lui. Moi, je ne crois pas qu'il changera... Je veux ton bonheur.

— Maman, je sais que ce sera difficile et qu'on ne peut pas changer comme ça, mais il est suivi. Je ne veux pas le quitter. Non ! Il déprime déjà assez comme ça, je veux l'aider. C'est comme si on traçait une courbe. Je veux qu'il soit en ascension et qu'il se sente mieux dans sa vie… avec moi. Il vaut mieux que je sois là : le point de départ sera déjà plus haut que si je m'en vais maintenant ! Imagine qu'il trouve une autre fille et qu'il soit toujours gentil avec elle. Jamais je ne me le pardonnerais. Ah non, c'est clair ! Pas pour une autre fille ! Je veux essayer, sinon je le regretterai toute ma vie. Maman, je n'ai qu'un Michael… »

Que répondre à un tel discours empreint de croyances ?

Michael et moi, c'était pour la vie ! J'avais donné ma promesse et il m'avait promis de m'aimer et de me chérir jusqu'à ma mort, pour le meilleur et pour le pire. Accepter le pire sans pour autant renoncer au meilleur ! C'était vrai, nous n'étions pas mariés mais dans nos esprits, c'était tout comme. Je resterais avec mon Prince. J'avais une mission, un amour qui fusillait tout ! Non, je ne changerais pas de ligne de vie, je ferais tout pour le garder.

Le temps de la séparation physique devait s'interrompre – elle ne servait à rien. Nous convînmes d'un rendez-vous commun au CMP avec Albano. Je ne savais pas vraiment si ce recours allait porter ses fruits, mais il fallait tenter. Quelles autres solutions s'offraient à nous ? Albano nous reçut, alors que nous avancions, main dans la main. L'air était saturé des palpitations qui se dégageaient de nos corps. La situation était très délicate mais ce qui ressortait le plus, c'était notre complicité. L'infirmier ouvrit le dialogue.

« Que reprochez-vous à Michael ? me demanda-t-il.

— Sa violence. Il est anxieux et je pense que s'il arrivait à se canaliser, il maîtriserait ses crises. Parce que je n'en veux plus. Ça, c'est certain, je ne tolère pas la violence ! Et je voudrais qu'il retrouve son sourire !

— Et toi, qu'as-tu à reprocher à ton amie ?

— Rien, je l'aime et je ne comprends pas ce qui s'est passé… J'ai tellement honte… »

Il me serra la main avec un regard amoureux et triste.

Ne recommence plus, je t'en supplie. Je ne supporterais pas de devoir partir. Je ne pourrais pourtant pas rester !

L'entretien mit l'accent sur la nécessité de « prendre l'air » lorsque tout semblait s'effondrer. Michael semblait ne pas savoir comment réagir autrement lorsqu'il était confronté à une situation inconfortable. Lucifer surgissait alors. Il avait peur de beaucoup de choses (abandon, jalousie, dépendance…) qui le rendaient incontrôlable et impatient.

Les grandes questions : avais-je le pouvoir de changer quelqu'un ? En avais-je le droit ? Et lui, était-il prêt ? Le voulait-il réellement ? Était-ce possible ? L'aide psychologique pouvait-elle y faire quelque chose ? Est-ce que la volonté suffisait ? Puisqu'on s'aimait, l'espoir était là. Quand je pardonnais, je pensais que la crise était de nature accidentelle. Mon couple se stabilisait alors dans l'illusion, mais je ne le savais pas encore. La crise était finie... Lui et moi pensions, dans l'intensité des réconciliations, qu'il n'y avait plus de problème. Mais le feu, qui semblait éteint, était peut-être seulement endormi sous la cendre. J'avais toutefois la force d'y croire encore... La faiblesse ? L'insouciance ? La déraison ? La stupidité ?

Après deux semaines de séparation, nous nous retrouvâmes chez lui, autour d'une table. Un bon repas m'attendait : homard, petites crevettes grises et pamplemousse. Il avait mis les petits plats dans les grands. Un véritable festin s'offrait à moi avec une tenue de table irréprochable, un service minutieux... Nul besoin de bougies, le décor s'illuminait par ses yeux si tendres qu'ils en devenaient coquins. Peu d'échanges, juste des danses de pieds nus sous la table. Dans cette ambiance pleine de romance, j'avais décidé de pardonner les erreurs qu'il avait pu faire. Même si on me criait mes torts et les siens, je rêvais encore. Je me foutais du monde entier tant que l'amour inondait nos jours.

J'avais peur de ne connaître qu'un seul amour dans ma vie. Ce que j'avais vécu en sa présence relevait de l'inhumain... Je voulais être au creux de son épaule et je me fichais du reste. Je voulais dormir à ses côtés et le sentir respirer dans son sommeil. Je voulais l'entendre me dire « je t'aime ». Je voulais pouvoir poser ma main sur son doux visage ou mes pieds contre les siens toutes les nuits. Je voyais grand. Je voyais toute la vie. Cupidon avait pointé sa flèche vers moi, je ne saurais jamais l'orienter vers un autre. Ce coup de foudre, il n'en existerait qu'un.

Les journées s'enchaînèrent, mais les restes de contusions me rappelaient ce qui s'était passé. Je pestais et le lui faisais remarquer : sa faute était visible.

C'était pourtant bien lui qui me soignait : mon premier tube d'Hémoclar…

9

Mon « cache-marques » attirait les regards indiscrets, impolis ou compatissants. Mes lunettes noires témoignaient d'un problème bien concret. Au karaté, le mensonge s'imposait. Comment dire que je m'étais fait agresser par l'homme qui venait me chercher à la fin de la séance ? Mes élèves et leurs parents le connaissaient. Il venait très souvent me voir. Un professeur de karaté qui n'avait pas su se défendre : comment « arranger » le tragique ? Il fallait garder la tête haute et ne pas laisser le doute s'installer, j'aurais perdu toute crédibilité auprès de ces enfants venus chercher les armes pour se défendre !

Aussi choquant que cela puisse paraître, j'arrivais à l'excuser. Sa violence était intolérable, mais il souffrait plus que moi... Il s'excusait parfois à genoux, me suppliait ; je finissais par succomber devant sa tristesse et son désarroi. Toutes ses excuses étaient comme des baisers volés. Il fallait oublier, mettre ces moments douloureux dans la boîte à souvenirs et faire en sorte d'en perdre la clé.

À l'université, seule ma copine Gaëlle avait saisi ma tourmente. Le téléphone sonnait de façon

« anormale ». À ma grande surprise, elle m'apprit que son frère était quelqu'un de violent :

« Un jour, il était tout content de me raconter comment il avait fracassé la tête d'un mec au volant de sa voiture devant témoin, avec son enfant à l'arrière ; un autre, avec quelle furie il avait envoyé son repas sur les murs parce qu'il n'était pas à son goût. C'est moi qui le lui avais concocté par gentillesse… »

Je lisais facilement sa peine. Elle aurait tant aimé conserver de bonnes relations avec son frère, cet être avec lequel elle avait grandi, mais son contact était synonyme de souffrance. Malgré tout, son absence était loin de la satisfaire :

« Je l'aime. C'est mon frère mais… je l'aime. »

Elle s'autorisa un petit :

« Pars ! »

Sans doute comprendrez-vous l'amour de Gaëlle envers son frère. Il était normal qu'elle l'aime, puisqu'ils étaient unis par des liens de sang. Les liens de la famille sont sacrés, « définis » comme irremplaçables (et j'insiste sur ce terme : « définis »). Et pourtant elle ne l'a pas choisi, ce frère violent. Michael n'était pas mon père, ma mère ou mon frère, mais je l'avais choisi comme époux. Une famille à venir.

Les déclarations enflammées de Michael s'enchaînaient, à mon grand plaisir. L'une d'entre elles m'avait particulièrement émue : « Notre premier baiser, c'était dans les escaliers du lycée. Tu étais devant moi, tu t'es retournée et je t'ai embrassée. Ça fait plus de six ans, je crois… Crois-tu que je n'ai pas eu l'étincelle ? Tu étais habillée avec ton pantalon noir et ta chemise bleue, rien dans les cheveux et un léger trait de maquillage sous les yeux. Seulement, j'étais jeune et je ne voulais pas te trouver si tôt, mais j'ai toujours su que je te retrouverais un jour. La semaine où tu crois qu'on s'est croisés par hasard... j'avais tout calculé... je t'ai toujours aimée, même quand je n'étais pas encore là. Tu portais ton jean bleu et blanc, c'était merveilleux de te revoir et j'ai hésité à te sauter dessus ! Tu sais bien comment je suis. Il fallait que tu aies l'impression de me conquérir et j'étais du tout cuit depuis longtemps déjà ! Oh... Garde-moi jusqu'à la fin... Je ne peux pas me passer de toi, et toi non plus ! »

Je n'osais y croire... Si cet épisode avait été banal, il n'aurait sans doute pas retenu tous ces détails, qui étaient justes. Je me souvenais de ce baiser pour l'importance qu'il revêtait à mes yeux. Il ne m'était jamais venu à l'idée qu'il avait été aussi important pour lui !

Mes parents refusèrent qu'il fasse partie des nôtres le soir de Noël, quelques semaines seulement après sa « faute ». Il passa donc le 24 décembre seul, sans famille ni amis, sans cadeaux ni petits plats. Il ne cessa de m'appeler. J'étais triste de cette situation. Il appartenait à cette famille, même si... Je le rejoignis le lendemain pour aller déjeuner chez sa grand-mère, qui nous accueillit comme des rois.

« Prépare tes bagages, ma chérie. J'ai une surprise pour toi, me lança-t-il ce soir-là.

— Ah ?

— Je t'aime et on a eu des moments difficiles ces temps-ci. Je me suis dit qu'un voyage aux pays des amoureux pourrait nous faire du bien.

— Un voyage ?

— Le Nouvel An à Venise… Je t'emmène. »

La rémission est une phase capitale pour comprendre la violence conjugale. La première période, celle où l'on implore le pardon, est la plus importante : l'agresseur prend conscience et se culpabilise d'en être arrivé là. Le moteur du pardon est alors enclenché. Michael désirait maintenir cette relation de couple en me persuadant qu'il souffrait plus que moi et qu'il s'agissait d'un accident exceptionnel et condamnable. « Pardonne-moi ! » m'implorait-il avec ce regard d'enfant attristé que la mère ne peut rejeter.

Qui aurait pu ne pas être envoûté par cet homme ? Moi, je succombais. Cette année-là, le réveillon se passa donc place Saint-Marc. Une semaine de douces réconciliations, des moments cruciaux dans une existence ! « Depuis que tu as pris mon cœur, tu n'as plus jamais voulu me le rendre ! » m'avait-il déclaré. Il y avait bien eu une petite prise de tête avant le départ, certes, et j'avais failli ne pas prendre l'avion – mais nous avions décollé, voilà tout. Il avait réservé un hôtel près du pont des Soupirs. Pas de familles à l'horizon, peu de personnes âgées… un concentré de jeunes couples comme nous, venus éprouver le charme de ce lieu si réputé.

« Gondola, gondola ! » C'est ainsi qu'on nous invitait au rituel vénitien. C'est vrai que la romance était de circonstance. Ce que je préférais, c'était les pigeons par dizaines, qui venaient sans peur picorer sur nos mains tendues. Ils se laissaient caresser au bon vouloir des touristes, ravis de ce contact. Qu'est-ce que j'ai pu rire en me prêtant au jeu !

Bien entendu, et c'est ce que j'apprendrais à mes dépens, cette phase de séduction, de pardon ou de lune de miel n'est rien d'autre qu'illusion. J'étais sincèrement attachée à cet amour idyllique et dans ma naïveté, je voulais y croire, ne fût-ce que pour vivre ces instants magiques et utopiques.

Et la vie reprit son cours… Le 6 mars, pour mon anniversaire, Michael m'offrit un autoradio, dont je ne profitai pas longtemps car on me le vola quelques jours plus tard sur le parking de l'université. J'étais en ligne avec lui au moment où je me rendis compte que ma voiture avait été braquée.

« C'est rien, ma chérie. Tu n'y es pour rien. Ça arrive. Je t'en achèterai un autre. Je pense à toi. Je t'aime et cet autoradio, je m'en fous… Tant qu'on ne s'en prend pas à toi, ce n'est pas grave ! »

Sa voix voulait me consoler, mais je me disais que *lui* s'en était pris à moi.

Par hasard, je revis une copine oubliée depuis une dizaine d'années. Je me souvenais d'une fille élancée, dynamique et studieuse. Je vis arriver une femme anorexique. Dans mes souvenirs, elle était si « différente »… Son caractère, à première vue, n'avait pas changé, mais son physique trahissait nettement un trouble du comportement alimentaire.

Ses os affleuraient, sa peau ternie et si fine laissait apparaître ses veines, énormes tuyaux violets. Dix années étaient passées et trop de kilos s'étaient envolés. Les gens se retournaient sur elle, pourtant elle tentait désespérément de passer inaperçue. Nous n'abordâmes pas le sujet, mais l'envie me dévorait de lui tendre la main. Bien consciente que je ne devais pas percer un lourd secret au premier rendez-vous, je m'abstins. Au fil des mois, nous nous vîmes de plus en plus souvent. Nous avions repris nos habitudes d'antan. C'est elle qui prit l'initiative de parler de nourriture. Finalement, elle était très gourmande et s'octroyait des repas que mon estomac n'aurait su ingurgiter. Sans doute m'étais-je trompée dans mon diagnostic ? Elle s'appelait Blandine.

L'évidence ? « Parfois, on se trompe dans l'analyse d'un événement parce qu'on est resté figé dans le seul point de vue qui nous semble évident », écrit Bernard Werber dans un de ses livres : Blandine paraissait souffrir d'anorexie, mais elle était boulimique vomisseuse ! Michael « était violent » mais ne l'était plus. Cette évidence vous aveugle ! Vous aviez tort ! Il avait évolué, grandi, mûri et n'agissait plus ainsi. Oui : rien n'est constitué d'évidences. Tout n'est qu'incertitude, potentialité, éventualité. Tout n'est que choix, illusion, croyance, courage, persévérance, volonté.

Un élan et :

« J'ai un petit souci avec une fille que j'estime. Elle a un problème. J'ai besoin de lui parler mais je n'ose pas… Je ne veux pas la forcer à se confier si elle n'en a pas envie... Je ne sais pas, je suis dans le flou ! » lui livrai-je timidement.

J'avais choisi de parler d'une connaissance extérieure mais, perche après perche, elle comprit que cette fille « que j'aimais bien », c'était elle. Les vannes ne s'étaient pas fermées. Le dialogue était ouvert mais elle ne reconnaissait pas la lourdeur qui se cachait derrière sa légèreté apparente. Elle se caractérisait tellement à travers cette pathologie que, sans elle, elle n'était plus elle-même. Je lui livrai une image : « Si on se dessine sur une feuille et qu'une tache vient salir ce portrait, est-ce que ce n'est plus le même dessin ? Est-ce que la tache fait disparaître le dessin ? Non, le dessin est toujours derrière. Il faut juste se donner le courage d'effacer cette noirceur. Quand vas-tu percer des trous pour évacuer le problème ? Il y a une solution à tout ! »

Notre conversation fut longue. Ce que je voulais lui faire comprendre, c'est qu'il fallait se donner les moyens, que la tache ne devait pas recouvrir le tableau. Il était toujours temps ! Bien entendu, j'avais pris appui sur le comportement complètement changé de Michael. Il avait su gommer à temps sa tache en restant lui-même. Maintenant, tout allait mieux pour l'un et donc pour l'autre. Courage, Blandine...

« Prends soin de toi afin que ta nature profonde ne soit pas salie par cette pathologie qui gagne du terrain. Il y a des professionnels pour t'aider, mais la seule personne qui puisse réellement faire quelque chose, c'est toi. Aide-toi et le ciel t'aidera ! »

Je supposais qu'elle ne s'était pas remise de sa

séparation avec « l'autre bout d'elle-même ». Elle avait rompu et il était trop tard. À force de se croire une moitié, elle ne pesait plus qu'une demi-personne. Je la comprenais très bien mais il fallait qu'elle se remue avant de disparaître totalement. Je deviendrais sans doute, moi aussi, une demi-personne si Michael s'éloignait…

Elle avait l'impression de ne plus être elle-même sans ce trouble. Cette caractéristique était tellement inhérente à sa personnalité que la lui ôter serait enlever une partie d'elle-même. Je compris alors pourquoi Michael me disait avoir peur de devenir « quelqu'un d'autre ». Simultanément, j'effectuai donc un parallèle entre nos taches respectives : Blandine et son trouble alimentaire, Michael et sa violence, moi et ma faiblesse face à cet homme… Est-ce que ma tache était Michael ? Je dus reconnaître que je n'étais pas sevrée de cette addiction amoureuse. Fièvre : « La passion est une fièvre de l'esprit qui nous laisse toujours affaiblis » (William Penn).

10

Tout allait bien dans le meilleur des mondes. Mes parents s'étaient faits à l'idée que Michael et moi étions toujours ensemble – ils n'avaient pas le choix –, mais je sentais qu'ils gardaient un œil sur nous... méfiance naturelle et justifiée. Michael s'était réinscrit au water-polo, ce qui me réjouissait au plus haut point. Un lien social, un équilibre de vie, un exutoire, une activité qu'il faisait seul : un peu d'autonomie ! Dès les premiers entraînements, il me contait son goût de l'eau, l'esprit d'équipe et la soif de victoire. De mon côté, le petit rythme habituel ne me déplaisait pas : boulot, copines, karaté, gymnastique... Mais les boîtes de nuit étaient toujours aux oubliettes et les copains aussi.

« J'ai un match ce soir à 18 heures, est-ce que tu seras là ? me demanda-t-il un matin.

— Bien entendu ! »

Je ne pouvais pas prévoir que le dernier cours de la journée s'éterniserait. 17 h 30 : autant dire que je n'y serais jamais !

« Allô ? Je suis désolée, mais je viens juste de sortir de cours. Je ne pourrai jamais être là ce soir. Je suis désolée, vraiment, il y a eu un imprévu !

— C'est dommage... Tant pis ! Il n'y a pas moyen que tu boostes un peu ?

— C'est l'heure des bouchons ! Je serai là la prochaine fois. Je te souhaite de gagner ce...

— Bah, laisse tomber, je ne vais pas y aller !

— Mais si, vas-y ! Il n'y a pas de raison ! Je te rejoindrai chez toi après manger. »

Michael était bien triste, mais décidé à ne pas tenir son engagement. À force de négociations, il plia, mais sa joie de reprendre la compétition s'était estompée face à la déception de ne pas m'y voir. La conversation se termina de façon cordiale et chacun reprit son chemin.

Ce soir-là, toutes les stations-services étaient bondées en raison d'une grève des compagnies pétrolières annoncée pour le lendemain. Mon réservoir ne me laissait malheureusement pas le choix : il fallait que je m'y arrête moi aussi. C'était une cohue indescriptible ! À peine arrivée, une 206 noire vint se garer derrière moi. J'étais furax : Michael était là, sourire aux lèvres. C'était d'un infantilisme déconcertant qu'un homme de 22 ans annule un engagement sous prétexte que sa petite amie était absente. Où était mon champion national d'antan ? Et notre indépendance ?

Je voulais une vie mais j'avais l'impression de n'avoir qu'une vie de couple ! À force d'être l'un sur l'autre, je commençais à devenir claustrophobe ! Besoin d'autonomie, d'indépendance... Nous vivions dans un cocon qu'il resserrait. Il le serrait si fort qu'il m'étouffait. J'avais besoin de liberté et il continuait à m'enfermer. Pour lui, plus la bulle se rétrécissait, plus nous profitions l'un de l'autre. Plus il m'enfermait, plus il me disait qu'il m'aimait. Et plus je lui criais de me laisser mon espace de liberté.

Dans un réflexe dépourvu de toute logique, déroutée par ce comportement immature, j'activai le verrouillage des portes. Mon humeur et ma consternation ne laissaient aucune chance au dialogue. Pour une fois, c'était moi qui rejetais toute conversation. Michael resta planté là. Son front commença à perler de sueur. Ma tension montait en flèche. Je feignis de l'ignorer tant la situation m'échappait. Il tournait autour du véhicule en hurlant. Je ne cessais d'augmenter le volume de la musique pour ne rien entendre.

Jurons, éructations ? Déclarations d'amour, aveux de sentiments ? Je ne saurai jamais ce qu'il s'exténuait à me hurler.

À droite, à gauche, les regards fusaient. Que faisait ce couple qui se donnait en spectacle ? Il se mit à pleurnicher comme un gosse, très vite rattrapé par mes propres larmes d'incompréhension.

C'était reparti. Lucifer était de retour… La tache avait encore une racine. Encore une scène à faire pitié !

J'étais aussi en colère qu'apeurée par cette facette de lui qui ne voulait pas mourir. Désormais, il s'étouffait dans sa furie, rouge écarlate, tournant en cercle serré autour de ma voiture. Il frotta son pare-chocs contre mon coffre, appuyant alternativement sur le frein et la pédale d'accélération. Que cherchait-il à faire ? Il était sûr et certain que je ne me risquerais pas à sortir de ma carapace métallique. Dans un élan de panique, j'appelai mes parents. La file d'attente rétrécissait... Serait-il capable de me poursuivre ? De me faire basculer dans le premier fossé ? Mes parents arrivèrent en moins de temps qu'il n'en faut pour le dire. La musique toujours à fond dans ma voiture, je ne saisis rien des paroles qu'ils échangèrent. Dans la tourmente, je n'avais même pas songé à baisser le volume – au fond de moi, je crois que je préférais ne pas entendre. Muni d'une clé, mon père se fit un doux plaisir de rayer la carrosserie de la voiture de Michael, ce qui fit sortir Lucifer de ses gonds.

Michael ne remit plus jamais les pieds à un entraînement...

La situation atteignant des sommets dans le ridicule, un homme s'avança vers nous. Je réalisai enfin que je pouvais baisser le son de l'autoradio. L'esclandre :

« Je vais porter plainte. Monsieur, pouvez-vous être témoin ? »

C'était Lucifer qui parlait de sa voix la plus solennelle. Quelle politesse ! Comme quoi, il savait ce qu'il disait !

« Espèce de connard ! Si je dois témoigner, c'est contre toi. T'es un fou... un mec qui crie qu'il aime mais qui ne comprend rien à l'amour... », lui rétorqua l'homme avec rage. C'était le seul à être sorti de son véhicule sur les dizaines de personnes présentes... Vous avez dit solidarité ?

Toujours enfermée dans mon enceinte de tôle, j'observais ce déchirement, démunie. Mes parents et l'homme que j'aimais étaient encore en train de se détester. Je devenais spectatrice d'une situation dont j'étais le pilier central. Tout ce scandale pour une partie de water-polo annulée et mon refus de converser… Voici comment une querelle pouvait tourner au désastre. À la caisse, l'hôtesse afficha un regard que je n'oublierai jamais. Je ne savais pas encore que c'était le premier de ce genre – sans doute était-ce la raison pour laquelle il me marqua. Mes parents me sauvèrent pour la première fois. Je ne saurai jamais ce qui se serait passé sans leur intervention.

Bien sûr, cela est ma version. Il en avait une tout autre ! Lorsque la communication est une telle catastrophe, les deux protagonistes peuvent penser des choses contradictoires à propos d'une même réalité, chacun se convaincant que son interprétation est la plus conforme à la vérité.

Le retour chez mes parents fut noyé de silence. Que pouvais-je dire ? Que pouvaient-ils ajouter ? La complicité familiale était plus riche et reposante que tous les mots. La chaleur filiale nourrissait un cœur en souffrance. Leurs mines étaient aussi déconfites que la mienne, mais ils devaient penser que cette apocalypse signerait la fin de notre couple.

« Ce qui doit finir est déjà fini » : quelle bêtise !

Je partis m'isoler au fond de mon lit. Samba vint me consoler, ronronnant qu'il me comprenait parce qu'il connaissait « ce maître ».

« Tu sais qu'il a été capable de me dire qu'il m'aimait comme un père, puis de me menacer ! Il a un problème ! » commenta mon père, effaré.

Il avait peur et proférait sur le compte de Michael des insultes fondées mais que je peinais à digérer. Je le laissai s'exprimer parce qu'il ressentait le lourd besoin de dire à sa fille le fond de ses pensées mais en mon âme, là où se réfugient les sentiments prohibés, plus il l'incendiait, plus je le défendais en silence. La réaction de ma mère fut différente. Elle disait les mêmes choses, mais sur un ton beaucoup plus tempéré et acceptable pour mon cœur transpercé de part en part. Une voix muette parlait en mon sein et défendait celui que je protégeais malgré ses offenses.

Qui était-il ? Michael ou Lucifer ? Les deux en un même corps ? Malade innocent (et victime) ou acteur conscient (et responsable) ? Est-ce que cette attitude cachait une maladie curable ? Était-ce un trouble auquel je ne pouvais rien ? Un comportement qu'il valait mieux éviter ? Quelles étaient « mes » solutions alors que c'était lui qui était malade ? Devait-il être aidé, abandonné, soigné, interné ? Michael était-il gentil avec des phases de méchanceté, ou sa violence était-elle un état d'esprit dont il se reposait de temps en temps ? Je n'avais nullement la réponse à ces questions. Même les théories empruntées à la médecine ne pouvaient m'éclairer et je ne pouvais vivre en fonction d'un livre… Et si je m'étais trompée de paragraphes, de troubles, de schémas, de vie ?

Il continuait de suivre sa thérapie mais les séances semblaient vaines. Ainsi donc, les conditions ayant provoqué les premières crises étant inchangées et produiraient sûrement les mêmes effets dans le futur. Mon homme n'avait pas changé.

Je le quittais mais je l'aimais toujours. Ainsi donc, notre amour devait finir, mais j'aurais voulu qu'il comprenne que j'avais mal à en mourir…

Un de ses voisins m'appela de sa part, puisque mon portable vomissait d'appels ignorés. Il le défendit du mieux qu'un ami pouvait le faire. À bout d'arguments et désireuse d'un échange court mais explicite, je lui dis simplement :

« Je l'aime mais je m'aime en premier ! Je veux qu'il me laisse en paix ! J'ai assez donné.

— Je le connais et…

— Cette histoire ne concerne que nous !

— Bien, mais sache qu'il s'en veut à mort et qu'il n'a pas compris pourquoi tu n'avais pas ouvert la porte de ta voiture. Il a eu peur que tu l'abandonnes et il s'est énervé et…

— Il avait peur que je l'abandonne… Maintenant c'est fait, mais c'est sa faute ! »

En réalité, Michael considérait mon départ au moment où je partais, c'est-à-dire qu'il n'examinait pas l'instant d'avant celui où il m'invitait à tourner les talons. Il ne prenait conscience de sa faute qu'avec la rupture effective. Par ailleurs, devant ma fuite ou l'éventualité d'un départ prochain, il avait l'impression dévorante de ne plus exister, que je lui échappais et que, contrairement à lui, j'étais capable de vivre sans lui. Chose qu'il ne pouvait concevoir. Il me disait :

« Moi, je ne serais jamais parti. Tu es moi. Je suis toi. Comment t'as pu faire ça ? C'est que tu ne m'aimais pas. Du moins, pas comme moi. J'aime ma femme et jamais je ne partirai. Toi, tu l'as déjà fait, alors c'est que tu m'aimes moins que moi.

— C'est que tu n'as aucune raison de me quitter, répliquais-je sans plier. Donne-m'en une pour rester à tes côtés ?

— Tu m'aimes ! »

Et il avait gagné avec cet argument.

Hurler qu'on aime, ce n'est pas aimer correctement. C'est se déchirer. Est-ce que j'avais fauté ? Est-ce que je n'aurais pas pu éviter tout ça ? Où était ma part de responsabilité ? Dans un élan de conscience et de volonté de rupture, je pris moi aussi rendez-vous dans une perspective de « remise en état ». SAVU, j'aimerais rouvrir ta porte !

Je regrettais déjà de ne pas m'être davantage arrêtée dans l'escalier pour lui dire « Je t'aime ». De ne pas avoir davantage embêté « coquinement » ses nuits. De ne pas l'avoir…

C'est ainsi que, dans ce centre d'aide, j'accueillis les conseils de Charlotte d'une oreille bien différente. Elle ne fut vraiment pas étonnée de mon retour. Toutes les femmes « comme moi » « passent » plusieurs fois avant de « venir » vraiment. J'avais refusé de l'écouter, et même de l'entendre, mais paradoxalement, j'avais gardé son numéro de téléphone... Au fond de moi, je savais que j'aurais besoin d'elle un jour ou l'autre. Je ne pouvais continuer à nier l'évidence. J'étais là, assise, tremblante et furieuse qu'il m'impose cette place. Une question me taraudait : « Est-ce qu'il m'aime vraiment comme il le dit ? » Je crois que c'est autour de cette question que ma vie tournait...

Charlotte confirma ce que je pensais : il m'aimait à « sa » façon, il m'aimait si fort qu'il me traitait mal. Il confondait bel et bien amour et possession, une façon d'aimer bien dangereuse. Il m'aimait de toutes ses forces, de tout son cœur, et ce n'en était que plus terrible de devoir l'abandonner.

Son amour était pathologique, mais j'étais rassurée car il existait. Tant de déclarations d'amour, tant de flammes, de caresses sur mon corps, de coups de téléphone, de... J'étais blessée. Un amour pathologique... Qu'en penser ? Est-ce que l'amour qu'il me portait pouvait triompher sur cette folie passionnelle » ? Est-ce que l'amour que je lui portais, pouvait triompher sur « cette folie destructrice » ? Est-ce que l'espoir valait la peine de prendre le risque ?

Dans cette histoire, la violence se conjugue avec l'amour. Dans une poésie sur l'amour, vous m'auriez crue. Dans un roman à l'eau de rose, vous m'auriez crue. Dans une chanson nostalgique, vous m'auriez crue. Pour ce témoignage tragique, vous devez me croire ! Aussi agressif et exaspérant que cela puisse paraître, sa violence était un signe de passion. Ne parle-t-on pas parfois de passion dévorante ou déchirante ? La passion est une sorte de poison qui ronge. Sa passion maladroite nous a déchirés.

11

Il m'était difficile de rester chez mes parents : trop de souvenirs dans cette chambre, ce fauteuil, ce lit, cette baignoire... Nous avions fait de simples morceaux de moquette le plus accueillant des matelas. Oui, je me souvenais. Chaque ébat, chaque doux mot, enlacés, était une larme qui m'invitait aux regrets. J'étais si fatiguée. J'avais l'impression que je n'avais pas vraiment dormi depuis longtemps. Les rêves où j'étais avec lui m'insupportaient ! Ceux où j'étais loin... impossible ! Je faisais des cauchemars pendant lesquels je croyais être éveillée. J'étais dans un trou noir et je m'y sentais mal. Ce puits n'avait pas de corde, juste une lumière tout là-haut !

Par intermédiaire – car il trouvait toujours le moyen de garder le contact – il me fit transmettre qu'il en avait marre de mes enfantillages et concevait de me donner une dernière chance. Tout était chamboulé... Est-ce que j'allais redevenir cette fillette de la cour de récréation à qui il disait « non » ? Je croyais que les mirages n'étaient possibles que dans le désert et pourtant il était là, droit comme un I, à me sourire avec ses yeux de félin en chasse amoureuse. Je me frottai les yeux pour m'assurer que je n'hallucinais pas. Un fil de brouillard s'estompa peu à peu, il avait disparu et je n'avais pas eu le temps d'en profiter… Je me réfugiai chez ma grand-mère.

J'attendais que quelque chose fonde en moi, mais quoi ? Mon amour pour lui, je crois ! Sa stratégie n'avait pas eu le retour attendu, il avait menti. Il était incapable de me quitter…

J'étais en transe. Au secours… Où était-il ? Je voulais « mon homme ». En attendant, je pleurais de sombres heures en été. Si loin de lui, mon âme s'endormait et sa chaleur me hantait. Je le voyais partout. Il était si beau. Je l'imaginais. J'hallucinais. Il me souriait, me regardait de ses yeux pénétrants, me déstabilisait de ce seul coup d'œil. C'était sûr, il n'y avait que lui pour me faire cet effet-là. Le destin nous avait guidés sur la même route. La vie et « sa » bêtise nous avaient séparés. Ce destin recommençait-il à guider nos retrouvailles ? Oui, je le voulais. Non, je ne le voulais pas. Non, je ne le voulais plus. J'étais amoureuse, mais malheureuse. J'étais malheureuse, mais amoureuse ! Ma déchirure était sa faute.

Dire « je t'aime » était destructeur. Dire « je le hais » était salvateur. Notre histoire avait renversé les valeurs humaines. Je repensais au « gentil » et je pleurais de l'avoir perdu. Je songeais au « méchant » et je frémissais de l'avoir connu ! Mes larmes étaient remplacées par d'autres, mais elles ne tarissaient jamais.

Oui, j'étais perdue. Que devais-je faire ? Écouter mon cœur qui criait d'amour, ou ma tête qui hurlait en pensant aux souffrances passées ? Ils étaient en conflit permanent et je me balançais entre les deux. J'étais déchirée entre ma passion et ma raison, entre mon béguin et ma conscience, entre l'envie et la sécurité. En tout état de cause, ma famille et mes amis ne m'invitaient pas à un retour dans ses bras et pourtant ils me connaissaient et savaient à quel point il était important dans ma vie. Ils m'avaient « confisqué » mon téléphone portable : une interdiction de lien pour me protéger de sa force d'attraction.

Qui pouvait juger ? Qui avait eu le cœur enflammé comme je l'avais eu ? Qui avait été dans la chaleur de ses bras pendant tout ce temps ? Qui faisait l'amour avec lui ? C'est sûr, les bleus témoignaient d'un malaise et d'événements impardonnables, qui étaient la raison de mon désespoir.

Il ne lâcha pas « prise ». Obstiné et conscient qu'il était déplacé d'appeler chez mes parents ou ma grand-mère, il harcela mon amie Christine.

Les rôles étaient inversés, désormais c'était lui qui me « voulait ». Lui qui me courait après. Si j'avais cru cela possible…

Tous les appels que je recevais du temps de notre alliance étaient transférés vers elle – tous et plus encore, étant donnée l'urgence : il fallait rétablir la liaison ! Il s'appuyait sur l'amitié, la pitié, l'empathie, la gentillesse… Christine me connaissait très bien. C'était une fille gentille, intelligente et altruiste. Il y eut deux temps dans leur communication : un premier temps « d'entrée en matière », pendant lequel il expliqua simplement la situation, ses torts, et chercha à se faire pardonner. Il désirait savoir s'il pouvait garder espoir, si mes sentiments étaient assez forts pour lui accorder un ultime pardon. Pour atteindre son but de reconquête, il voulait obtenir la compréhension de cette amie. Son objectif était d'obtenir une écoute, il endossait clairement la responsabilité de nos problèmes et disait comprendre que je veuille lui « échapper ». Cette étape achevée, Christine était prête à le secourir et il passa à la suivante : la manipulation. Son discours mit alors davantage l'accent sur « mes » fautes. À force d'argumentations et de phrases bien tournées, l'endoctrinement opérait et d'agresseur coupable, il devenait ma pauvre victime dont le cœur saignait. Je refusais tout dialogue. J'avais une grande part de responsabilité dans sa tourmente. Christine se mit alors à penser du mal de moi.

« Réessaie, me disait-elle. Vous pouvez construire quelque chose ensemble. Il y a un gros problème de communication entre vous et des divergences sur l'interprétation du passé, mais vous vous aimez, c'est certain ! »

« Si tu l'entendais parler de toi… insistait-elle. Il est prêt à tout pour te garder. Il m'a confié qu'il allait voir un psy. »

Deuxième étape réussie : elle cédait et je devenais celle qui devait faire des efforts. Je ne savais pas trop ce qui se racontait durant de longues heures au téléphone et leurs éventuelles rencontres, mais

Lucifer était fort en discours persuasifs et avait réussi à inverser la situation. Elle doutait de moi et c'était bien avec lui qu'elle entretenait le plus d'échanges. Et pourtant, c'était mon amie, à moi. Quel charisme ! Quel pouvoir aux effets ravageurs !

Christine était infirmière en milieu psychiatrique. Loin de moi l'idée de lui reprocher quoi que ce soit, que cela soit bien clair. Ce que je désire souligner ici, c'est son pouvoir à lui. Il ne lui avait pas fallu longtemps pour piéger Christine, malgré son métier et alors que celle-ci ne l'aimait pas. Simplement parce qu'elle avait accepté d'entendre ce qu'il avait à lui dire. Elle l'écoutait, il l'embobinait…

Heureusement, il y eut un moment de « vérité », celui que Lucifer n'avait pas prévu. Il poussa trop loin le harcèlement et ce qu'il tentait de lui faire « intégrer ». Elle se rendit compte de la manipulation, et son amitié pour moi lui fit reprendre pied.

« Ne repars pas, il est très fort pour convaincre mais il est dangereux. Il ne respecte personne… Il est impossible, il a même été capable de m'appeler cinq minutes avant mon examen. Il n'écoute pas, il endoctrine. Ce n'est pas une personne bien pour toi, je suis désolée. Je comprends que tu refuses tout contact, sinon c'est foutu. Je m'en veux de t'avoir mal jugée. Je tiens à toi… Éloigne-toi de lui, même si tu l'aimes encore ! »

Elle n'accepta plus aucun appel de sa part. Ce ne fut pas simple…

Lucifer, qui nous avait perçues gentilles, avait vite su se servir de cette qualité – qui s'est révélée être mon pire défaut – pour nous manipuler avec souplesse et malice, afin de permettre ce que les spécialistes appellent « l'accrochage », autrement dit la mise en emprise fusionnelle. Amour, gentillesse et attention s'étaient retournés contre moi. Le processus d'emprise psychologique, progressivement mis en place, se développe grâce à la structuration de nos liens eux-mêmes.

Je pensais « il me manque » et si je souffrais en son absence il me suffisait de le voir pour redevenir heureuse. Mon aimant… j'étais littéralement absorbée dans une spirale merveilleuse, prise dans les maillons d'un filet aux mille ruses. Tragique de l'amour, l'autre me faisait profondément souffrir, me laissant tristement dépendante, en manque, déchirée, voire contrainte à un sevrage forcé. S'ensuivront la déchéance et parfois le dégoût de la vie. J'avais frisé l'overdose de douleur et je redoutais qu'il y ait grande similitude entre le comportement de l'amoureuse que j'étais et celui du drogué qu'il incarnait. Une évolution douce vers une relation basée sur le mode de l'attachement. Ce qui rendait accro, c'était la dimension du plaisir.

C'est un fait, il est beaucoup moins difficile de sortir d'une relation « normale » que d'une relation « pathologique ».

Je ne pouvais le voir, le toucher, le sentir, le goûter ni l'entendre, mais il me suffisait de fermer les paupières pour que mes cinq sens se réveillent… Je retournai auprès de lui. Il pleura de joie dans mes bras. C'était la mère et l'enfant et non pas l'homme et la femme.

Sa fragilité était un moyen supplémentaire de gommer ma propre souffrance. C'était comme si la sienne était telle que la mienne passait au second plan. Et c'était bien comme cela que s'entretenait le pardon. Devant cet enfant fragile et faible, devant ses pleurs, ses prostrations, ses excuses et ses promesses aux allures sincères et convaincantes, je cédai. Cette nouvelle phase de rémission allait être synonyme de cadeaux, de restaurants, de compliments et d'attentions touchantes. La lune de miel était de retour avant de s'atténuer en même temps qu'était avancé le pardon. La lumière de ses yeux, la fébrilité de sa voix, son acharnement à me garder, ses longues déclarations étaient autant de facteurs témoignant de sa sincérité.

12

« J'aimerais qu'on ait un petit chez-nous. Est-ce que tu veux emménager avec moi ? Je serais le plus heureux des hommes. Une petite maison pour nous deux…

— Tu veux vivre avec moi… Moi et toi seuls ?

— Ça fait trois ans qu'on vit chez l'un, chez l'autre. Je suis fatigué de la route et je suis sûr de mes sentiments. Je veux passer ma vie à tes côtés. »

J'étais nourrie d'une excitation qui me poussait vers le haut, mais atteinte par une inquiétude qui me faisait chuter. Comment appeler cet état de déséquilibre : une excitation inquiète !

Michael avait changé d'école pour suivre une spécialisation plus conforme à ses attentes. Inconvénient : c'était très loin. Il était courageux, ambitieux et fatigué. Il ne lui restait plus aucun moment de temps libre en dehors des trajets et des cours… et il voulait profiter de sa « Lolo ».

« D'accord. Emménageons, moi aussi je veux faire ma vie avec toi », lui répondis-je, tandis que mon sixième sens était en alerte rouge.

Nous nous mîmes en quête de meubles, avec une

aide financière conséquente de mes parents. Ils avaient beau ne pas cautionner ma décision, ils considéraient devoir me soutenir sur le plan matériel comme ils l'avaient toujours fait. J'étais heureuse... J'allais vivre avec celui que j'aimais depuis toujours !

Vous avez dû relever quelques paradoxes, contradictions ou incohérences. C'est normal, vous touchez du doigt une facette de la violence conjugale : la perte du sens de la normalité et de la logique.

Le grand jour arriva : le point de départ d'une vie à deux, l'installation dans un nid qui n'attendait que nous. Notre déménagement était prévu vers 17 heures, heure à laquelle nous devions prendre possession de la camionnette. Tout était prévu. Cette journée promettait de tendres complicités. Seulement voilà, quelqu'un avait décidé de tout détruire. Qui était-ce ? Comme dans tous les grands moments, Michael était anxieux. Pour ma part, je doutais encore et je sentais bien que cette journée allait être décisive. J'avais des inquiétudes. Je voulais m'épanouir auprès de Michael mais je voulais que Lucifer reste dehors. Comment faire ? Lequel allait tuer l'autre ? Quelle partie se réveillerait aujourd'hui ? Quelle partie se réveillerait demain ?

S'il n'avait été que sa moitié, je l'aurais épousé sur-le-champ et j'aurais été la femme la plus comblée, la plus heureuse et la plus amoureuse du monde. Mais j'allais emménager avec l'homme en entier !

Qu'est-ce qui m'attendait ? Une vie de bonheur avec mon étalon ? Une vie infernale avec Lucifer ? Je ne savais pas. Aucune boussole ou boule de cristal ne pouvait me le dire… De toute manière, je ne savais plus rien. J'attendais, perplexe… Oui, toute mon existence se calquait désormais sur lui. Il orchestrait ma vie au gré de ses caresses ou de ses coups. Manque d'attentions, agacements non motivés et regards froids témoignèrent ce matin-là d'une frustration souterraine. J'attendais de tendres échanges et je ne récoltais que des doutes, des peurs. Une sensation étrange me disait qu'il était encore temps de faire demi-tour. Nous sortîmes du lit, simplement. Rien avant, rien après, indifférence. Sans me soucier de ses états d'âme, j'entassai certains colis dans ma voiture et revins dans la pièce. Il m'empoigna contre le mur.

« Même un jour comme aujourd'hui, tu ne t'occupes pas de moi ! » me houspilla-t-il.

J'affichai un sourire sarcastique.

« Tu t'occupes de remplir ta caisse alors que je veux des câlins. C'est un beau jour aujourd'hui, non ?

— Si, Michael. »

Tragédie burlesque… Nous nous adressions les mêmes reproches. Un défaut de communication énorme… comme d'habitude ! Nous adoptions la même mine déconfite parce que l'autre l'adoptait aussi ; pas d'issue, déçue, déçu. Cette matinée ne répondait pas à nos attentes et pourtant nous partagions les mêmes. Le doute planant sur nos têtes, nous avions été incapables de le gérer et encore plus d'en parler. Après ce bref échange, il partit sous mon regard imperturbable. Je continuai de remplir le coffre de ma voiture. J'étais si froide, placide ! Le dialogue était impossible, lui dans son impulsivité, moi dans mon indifférence la plus totale.

Je cherchais la faille qui ferait que je n'emménagerais pas. Le doute sur la vie en commun ressurgirait demain, et après-demain... Si j'emménageais, il était certain que faire demi-tour serait beaucoup plus complexe. L'échec serait encore plus probant alors qu'à cette heure, je n'avais pas encore la clé de notre « nid », je n'étais qu'une signature sur le contrat de colocation. Oui ! J'avais consciemment provoqué cet accident sachant pertinemment que mon attitude déclencherait sa colère. Je le manipulais autant que lui avait pu le faire...

Je démarrai en trombe pour me rendre jusqu'à chez mes parents déposer au plus vite le contenu de mon coffre. La maison était vide. Retour encore plus rapide jusqu'à chez lui pour récupérer mes affaires. Telle une furie, je me sentais investie d'une mission d'urgence. Je fonçais, colère et rage m'ôtant tout autre sentiment. J'étais certaine d'avoir agi au mieux. De l'incertitude, j'étais passée à la résolution, celle d'en vouloir à cet homme qui m'avait empoignée le jour même où nous devions emménager dans notre appartement. Le téléphone sonnait, les messages s'accumulaient.

« Tu peux toujours essayer, sale con ! » pensai-je à voix haute en vociférant des insultes afin de ne pas fléchir, douter ou me corrompre et décrocher. Je marchais vite... Je courais, comme si le mouvement de mes jambes facilitait ma détermination.

Ma conscience me hurlait que je ne devais pas revenir en arrière. Ma raison était en alerte. Son père regardait la télévision, télécommande à la main.

« Je passe reprendre des affaires pour gagner du temps tout à l'heure ! » mentis-je.

Il ne comprit pas très bien ce changement de dernière minute ; la fébrilité de ma voix ajoutée à mon empressement auraient dû l'avertir… En outre, il « nous » connaissait. Mais il n'en fut rien. J'avais choisi de mentir afin qu'il n'alerte pas son fiston, qui travaillait à quelques centaines de mètres du domicile. Je ne désirais pas non plus lui attribuer un rôle quelconque dans ce foutoir ! Mon téléphone était saturé d'appels, la messagerie régurgitait. Par sécurité, j'avais activé le vibreur du téléphone et l'avais laissé se perdre dans ma boîte à gants pour qu'il ne m'influence pas. En deux temps, trois mouvements, mon coffre regorgeait de mes effets personnels et de quelques bibelots achetés en commun. J'étais grise comme cette route qui défilait à vive allure. Il pleuvait. C'était un jour de la fin du mois de février, une semaine avant mon anniversaire. De retour chez mes parents, je leur dressai un bilan bien sommaire de la journée ; je ne leur mentis pas, mais je contournai la vérité.

Parfois, mieux vaut un mensonge qu'une vérité complexe.

Loin d'une curiosité malsaine, ils me laissèrent expulser tout ce pus à l'intérieur de moi. Ma fuite trouva enfin deux complices. Je les serrai fort dans mes bras :

« C'est terminé, j'en peux plus ! »

Et ce téléphone qui n'arrêtait pas :

« Ma chérie, qu'est-c...

— Tu ne crois pas que je vais emménager avec toi ? Tu es fou ! T'emménageras tout seul. Je ne peux pas, tu es dangereux... » éructai-je sans lui laisser le privilège de la parole.

Il se mit à pleurer. Je raccrochai. À 17 heures, l'heure convenue, il arriva avec la camionnette. Partagés entre l'idée de m'apporter leur soutien et leur protection et le fait que je doive assumer, seule, ma vie sentimentale et mes décisions, mes parents restèrent dans la pièce voisine. De la fenêtre de la salle de bains, j'avais guetté son arrivée. Il voulait discuter mais je ne lui en donnai pas l'occasion, le rejetant comme un malpropre. Il fallait que l'échange soit bref. Je me méfiais de son pouvoir de communication. Je radiai le bail de l'appartement. Mes affaires retournèrent dans mes armoires et nos biens communs dans le garage, à l'abri des regards... de mon regard.

La nuit, impossible de fermer l'œil. Le jour, impossible de me sortir de cette obsession : avais-je bien fait ? Je passais mon temps à me morfondre dans mon lit, incapable de savoir si cette décision n'était pas la pire de ma vie. Je regrettais de l'avoir prise et ma conscience me soufflait que je ne pouvais faire autrement. Par amour, je suis capable de tout. À cause de l'amour, je crois n'importe quoi.

Je repassais le film humide du passé, les appels au secours comme les belles nuits... Le lien de dépendance se poursuivait au-delà de la rupture, alors même que sa présence physique n'était plus. C'était une relation triste, mais qui ne mourrait jamais. Depuis qu'il n'était plus là, il était encore plus présent. Deux objectifs opposés : le sien, me récupérer une ultime fois ; le mien, me libérer vraiment. Je devais me découdre de lui ! Notre relation devait mourir et je tentais d'y mettre un terme. Ce jour banni/béni du déménagement marquait clairement « l'ultime » étape. Cette violence et cette incompréhension me tuaient.

Ma vie à travers les sens... Le toucher, parce que c'était le plus jouissif. Je le caressais. Il me pénétrait. Je le sentais dur en moi. Nous n'étions plus qu'un, si cousus l'un à l'autre. Toucher fusionnel, les petits pieds. La vue, ensuite, parce que c'était lui, regards amoureux. Œil jaune à faire fondre des glaçons. Plaisirs complices et visibles, sexe et folie, tenue d'Adam. L'ouïe, cris magiques, frémissements impolis et paroles ensorceleuses. Le goût, par la salive et autres liquides, papilles pornographie. L'odorat, en dernier et pourtant, parfum aphrodisiaque. Odeur, la sienne ! Une main au creux de la mienne. Un coin du feu. Une tête sur l'oreiller. Un cou. Un pétale de rose. Un dîner aux chandelles. Un doux parfum. Un bras autour de ma taille. Une respiration dans mes cheveux.

Je me posais tant de questions : ce que j'allais décider allait faire de moi ce que je serais pour toute ma vie. Toutes ces interrogations me perforaient l'esprit. Le temps pressait, bientôt il serait trop tard pour revenir en arrière. Je repensais à Blandine et à cette métaphore de la tache. Je chavirais, mais d'un chavirement qui n'avait plus rien de fantastique. Je n'avais plus les pieds sur terre. Je sentais mon esprit s'évader ; je cherchais, je cherchais et je n'y comprenais plus rien !

Rien n'est jamais tracé. Tout se récupère. Courage. Courage. Courage.

Contrairement à ce que tout le monde affirmait, « le temps » ne jouait pas en ma faveur. Je me protégeais en évinçant de ma mémoire des situations plus que malheureuses, mais cette éviction laissait le champ libre aux bons moments. Je ne devais pas oublier le visage de Lucifer. Depuis mes 16 ans, j'avais rêvé de ce jour où nous emménagerions ensemble et j'avais dû y renoncer… J'étais transpercée, effondrée, assommée. Comment ma vie pouvait-elle être si différente de celle que j'avais attendue ?

Mes souvenirs amoureux ne faisaient pas exception aux lois générales de la mémoire. Et si je souffrais autant, c'était bien parce que les bons souvenirs me piétinaient.

Le fait de se poser des questions, d'orienter les réponses, de croire ou de ne plus savoir, laissait planer un doute : celui qui me ferait revenir à lui pour savoir. À vous toutes et tous : un peu, beaucoup, passionnément, à la folie… Qui ne se souvient pas d'avoir effeuillé la marguerite, cherchant à vaincre l'affreux doute quant à l'amour du bien-aimé ?

J'avais gagné un premier combat contre lui en rompant. Désormais, je luttais contre moi-même. J'avais toutes les cartes en mains : à moi de jouer. Pour m'en sortir, j'avais renoué avec ma bande du lycée. Mais chacun avait suivi son chemin universitaire ou professionnel, et nous ne pouvions pas reformer notre groupe comme nous l'aurions voulu. Mes copains les plus proches étaient partis, mais ils restaient présents dans mon esprit. Vivement décembre qu'Audrey revienne. Un an et demi qu'elle était partie… Le Mexique, ça faisait loin ! Charles venait d'être diplômé de l'école vétérinaire de Belgique. Benj s'en était bien sorti avec des études de commerce. Youssef venait d'obtenir son diplôme de pharmacien. Delphine continuait de se passionner pour la criminologie. Enfin, tout le monde semblait épanoui. J'étais très contente : ma « bande du lycée » ! Certains couples n'avaient pas tenu, d'autres étaient nés. Certaines personnes avaient disparu. Comme moi, peut-être reviendraient-ils un jour ? Je m'étais demandé tant de fois ce qu'ils étaient devenus.

Je ne peux pas omettre de mentionner Marina et Christine, installées toutes deux à Paris, qui avaient continué à m'apporter leur soutien à chaque fois que je les avais appelées. Allison et Gaëlle… Je les appréciais tout particulièrement et leur souhaitais tout le bonheur du monde. Et Ingrid et Loulou…

Benj, Delphine, Youssef, Pierre… Ils me rouvrirent grand la porte de l'amitié. Comme si nous

nous étions quittés la veille, les conversations fusaient. Aucun signe pour me faire me sentir mal ou redevable d'une explication. Aucun jugement, aucune rancœur. Ils étaient tout simplement « contents de me retrouver ».

Merci à vous tous... J'avais trois cœurs : un pour l'amour familial ; un autre pour l'amitié et un dernier, le plus gros, pour l'amour d'un autre. C'était toujours le même qui saignait...

Je ne voulais plus souffrir, mais le plus sensible et le plus douloureux des organes, le cœur, continuait à crier, à hurler, à rugir, à saigner ! J'étais seule dans mon gouffre et mon chagrin malgré tous ces gens qui gravitaient autour de moi. Ma solitude me dévorait toute crue. Aucune énergie humaine ne parvenait à apaiser mon troisième cœur. Est-ce que ce cœur qui s'était enrhumé pouvait être soigné par les deux autres ? Y avait-il une connexion possible ?

Malgré mes blessures, il n'y eut pas une nuit où je ne disais pas, à haute voix, comme pour que mes paroles lui parviennent : « Bonne nuit, Michael. » Parfois même « Bonne nuit, mon Michael ». J'avais vraiment du mal à m'endormir sans le contact de ses pieds, sans ses « bonne nuit ».

Le manque, le vide et le doute étaient pires que la violence. J'étais passée de vivre mal à vivre à moitié. Connaissez-vous le syndrome du membre fantôme ? Je ressentais cette chose si particulière. Il me manquait un bout de moi...

13

Le 6 mars, jour de mon anniversaire. À 4 h 45, les mouchoirs s'accumulaient autour de mon lit. Tout était si silencieux. Seul un filet de vent faisait vibrer les arbres. J'écoutais comme si j'espérais une réponse soufflée par ses murs de bois sec. Rien ne bougeait. J'entrepris alors la lecture d'un polar, mais mon esprit divaguait, emporté par des désirs coupables. Michael m'ensorcelait. J'avais en mémoire toutes mes forces et dans mon cœur, toutes mes faiblesses ! Ma main tremblait sur mon portable, saloperie de lien... Je composai son numéro, puis l'effaçai aussitôt. Une erreur, je ne le savais que trop ! Quarante minutes passèrent et je n'avais tourné que deux pages. Les phrases n'avaient aucun sens.

J'avais dissimulé mon téléphone sous mon oreiller, en bas d'une armoire, dans ma voiture... cachettes bien risibles : comment pouvais-je me cacher quelque chose à moi-même ? Je recomposai le numéro et le rejetai, comme si un scorpion venait de me piquer, jusqu'au moment où... La sonnerie de l'autre côté de ce fil invisible retentit. Une sonnerie, puis deux, et mon doigt s'empressa d'interrompre la communication. Je resserrai le téléphone contre ma poitrine comme un enfant qui cajole un doudou. Démarche d'une gamine « simplette » et perdue ! Soudain mon téléphone vibra, ce maudit lien me rappelait...

Deux heures passèrent, la messagerie n'arrivait plus à gérer l'afflux de mots. Je pleurais sous mon oreiller et me recroquevillais, honteuse. Le soleil n'était pas encore près de se lever. Michael implorait une explication, il était à bout. Deux heures s'écoulèrent encore. Le téléphone de la maison retentit ; mon père alla répondre, intrigué par un appel si matinal :

« C'est Michael, ne raccrochez pas, s'il vous plaît. Votre fille n'arrête pas de faire sonner mon portable. Écoutez ce qu'elle a à vous dire mais moi, je suis en train de mourir... »

Fin de l'échange. Lessivé par mon attitude pleine d'indécision, enragé par la peur d'un retour vers celui qui me faisait du mal, mon père m'envoya à la figure la moitié de mes fringues. Je voulais rester sous mes draps, ou disparaître dans un trou de souris.

« Ta vas être son larbin ! » me lança-t-il d'une voix vacillante.

J'aperçus la silhouette de ma mère dans l'embrasure de la porte de ma chambre, la main sur la bouche pour se retenir de parler ou de pleurer.

Voir ses propres enfants quitter le nid ne doit pas être simple... Mais dans ces conditions, c'était un martyre ! Je mettais ma famille à rude épreuve. Notre amour n'était qu'une liaison dangereuse dont je ne savais pas me débarrasser.

Je pesai le pour et le contre : c'était maintenant ou jamais... Je décidai de partir sous notre toit. Un trajet à vitesse grand V. Michael me rejoignit alors que mes parents s'effaçaient dans leur triste colère. Lentement, il retira le manteau qui m'encombrait. Je n'osais relever la tête, en proie aux doutes qui persistaient et à la honte de l'avoir abandonné. Que pensait-il de ma fuite ? Que pensait-il de moi ? Il me caressa le visage, comme un père qui console son enfant après une bêtise, et déposa sur ma joue un baiser simple et merveilleux. Les rôles étaient inversés.

Laisser derrière nous toutes nos peines, nos chagrins, nos éclats de verre. Je recrachai ce goût amer en nous, ce goût de poussière...

Son teint était blême, son pantalon flottait sur des jambes amaigries. Il paraissait avoir vieilli. Il se déshabilla et se glissa contre moi. Nous fermâmes les yeux dans le silence de cette journée naissante. C'était le plus beau des cadeaux d'anniversaire !

C'était moi qui devais décider de ma vie, personne d'autre. J'étais responsable de mon existence ! J'étais maître de mes choix, de mes succès et de mes erreurs ! Kant dit que « l'inclinaison que la raison du sujet ne peut pas maîtriser est la passion ». L'amour était ma drogue, loin d'être douce. L'amoureux est faible. Ne dit-on pas qu'on « tombe » amoureux ? L'autre m'avait droguée de sa peau, m'enivrait viscéralement, me rendait merveilleusement heureuse et dépendante.

Ce que vous devez considérer comme un comportement

bête et kamikaze peut aussi être perçu comme de la persévérance ou de la détermination. J'étais consciente d'être allée loin jusqu'au bout du raisonnable. Non, je l'avais déjà dépassé… Courage ou inconscience ? J'avais un fort caractère, c'est ce qui m'avait fait rester à ses côtés. J'avais un objectif de vie. Je n'avais pas de caractère, c'est ce qui m'avait fait rester sous son emprise. À vous de voir, à vous de croire…

Un moment réconciliateur, les bagages qui revinrent de chez mes parents, un restaurant savoyard en Belgique et enfin : la maison… « notre » maison ! Nous montâmes les escaliers dans le plus romantique des calmes. Michael me devançait, sa main dans la mienne. Un tapis au sol, à l'entrée. Il me souleva comme une jeune épousée. Joie torrentielle… Nos cœurs battaient si fort. J'étais en train de rejaillir, de retrouver l'autre bout de moi, mon oxygène ! L'appartement était magnifique, très lumineux avec de larges fenêtres qui laissaient entrer la lumière. Mon « chéri » avait pris un soin très méticuleux à sa décoration. Je regrettais tant de ne pas y avoir participé… J'imaginais sa peine en investissant les lieux, « notre nid », tout seul ! Tout était orné avec goût, fraîcheur et couleur. La petite bibliothèque se mariait parfaitement avec la couleur ébène de la salle à manger. La chaleur des appartements du dessous remontait jusqu'à nous et nous réchauffait très agréablement en ces jours pluvieux, à mon grand plaisir, moi qui suis si frileuse ! Nous donnions sur une cour d'école primaire, j'appréciais beaucoup d'ouvrir la fenêtre pour entendre les cris des enfants pendant les récréations. Ça criait, ça chantait, ça jouait. Cet appartement était unique et je l'aimais. Un tableau symbolique de notre alliance était posé au-dessus de notre modeste bureau : « le » souvenir de nos vacances en Égypte. Le papyrus avec nos deux prénoms.

Pourquoi ? Grande question. Seule question ! S'il y a bien une émotion, une pulsion, une inclinaison dépourvue de cause ou d'explication raisonnable, c'est bien le sentiment amoureux. Rien de plus indescriptible que cet état de faiblesse ! Pas de lutte possible ! L'expérience m'a appris qu'aimer est un sort, comme dans les contes pour enfants, contre lequel on ne peut rien ou pas grand-chose, jusqu'à ce que l'enchantement cesse.

Nichés dans l'arrière-boutique, ils étaient tous pelotés les uns contre les autres. Bruns rayés, blancs tachetés de noir, il y en avait de toutes les sortes et de tous les âges. Je choisis le plus petit, emmitouflé discrètement derrière un plus gros. On aurait dit qu'il ne voulait pas être dérangé dans sa sieste, mais je me permis de le soulever par le dos. Il ouvrit timidement ses yeux d'un bleu perçant et se rendormit aussitôt. Michael était très enthousiaste et me laissa le choix. La famille comptait un nouveau membre. Nous rentrâmes, heureux d'accueillir cette boule de poils dans nos murs : Miou-Miou, un petit chat de deux mois et demi.

Mon « chez-moi », je me devais de l'entretenir impeccablement. C'était « ma » maison... la première ! La dernière ? Enfant, je n'avais jamais prêté attention au désordre, à la poussière qui ne mourait jamais et à toutes ces tâches ménagères que ma mère gérait si bien. Ici, j'étais une vraie fée du logis. Le vendredi, c'était le jour du grand ménage. Mon homme s'activait aussi : Madame Doubtfire par-ci, Monsieur Propre par-là ! Le frigidaire était toujours rempli, version économique car j'avais horreur de jeter l'argent par les fenêtres. La cuisine, en revanche, restait ma bête noire. C'est Michael qui se chargeait de nous concocter de bons petits plats.

Michael m'aidait à m'assumer et à perdre du poids. Il m'avait rassurée et aidée à me regarder dans le miroir telle que j'étais. Mes kilos disgracieux s'étaient envolés grâce au courage qu'il me donnait de les combattre. En sa présence, je n'avais pas faim. J'étais en régime continuel sans sentiment d'effort, car je me nourrissais de lui. Il me mettait en appétit. J'avais faim de lui, le consommer valait plus que tout le chocolat du monde. Et vite au lit pour un second appétit à combler…

Nous invitâmes ses copains d'enfance, dont nous n'avions plus de nouvelles ces derniers mois. Une pendaison de crémaillère modèle réduit ! Cocotte à feu doux, petits canapés en guise d'apéritif, tous furent élogieux sur notre petit « chez-nous ». Je le serrais amoureusement… Il me caressait les pieds sous la nappe. Je me sentais si heureuse et ne regrettais aucunement ma décision. Il était le seul à pouvoir me porter sur un nuage aussi haut. J'aurais tout donné pour ces moments si complices. Michael souriait. Je le voyais heureux et je vivais à travers ses yeux, ces trésors inépuisables. Enfin, mes rêves et la réalité se rejoignaient. Je vivais avec mon futur mari, celui que je voulais depuis les couloirs du lycée.

J'étais heureuse. Ma vie me plaisait. Jusque-là, ma vie me plaisait…

Nous ne revîmes jamais ses amis malgré nos appels et nos invitations. Ils avaient toujours quelque chose à faire, une excuse bidon. Ils avaient passé « ma porte du bonheur » sans vouloir y revenir. Malgré cet échec, c'était le bien-être retrouvé ! Nos familles semblaient enfin accepter notre emménagement… en apparence. Sa sœur et son ami venaient nous voir très régulièrement, à mon grand plaisir. Un après-midi empreint de bonne humeur, elle téléphona pour prévenir de leur arrivée. Une nouvelle ? Quelque chose ?

« Je suis enceinte », nous annonça-t-elle, avec un air à la fois désolé et heureux.

Elle attendait une réaction. Elle était jeune et c'était un accident. Je cherchai la lumière de ses yeux : l'intensité me dirait quoi penser. Elle rayonnait. Je félicitai comme il se doit la future maman et le futur papa. Et je fixai son ventre. Moi, j'avais ma maison, mon homme et mon Miou-Miou que je bichonnais. Un bébé à moi, est-ce que ce serait un jour possible ? Michael était merveilleux. Ses sourires ravivaient les jours de pluie.

Comme j'avais besoin de ses sourires et de le sentir heureux ! Il pinçait souvent les lèvres, deux exquises fossettes se dessinaient alors sur ses joues. J'adorais cette moue !

Il avait changé. Il était attentionné, doux et amoureux. Pas de violence, mais un joint... quatre ou cinq... huit, voire davantage... Sa joie signifiait qu'il aimait la vie, qu'il était heureux avec moi, et que nous le resterions. Il reprenait des forces et sa prise de poids était synonyme d'épanouissement – j'en étais fière. Sa tache disparaissait pour laisser place à une aquarelle aux couleurs délicates. La moindre simplicité était richesse, la routine était trésor : un repas pris en tête-à-tête, une soirée devant la télé, une sortie de temps à autre... Tous les jours, il me massait les pieds de ses mains si douces. Je fermais les yeux pour savourer au maximum.

Lorsque je n'étais encore qu'une aspiration, une sexagénaire des îles « noires » avait vanté à ma mère les mérites des soins du corps : « Masse ton bébé au lait de coco tous les soirs pendant une heure et elle aura un sens du toucher magique ! Elle ressentira les caresses comme personne ! » Ce que ma mère fit tous les soirs pendant la première année de ma vie. C'était réussi : mon sens tactile était, je pense, surdéveloppé ! Les mains de mon homme étaient une richesse enivrante pour la délicatesse de ma peau parfumée. Jamais je n'arriverais à me séparer de ce trésor tactile !

Vous allez me dire que c'est « normal ». Non ! C'était magique ! C'était Michael ! Il m'aimait... et ne se fatiguait jamais de me le déclarer. À chaque fois, j'avais l'impression que c'était un aveu, une sorte de première confession qui en accentuait l'intensité et la valeur. Interdépendance : un paquet de cigarettes à acheter au coin de la rue et nous descendions à deux ; des courses à faire à trois cents mètres et nous poussions le Caddie en cadence ; trente minutes à réviser dans l'autre pièce et il venait s'assurer que tout allait bien. En voiture, j'avais toujours ma main sur sa cuisse… La nuit, il collait ses pieds aux miens et se réveillait si je m'aventurais trop loin. C'était si mignon ! Parfois, il me susurrait quelques mots d'amour à l'oreille pour que je fasse de doux rêves. Parfois, je le réveillais pour des fantaisies farfelues… Nous étions collés, toujours ensemble, jamais séparés. Des jours et des nuits sans disputes. Je croyais que ça durerait toujours…

Mais je devais continuer à faire attention à tout : maison entretenue, frigidaire plein, pas de coups de fil sans réponse, rentrée à l'heure, pas de garçon en vue ! Même mon petit collègue qui, en tout bien tout honneur, m'avait demandé mon numéro de portable s'était vu essuyer un refus ! Je ne me permettais aucun « risque ».

Pendentif d'Égypte : un fil d'or honorant Toutankhamon, fier et brillant autour de nos cous illuminés. C'étaient exactement les mêmes : un pour moi, un pour l'homme de ma vie… Une sorte d'alliance ! Horreur, je le perdis. Je ne comprenais pas, je le portais à peine quelques minutes plus tôt. Je ne cessais de le toucher, de le caresser, me rassurant ainsi sur notre union, mais il avait disparu. Je le cherchai partout, quittant même les cours pour retourner à l'appartement, mais en vain. J'en fus très triste. Un symbole, un souvenir égaré… Michael me cajola comme le prince de mes envies. Son pendentif, à partir de ce jour, resta au fond d'un tiroir.

Bilan de vie : tout allait bien ! De l'amour et beaucoup plus que de l'eau fraîche. Envie de dépaysement : nous nous octroyâmes le luxe d'un voyage en Turquie

L'hôtel était tout à fait à notre goût. Tout un mur de glaces à proximité du lit... Des fantasmes assouvis ! Je voulais me voir en état de plaisir et lui en état d'extase, allumés au spectacle de nos propres ébats. J'alliais pudeur et élans de « garce » pour mettre un peu de piment dans ce que nous offraient ces grands miroirs. Michael continuait à me réconcilier avec mon corps en soulignant mes formes et mes courbes :

« Regarde comme tu es belle. Tu es la plus belle femme du monde. Tu es... une superbe femme. Tu es magnifique ! Mais regarde-toi ! Beaucoup de femmes jalouseraient tes formes, tu sais. Et c'est qui, le plus chanceux ? C'est moi ! »

En tout cas, lui était mon étalon fougueux...

Destination : un hôtel au nord de la Turquie. Grand hall orné de peintures abstraites, marbre beige, hautes statues, deux grandes piscines chauffées, un coin sauna – une autre gourmandise ! Le restaurant se situait dans l'arrière-cour, juste à côté du jardin. Non loin de l'ensemble, la mer et les galets... grisâtres. Lorsqu'un besoin de dépaysement loin de ces murs trop européanisés nous prenait, un petit bus nous emmenait au centre-ville. Michael n'était pas « sous drogue », une expression muette qui mûrissait dans ma tête. Tout allait bien.

Enfin, jusqu'ici tout allait bien. Mais Lucifer avait des exigences d'achat. Il ne comptait pas l'argent dépensé et me faisait souvent participer à « ses » caprices. Début d'une arnaque…

Un après-midi, les nuages firent ressortir la noirceur de son cœur. Au bord de la mer et face au vent, j'avais froid. De la manière la plus banale possible, je l'invitai à nous retrancher près de la piscine, plus abritée.

« Non, on reste là, me dit-il d'un ton sec.

— Michael… J'ai froid ! » répliquai-je aussi gentiment que possible.

Je pris la direction de la piscine, sans me retourner. Au bout de quelques mètres, tout de même, son absence m'alerta. Lucifer surgit ; son regard métallique me défiait. Je me mis à sangloter car j'avais appris à repérer ses signes annonciateurs de colère. Un œil torve… Il me pressa de remonter illico presto à la chambre, ce que je refusai radicalement. Je ne désirais pas me retrouver seule avec lui entre quatre murs. De négociations en larmes que je ne parvenais pas à retenir, sa colère passa. Il s'excusa de son élan et finalement ne s'énerva pas. Je restai cependant sur mes gardes. La fin de l'après-midi se passa bien, comme si de rien n'était. Une nuit aux miroirs impolis et un petit-déjeuner sur la terrasse désertée. Vers 15 heures, une petite baignade fut de bon augure. En revenant vers nos transats, l'eau ruisselait sur nos peaux hâlées. J'entendis une petite musique rythmée qui signalait le début du cours de gymnastique.

« Je vais aller voir le cours, OK ? »

« OK » : signe de communication ? Signe de demande ? Signe d'autorisation ?

« Non, on est bien là, allez quoi... »

Pourquoi avoir l'air de discuter alors qu'il avait déjà pris la décision... irrémédiable ! Simplement, je me rassis. Simplement mais anormalement, je me rassis. Comme une gosse boudant devant le refus de son père.

La liberté, c'est cette possibilité d'entrer en conflit. J'en avais marre de toutes ces interdictions ! Je n'avais plus la liberté d'être « moi », la liberté de penser, d'assumer mes choix, de faire des erreurs. J'étais assujettie, contrainte, sans aucune autonomie ni pouvoir de décision... aussi futile soit-elle ! Comme si je devais obéissance pour un foutu cours de gym : hors de question !

« Je vais voir... » affirmai-je sur un ton qui n'invitait pas au dialogue, avant de tourner les talons.

Je me levai et pris place à quelques mètres de la scène, pour satisfaire mon envie... et surtout manifester un refus de me soumettre. Il vint se planter devant moi. Je jugeai cette attitude nulle, stupide et ô combien infantile. Comment aurait-il réagi si j'avais eu l'impudence de bouger mon corps devant tout le monde ? *Comme* tout le monde ? À ce moment précis, il avait « envie » d'une engueulade, aussi le moindre événement était-il une excuse. Pas d'autre explication possible.

Il m'avait expliqué comment les divers stress et tensions de la vie de tous les jours l'engageaient dans la voie de la violence conjugale. C'était le destin qui voulait ça : une mauvaise fée s'était penchée sur son berceau quand il était petit... Il ne pouvait pas croire qu'il puisse lui arriver quelque chose de bien. D'une façon ou d'une autre, il fallait que « ça foire ». Lorsque tout allait bien, il se sentait vulnérable. Comme s'il s'interdisait le bonheur et la simplicité de la vie. Il me semblait qu'il aimait cette angoisse. Elle lui était effectivement nécessaire. Est-ce que le stress des mauvais jours était un motif pour faire n'importe quoi et m'accuser de tout ? En quoi ce stress était-il différent de celui qu'enduraient les autres ?

Le volcan devait gronder d'une manière ou d'une autre. Il expulsa un crachat qui m'atteignit au plus profond de ma dignité. Je plongeai dans la piscine, ne supportant pas la répugnance de ce symbole. Les touristes alentour restèrent bouche bée devant cette exhibition. Ignorant les regards braqués sur lui, il continua de pester. Lui qui traquait toute indiscrétion de ma part offrit ainsi le théâtre de notre zizanie aux touristes venus bronzer là. Mais il s'en fichait royalement ! Puis, comme d'habitude, il s'excusa de ses excès.

Un atermoiement : le drame serait remis, encore, à plus tard. Nous regagnâmes notre chambre. Quatre murs : une porte et lui devant... Lui en face de moi : j'étais absolument impuissante !

Il m'avait assassinée psychologiquement. C'était comme s'il y avait eu un court-circuit quelque part, ce n'était pas possible qu'il eût conscience de ses propres mots ou agissements.

« De toute façon, tu n'as rien à dire. C'est moi qui décide. Tu vis chez moi, tu n'étais pas là quand j'ai monté les meubles. Tu n'étais pas là ! Tu m'as utilisé pour faire le sale boulot. Tu t'es foutu de ma gueule ! Tu m'as abandonné. Tu étais avec tes abrutis de copains qui n'ont qu'une envie, c'est de te sauter. Le soir même où on devait être à l'appart, tu n'as pas idée de l'état dans lequel tu m'as mis. J'ai lu tes petits mots sur l'ordi où tu dialoguais avec ces sales cons... On en n'a jamais reparlé, de ça, madame ! Tu es partie et je suis allé te rechercher la bouche en cœur, j'ai été bien con. Je n'aurais pas dû te reprendre, j'aurais été avec une autre et puis c'est tout. »

Me reprendre : comme on reprend une chose...

« Je te fous dehors, au moins ce n'est pas toi qui pars. Tu es déjà partie, tu le feras encore. C'est clair : on rentre de vacances et tu vires. Tu as encore de la chance que je ne te foute pas dans un avion dès ce soir ! »

Il persévérait dans la voie de la cruauté.

« D'ailleurs, comme je n'ai pas pris de shit pour te faire plaisir, je t'ai obéi. Toi, je t'interdis de te bouffer les ongles. Tu as compris, je contrôlerai... »

« Et ton père, j'en parle même pas, il s'est permis de griffer ma bagnole. Tu vas voir. Entre lui et moi, c'est fini et je me bats contre moi-même et pour toi... encore pour toi... pour ne pas tuer sa belle toto. »

« De toute façon, je ne perds jamais, moi ! C'est comme ça. Si on me fait du mal... fais-moi confiance... Je fais mille fois pire. »

Malgré mes efforts, je ne parvenais plus à maîtriser mes tremblements. Ma poitrine se soulevait d'indignation contenue. Il fallait surtout que j'évite de claquer des dents. Front contre front, il aurait pu me fissurer le crâne pour me démontrer à quel point il était fort. Moi, je me disais « il est débile », « le fou »... Et je vivais avec lui.

Ce n'était pas le Michael que je connaissais et pourtant, c'était lui. La maltraitance montait d'un cran... Je n'étais pas encore en haut de l'échelle, mais j'avais peur depuis si longtemps déjà. Je venais d'apprendre tant d'abominations en un court laps de temps que je n'arrivais pas à en assimiler une seule. J'étais anéantie ! Me lire ne vous prendra que quelques minutes. Mais sachez qu'il a soutenu ses « conneries » pendant de longues heures. J'en ai oublié et tu volontairement, par respect pour les personnes impliquées. Ces affreux aveux resteront gravés à vie. Il n'y avait pas de limite à mon épouvante. Je n'avais jamais aimé la violence, mais je vivais avec quelqu'un de violent, dans tous les sens du terme. Je ne supportais pas ses crises, mais je vivais avec lui...

et avec elles ! Je n'aimerais jamais la violence, mais est-ce que je continuerais à aimer cet homme effrayant ? Pouvait-il être bon d'aimer quelqu'un de méchant ? Je me confrontais à la nature humaine : lui dans sa violence et moi dans ma sensibilité.

Et il se mit à raconter... Un long monologue à faire pâlir mes coups de soleil. Une torture allongée où je me terrais dans le silence. J'étais choquée par ses révélations, mais je ne pouvais plus rien faire ni dire.

« Au lycée, le prof de biologie ne m'aimait pas. Tu te souviens de M. X ? J'ai fait contrôler quelques copies par des collègues de mon père et il descendait mes notes en flèche et sans respect de mon travail, le connard ! Monsieur le professeur autorité ! Pourquoi je devais le respecter, moi ? Seulement voilà, je ne pouvais pas m'en prendre au père alors j'ai niqué le fils. Eh ouais ! Je lui ai enfoncé une queue de billard dans le cul jusqu'à ce qu'il me supplie d'arrêter. Et je lui ai bien laissé voir mon visage. Ces copains n'ont pas bronché... Et le bulletin suivant a été meilleur et avec une belle petite annotation. »

Il m'avait dit cela avec un orgueil égal à l'horreur que ses mots provoquaient en moi.

Cela se confirmait : Lucifer ne perdait jamais et il avait une manière bien « inhumaine » d'interpréter les relations humaines et de gérer les conflits. Il n'autorisait pas le désaccord, la différence, la hiérarchie, la supériorité.

« Au centre aéré, les gamins, je ne préfère pas te raconter… » Un sourire hautain et un signe de la main, l'atrocité sans les mots. « Mes ex ? La première, je lui ai pété le nez. Et tu as vu : elle me harcèle. La deuxième, je lui ai cassé le bras. Et c'est à cause de sa mère si elle n'est pas revenue ! » Son sourire satisfait était puant.

Cette violence, c'était la force qui brisait la résistance par la terreur qu'elle suscitait. L'enjeu de la violence au sein d'un couple, c'est la domination et donc la soumission. Silence, obéissance… Passage de la domination à la violence ? Passage de la violence à la domination ? Dans quel sens allaient ces fléaux ? Cela n'était pas la bonne question. Peu importait ce qui advenait en premier, ce qu'il fallait percevoir, c'était leur complémentarité objective : la démolition ! Il me semble que cette violence physique est la dernière réponse des faibles.

Horreur ! Notre lit était alors orné de deux serviettes de bain entrelacées, formant un cygne. Le romantisme et le bonheur furent anéantis, brisés, dès que Lucifer entra en scène. Le lendemain, tout était redevenu calme. Les fossettes étaient réapparues sur ses joues. Je demeurais heurtée, anéantie. Je ne pouvais faire la part de la vérité et du mensonge. Ce qui se confirmait, c'était que j'avais emménagé avec un « fou ». Mais la peur me condamnait au silence et à la réconciliation. Que faire si loin de chez moi et sous sa poigne ? Je devais me relever de ses aveux, qu'il avançait tels des arguments pour que je me méfie de lui et que je reste bien « à lui » en même temps.

Car il fallait toujours rester maître de soi, ne pas s'énerver, surtout ne pas s'énerver… Mes mains tremblaient. Mes palpitations cardiaques s'emballaient. Je vacillais mais je devais rester droite. Dans ma tête, je visualisais son visage de crétin que j'écrasais de mon poing… seulement dans ma tête… car je n'étais qu'une femme facile à abîmer ! Paradoxalement, quelle force de ne pas recourir à la force ! J'avais toujours pensé : « Ne fais pas comme ce taureau qui fonce dès qu'on le titille. » Je ne devais pas être guidée par mes seules émotions (le dégoût, l'écœurement, la peur, la répugnance) et je devais recourir à ma raison (je n'étais pas physiquement à la hauteur ; je n'étais pas psychologiquement si faible).

Comment faisait-il pour supporter son reflet dans le miroir et redresser le buste avec dédain ? La honte aurait dû l'étouffer et il persistait à s'admirer. Un peu de gel dans les cheveux, de l'huile pour luire sous les rayons solaires, un peu de parfum… Monsieur était fin prêt pour sortir. Monsieur s'aimait dans la glace.

Un narcissique en quête de fusion, désirant m'englober, faire de moi un miroir renvoyant uniquement une « bonne image de lui ».

Coup d'essuie-tout : tout va bien… Comme s'il avait oublié et que je devais faire de même. Ma main bloquée dans la sienne, nous prîmes le chemin d'un des plus beaux sites de Turquie, Pamukkale.

Le contrat de logement était signé. Ce n'était pas qu'un simple morceau de papier, loin de là. Je vivais avec lui et je me disais que je ne pouvais jouer du « je te quitte puis je reviens » comme un yo-yo dont le fil ne se rompt jamais. J'étais restée et je l'aimais. Malgré l'impardonnable marié à l'incompréhensible, je l'aimais encore et toujours.

Nous reprîmes l'avion. Mon regard ne pouvait que refléter la méfiance et la crainte. Lucifer avait fait partie du séjour. Je le recroiserais, c'était à prévoir ! Au retour, il parla de ces vacances comme des meilleures semaines de sa vie. De mon côté, je n'étais pas contente mais je me taisais, le laissant seul s'étendre sur l'illusion de notre complicité. Notre fusion prenait des allures de mainmise, de peur et de silence, et cela ne faisait que quelques mois que nous habitions ensemble. L'enchantement avait vite été brisé.

14

La maison sentait bon, Miou-Miou ronronnait paisiblement et le repas se terminait par une petite glace à la vanille. Tout était si calme, mon petit monde était là : mon homme, mon chaton, ma maison et cette nuit étoilée qui s'offrait à nos yeux. La lune ne tarderait pas à s'accaparer le ciel. Un doux décor. L'épisode Turquie s'éloignait, mais ne s'oubliait pas.

« J'ai eu une proposition aujourd'hui, lâcha-t-il soudainement.

— Une proposition ? Pas coquine, j'espère... » m'enquis-je, ironique.

Nous échangeâmes un sourire. Pas de doute, j'avais complètement confiance en lui en ce domaine !

Je crois honnêtement que si son vice avait été l'infidélité, je ne l'aurais pas supporté et je serais partie car le problème aurait éclos à l'extérieur de notre couple. Mais tout se passait à l'intérieur de notre « bulle », et c'est sans doute à cause de cela que je n'avais aucune issue de secours. Et vous, qu'êtes-vous prêt(e) à faire par amour ? La raison a-t-elle toujours une place ?Non, la passion détruit toute logique et toute réflexion construite.

« C'est mon responsable, il m'a appelé tout à l'heure. J'ai la possibilité de partir à Londres pour participer à la mise en place d'un réseau informatique pour une grande entreprise. J'ai dit que je n'étais pas intéressé !

— Quoi ? À Londres ! »

Il ajouta que cette opportunité de carrière était très intéressante, mais que partir loin de moi lui était impensable.

« Jamais je ne te quitterai… Jamais… On est liés, maintenant, c'est tout ! Tu es ma femme, je suis ton homme. Tu es bien plus importante que tout le reste. Je crois que tu ne comprends pas ce que tu représentes pour moi. Je sais que je ne suis pas un mec facile, mais jamais tu ne recevras plus d'amour qu'avec moi. Hors de question que je m'éloigne de toi… surtout que maintenant, on est bien installés. Je serais capable de rentrer au bout de deux jours, j'ai bien vu ce que ça a donné quand tu es partie à Paris. Je ne peux pas partir loin de toi… Je t'aime… Imagine les factures de téléphone ! » conclut-il avec légèreté.

Michael savait dire « je t'aime » et faire comprendre combien je comptais… Il me promettait une belle histoire, je lui promettais une belle histoire. Une expérience à l'étranger, un emploi intéressant et formateur, une ville de prestige, un salaire plus qu'alléchant… mais il ne saurait tenir la distance et je l'en savais incapable. Qui a déclaré que « l'amour, c'est l'espace et le temps rendus sensible au cœur » ? Lucifer savait se faire haïr et Michael se faire adorer.

Nous ne reparlâmes plus jamais de cette opportunité de carrière balayée par l'impératif amoureux. Plus le temps passait, plus je me rendais compte que sa dépendance déteignait sur moi : j'étais incapable ne serait-ce que de « supposer » ne plus être avec lui. Il faisait partie de moi et je faisais partie de lui.

Quel était le danger, dans cette union où nous étions si fusionnels ? La destruction.

Un samedi après-midi, j'avais rendez-vous avec une copine dans un café du centre-ville, pour deux heures de temps libre entre l'université et le karaté. Nous nous attablâmes en terrasse sous un soleil discret, mais pour une fois présent dans ce cher Nord de la France. Les gens allaient et venaient, et j'étais heureuse de profiter de ces quelques rayons naissants. Nous trinquâmes à cette belle journée.

« Je t'aime, tu sais ! »

Une voix amoureuse soufflée dans mon cou…

Mon doux Michael était venu m'embrasser par surprise. Il nous tint compagnie un petit quart d'heure, puis reprit très vite la route pour terminer le rapport de stage qu'il devait rendre le lendemain. En sa présence, je m'abstins de saluer un ancien camarade à la table voisine.

« Il repart déjà ? s'étonna mon amie. Ne me dis pas qu'il a fait toute cette route juste pour t'embrasser ?

— Si, ça ne m'étonne pas, Michael est comme ça ! Il ne sait pas rester sans me voir. Quand il peut être là, il est là, même pour trois minutes », répondis-je avec franchise et plaisir.

Cette copine du lycée m'avait beaucoup entendue parler de cet homme aimé, de loin. Elle devinait désormais une grande proximité entre nous. Elle était très heureuse pour moi et pensait que je devais être comblée, moi qui l'avais attendu près de six ans !

« Eh ben, c'est plus de l'amour, c'est de la rage ! Mon copain ne ferait jamais ça ! Et il te dit qu'il t'aime, sans raison et devant tout le monde… Je t'envie, tu sais ! Vous êtes très bien ensemble, je le lis dans vos yeux et je sais ce qu'il représente pour toi ! Félicitations, tu dois vraiment être heureuse ! »

Quelle douce attention que mon homme se précipite dans mes bras à la moindre occasion. Qui aurait refusé de telles marques d'affection ? Une heure et demie de route pour un simple baiser et la possibilité de vous dire « Je t'aime ». Mais Michael, derrière une apparence amoureuse, contrôlait inlassablement mes allées et venues, mes fréquentations, le peu de liberté qu'il m'accordait. Lucifer était très attaché à l'idée de propriété. Toutes les manœuvres étaient bonnes pour contrôler son « territoire ».

Dans notre cocon, les seules personnes avec lesquelles nous entretenions une relation étaient ma famille, sa sœur et son ami, et quelques copines qui se comptaient sur les doigts d'une main. Jamais il ne m'aurait laissée seule avec un de ses copains, encore moins avec l'un des miens. Moi qui vivais jadis « de bande en bande », je me retrouvais en couple. Audrey était loin, Christine était à Paris, une évasion parfois avec Gaëlle ou Allison... Nous sortions de temps à autre : une sortie entre étudiants, un spectacle de danse, un anniversaire, quelques invitations à la maison, un mariage, mais presque tout se terminait mal. Le seul couple avec lequel nous avions une relation un peu suivie, c'était Ingrid et Loulou.

Pour je ne sais quelle raison, Lucifer avait confiance en Loulou. Il était le seul à passer le bouclier.

Dans cette bulle qui rétrécissait, je m'ennuyais. Il va sans dire que l'emménagement avec Michael avait à nouveau fait disparaître mes amis, et que je n'avais plus de raison d'aller au SAVU. Mes exutoires d'antan étaient caducs. Notre communication s'endormait avec ce présent où il ne se passait plus rien. Il aurait aimé en connaître davantage sur moi, mon passé, mais je n'osais aborder mes délires de jeunesse qui auraient semblé insensés à ses yeux. Trop d'exubérance. Et des amis : qu'est-ce que ce mot signifiait pour lui ? Alors, il me parlait d'avenir :

« Je voudrais que tu m'épouses un jour. Pas maintenant, on a le temps, mais je suis ton homme. Oui, je suis tout à toi, mon amour. On fondera une belle petite famille. Des enfants... ils seront roux et je sais déjà comment ils s'appelleront. »

C'était mon rêve de toujours. Mais depuis que je le connaissais, que je le connaissais vraiment, ce rêve se flétrissait. Je faisais semblant de ne pas entendre, car je ne pouvais pas répondre. Le mariage et la maternité devenaient des sujets sensibles, dans un sens opposé à celui qui m'avait fait rêver.

J'étais étudiante, mais le peu d'heures de cours ne suffisait pas à combler mes journées. Le travail universitaire, les tâches domestiques, les entraînements de karaté, la préparation du concours de conseiller d'éducation et la gymnastique ne libéraient pas mon énergie, qui restait bloquée dans mon corps. J'étais une pile qui ne se déchargeait plus comme elle le voulait... Michael avait de longues journées, le contenu de sa formation semblait le combler, mais elle n'impliquait plus de stage en entreprise et nos revenus s'en ressentaient, d'autant que le coût de cette formation était conséquent. J'assumais alors la majeure partie du loyer et il percevait les aides au logement en attendant de débloquer son « héritage malheureux » pour notre future maison. En semaine, je ne pouvais lui en demander davantage, mais les week-ends devant la télévision m'abrutissaient.

« On n'irait pas faire un tour en ville ou... »

Je l'invitais seulement à sortir de notre petit nid, à prendre l'air, à faire quelque chose... à deux.

« Non ! Je n'ai pas envie de sortir. Je suis bien, là, avec toi. Ça me suffit ! »

Mon besoin de liberté, d'autonomie, d'indépendance était pour lui synonyme de dépossession, la fin de sa mainmise sur moi. Il me disait voir autrement, avoir des projets bien plus adultes. Moi je n'aspirais qu'à voir un peu plus de monde et à sortir. Lui continuait à me parler de fonder une famille... Je m'ennuyais et c'était bien dommage ! Je ne savais pas m'occuper et c'était ma faute ! Il voyait bien plus loin que moi. J'avais alors l'impression de me conduire comme une enfant, une « gamine » comme il disait, qui grandissait moins vite que lui. Je devais devenir plus adulte et viser plus loin, plus haut. Devenir une femme... Michael respirait la maturité et la responsabilité ; les péripéties de son enfance semblaient l'avoir fait évoluer plus rapidement. Sans doute n'avait-il jamais profité de certains moments de vie insouciants ? Sans doute aussi avait-il oublié l'amusement, la folie, la vie en groupe ? À l'entendre, ces bassesses étaient réservées aux plus jeunes.

Un exutoire : la gymnastique, dans un centre très sympathique à deux pâtés de maisons. Michael avait insisté pour que je m'y inscrive, il y voyait un remède à mon ennui et il avait bien raison. Le jeudi soir, je prenais des cours de danse avec un prof masculin.

Avez-vous remarqué ce choix sémantique ? Je ne parlais même plus d'homme mais de « genre sexuel ». J'étais tellement habituée à mon cloisonnement.

Ces cours avaient l'avantage de me faire transpirer, de m'offrir une activité qui me plaisait, de me libérer et de purger mes angoisses, mais ils me rappelaient aussi que le soir, ce serait télévision, joint et gros câlins.

Je l'adorais pour tout ce qu'il m'apportait et je le détestais pour tout ce qu'il m'empêchait de vivre... Je glorifiais un homme que j'injuriais l'instant d'avant, l'instant d'après. Je le démolissais, puis regrettais, puis me rattrapais. Je l'adorais, puis ne trouvais rien à aimer en sa personne. Un paradoxe ? Un mensonge ? Une tromperie ? De l'hypocrisie, comme il se plaisait tant à le penser ? Est-ce qu'une vérité peut être paradoxale ? Exposer deux idées contraires, est-ce synonyme de fausseté ? Ce livre est la représentation flagrante de ce paradoxe !

La nuit, théâtre de songes érotiques, je me réveillais et l'invitais à... Ou il venait me laver le dos sous la douche, pour un réveil des sens. Il me caressait les tétons déjà durcis par l'excitation. Ses mains pétrissaient mes fesses. Son corps glissait sur ma peau. Sa bouche me suçait l'oreille... Ses yeux me souriaient. Ses lèvres me touchaient. Sa main me disait qu'il m'aimait. Son sexe se dressait. Onde d'excitation insolente. J'aurais aimé goûter d'autres choses, mais me disais que j'avais bien le temps pour cela : toute la vie pour exprimer mes fantasmes avec lui ; ne nous pressons pas. C'était l'accord parfait. Enfin presque : après son joint...

Oui, après son joint... Même dans ce domaine d'excellence, il y avait un point noir. Lorsque nous n'avions pas notre « chez-nous », au moins avais-je le privilège d'être « consumée » (avec respect) en premier. Fallait-il être shooté pour faire un câlin ? N'était-ce pas écœurant ? Quelle était sa priorité ? Normalement, c'est ce qui passe en premier. Ainsi, j'avais perdu dans mon combat contre la drogue. Je n'étais pas prioritaire. Son joint était consommé sans attente, lui. Le « devoir conjugal » après une « envie sexuelle » tuée par l'attente. Que de bons moments cette merde nous avait retirés ! Était-il dans son état normal ? Sa consommation était-elle si courante qu'elle ne lui faisait plus rien ? Pourquoi alors continuer à en prendre ? 5, 7, 9 par jour et parfois plus.

Moi qui ne fumais même pas de cigarettes, je ne pouvais trouver d'explication à cette accoutumance détestable. Elle condamnait à la dépendance. Elle puait, prenait du temps, plombait les finances, détruisait la santé, faisait planer alors que la vie était belle. Elle transformait peu à peu les gens... C'était une sorte de pré-mort. Les gens shootés semblent apaisés, les gens autour sont déconcertés. Je n'avais rien contre une consommation occasionnelle, au même titre que l'alcool, après tout, mais lorsque l'addiction vient, le plaisir s'éteint. Je ne voyais plus qu'un accro qui ne pouvait s'empêcher de finir sa « fumette » pour être « bien ». Avec des conceptions opposées du bonheur, comment vivre en harmonie ? Il vivait lorsque je le voyais dépérir à petit feu. Je vivais lorsque j'étais dans ses bras. Quel décalage ! Le genre humain a cette capacité de pouvoir supporter beaucoup trop de choses. Je supportais, mais n'acquiesçais vraiment pas.

J'étais désormais en maîtrise de Sciences de l'éducation. Cette filière me convenait tout à fait. Nous étions de plus en plus livrés à nous-mêmes, pour un travail autonome. Coup de chance, un centre rattaché au CNRS travaillait sur ma typologie de recherche. J'intégrai le service et participai aux différentes réunions concernant le projet, national. Malheureusement, mon binôme s'appelait Christophe : soucis en perspective.

« Aie confiance en moi ! Ce n'est pas un rendez-vous galant, je vais travailler… »

Je ne lui laisserais pas l'opportunité de détruire mon ambition. La collaboration était purement professionnelle et il n'y avait aucun motif à son anxiété… mais Lucifer ne résista pas à ses pulsions jalouses et me harcela pendant toute la durée de notre séparation et de mon « rendez-vous avec un autre ». Christophe était étonné, vu les sonneries insistantes de mon portable, mais il s'abstint de tout commentaire. Nous avions du pain sur la planche.

Un jour, de retour de conférence, Lucifer supprima tous les numéros de mon répertoire téléphonique… Je dissimulai ma consternation. J'assumerais mon travail jusqu'à la fin avec « ce » collègue.

Il désirait m'empêcher de rejoindre mon amoureux imaginaire tout en ayant conscience qu'il l'inventait. Il était totalement paranoïaque. Il ensorcelait de plus en plus mon espace et mon temps. Tout était sous contrôle, surtout en son absence : questionnement, appels téléphoniques, compte rendu de la journée. Je ne lui avais pourtant jamais menti. Un peu comme si ma vie s'enroulait autour d'une charte artificielle des 10 commandements :

Tu dois toujours me dire ce que tu fais et où tu vas.

Tu dois toujours me dire avec qui tu es.

Tu n'as pas le droit de voir des hommes.

Tu dois me dire la vérité.
Tu n'as pas le droit de sortir sans moi.
Tu me dois respect et obéissance.
Tu dois m'aider en toutes circonstances.
Tu dois accepter ma drogue en te taisant.
Tu dois éviter ta famille.
Tu dois me rassurer.
Bien entendu, j'avais la charte des devoirs et lui celle des droits. Une phrase, une : « Moi, j'ai le droit. »

Un soir, en sortant d'un cours de danse, je marmonnai :

« C'est fini pour moi, tout ça, il faut me faire une raison. Avec lui, c'est impossible. »

Désillusionnée et bien triste, je préférai décompresser dans la voiture. Que mes larmes coulent, je rentrerais à la maison ensuite ! Je laissai passer une demi-heure, allongée sur la banquette, une petite musique en sourdine… Puis je repris la route, l'esprit moins lourd.

« Qu'est-ce que tu as fait ? Tu es en retard. Je m'inquiétais, ma chérie. »

Sa tristesse inquiète était perceptible. J'étais habituée à le voir sombre sans raison… pas d'alerte. Le ton était à l'échange…

« Rien, ne t'inquiète pas, je suis là ! répondis-je simplement en le prenant dans mes bras.

— Ben, dis-moi…

— Ça n'allait pas trop alors j'ai préféré rester un peu… tu vois… »

Je pensais qu'il était disposé à m'entendre, cette fois.

« Qu'est-ce qu'il se passe, p'tits norteils, tu sais que je serai toujours là pour toi ! »

Ses yeux étaient lumineux et ses bras me serraient comme j'adorais.

« C'est comme si on te privait de ton PC, c'est p... »

Une phrase de trop : énervé, il rejeta notre étreinte.

Cette colère qui le suivait partout... Elle était un symptôme, non une fin.

La scène chavira comme un bateau qui se heurte à une lame de fond.

« Allez, c'est bon... encore le même truc... Tu reviens de la danse, pourtant, et t'es toujours pas contente ? »

L'accusation naissait alors que je réclamais une attention.

« J'aime bien, oui, mais... c'est un cours, je ne fais pas ce que je veux... ânonnai-je amèrement.

— Allez vas-y, dis-le qu'il est méchant, le Michael Je suis sûr que ça te fait plaisir... Je ne fais pas tout pour toi, hein ? Franchement. Je suis toujours là, je t'appelle tout le temps pour savoir si tu es heureuse, mais madame veut ses copains et ses boîtes de nuit d'enfant. Faut grandir, ma fille ! Tu n'es qu'une gamine inconsciente, va ! Tu es toujours là à te plaindre et à t'apitoyer sur ton sort. Tu ne vois pas où tu vis ? Tu vis avec moi, qu'est-ce que tu veux de plus ! »

« Tu vis avec moi » : je l'avais mis sur un trône et il le savait bien !

Le regard anxieux, il m'empoigna et me plaqua au sol, s'assit sur moi après m'avoir fait trébucher.

Il le faisait souvent, question de rituel. Si bien qu'à force, je m'y projetais toute seule (une chute en moins) et il m'utilisait comme une vulgaire balayette en me tirant par n'importe quoi : le pull, le tee-shirt, le bras, le poignet ou les cheveux ! Croyez-moi, je faisais en sorte qu'il « croie » m'attraper les poignets ! Je n'ai pas envie de détailler…

Puis la nuit l'emporta dans un autre monde ; un monde sans disputes, sans cris, ses pieds sur les miens. Les paupières closes, il dormait comme si les hommes endormis n'avaient pas d'ennemis. Une larme restait coincée au coin de mon œil. Elle ne parvenait pas à glisser sur ma joue ; elle non plus n'avait peut-être plus le courage de rien.

Le lendemain, je fis un arrêt sur la route. Ma larme glissa enfin jusqu'à ma bouche. Premier appel de la journée : Michael était mort de peur… Il pleurait, mais ses angoisses ne le rendaient plus du tout irrésistible. Je hurlai – les clients du supermarché devaient m'entendre à travers les fenêtres. Je suais d'une colère foudroyante, l'assassinant de mille vérités, frappant mon volant. La distance me permettait d'exploser. Je le menaçai à mon tour de ce qui l'affectait le plus : qu'il me perde !

« Tu m'aimes mais tu me casses la gueule. Et tu t'y retrouves, toi ? Tu es fou ou quoi ? Tu crois que je vais te laisser me traiter comme ça sans rien dire ? Je vais me barrer, je ne peux pas vivre comme ça…

— Tu ne peux pas faire ça ! Je t'en prie. Ne me laisse pas, j'en crèverai, tu m'entends ! Si tu m'aimes, tu dois rester !

— Et toi, tu ne dois pas me maltraiter. Qu'est-ce que tu fabriques ? Des crises, tu parles ! J'en ai marre, moi ! Je ne mérite pas ça. Et tu dis que tu m'aimes alors… merde ! Ah, qu'est-ce que je peux pleurer depuis que je suis avec toi…

— Pardon ! Je ne suis qu'une merde, je sais… »

Je ne le laissai pas finir, il n'avait rien à dire. J'étais hors de moi. Je l'incendiai de reproches mérités pendant des heures. La perte de contrôle, qu'il invoquait à chaque fois comme excuse me semblait une explication trop simple. J'arrivai avec plus de trois quarts d'heure de retard au lycée où je travaillais en tant qu'assistante d'éducation.

Pourquoi m'infligeait-il une telle vie ? J'étais engluée dans une relation douloureuse. La violence de couple est une voie sans issue.

« Et quand j'étais à l'agonie et que je te criais que j'avais mal, est-ce que tu me voyais ? Est-ce que tu m'entendais ? Va chier… Et tu oses me demander pardon et me dire que tu m'aimes. Tu as vraiment un problème… Ouais, tu dois te faire soigner… Tu es grave et tu ne t'en rends même plus compte… »

Dix heures plus tard, je rentrai. Il était convulsif sur le sofa. Il me sauta au cou, désirant me dire combien… combien… Le teint blanc, les jambes flageolantes, des gouttelettes de sueur sur le front, il avait attendu ce moment des retrouvailles toute la journée. Il fallait qu'il me touche, qu'il me sente, qu'il me fasse l'amour et que je le rassure. Il était alors d'un romantisme poète et rachetait toutes ses violences dans ces moments de tendresse fantastiques.

Je vivais pour ces instants d'amour-passion même si la toile de fond était l'angoisse. Une journée de vingt-quatre heures se vit dans une infinité de moments. Je vivais pour ceux-là.

« Ne me quitte pas. Je n'ai que toi ! Je vais changer. Je veux que tu sois fière de moi. Je ne veux pas que tu me quittes parce que je suis un con. Je t'en supplie, aime-moi ! »

Ces déclarations ne pouvaient me laisser insensible. Sa voix paraissait traverser un autre monde avant de me parvenir. Je succombais sous les promesses. J'y croyais. Mon cœur battait à nouveau. J'étais impuissante, faible, amoureuse, soumise à ses belles paroles. Un si doux piège amoureux, une toile d'araignée attractive... Je le reconnais. C'était cela, Michael : j'étais souvent en colère ou inquiète et je finissais par reconnaître que j'étais amoureuse.

15

Début de soirée ; je rentrais du travail après une journée difficile. Michael me fit part de son intention de rendre visite à un de ses contacts Internet qui habitait à une cinquantaine de kilomètres de la maison.

« OK, je vais en profiter pour aller faire quelques courses. Qu'est-ce que tu veux manger, ce soir ? »

Il était étrange et ne me répondit pas. Ce silence annonçait un malaise latent. Je savais qu'en me taisant moi aussi, j'avais plus de chances d'obtenir une réponse.

Au moins, le silence ne disait pas de conneries. Il ne pourrait pas rebondir…

Il tourna les talons et se dirigea vers la salle de bains. Comme ça m'énervait de le voir « se faire beau » alors que je le connaissais si laid ! Je ressentais son angoisse et sa pression intérieure prêtes à exploser d'un moment à l'autre. Je ne le savais que trop – question d'habitude malheureuse ! Son regard se transforma, pupilles dilatées ; je m'installai sur le sofa.

Attente…

« Oui, tu vas partir et ne pas revenir. Tu m'as déjà fait le coup plusieurs fois. Moi, je vais t'appeler et madame ne voudra pas décrocher. Et je vais pleurer comme un con...

— Eh ! Arrête ! Qu'est-ce que j'ai fait encore ? Rien ! Je vais aller faire les courses et j'attendrai ton retour, voilà tout. Tu me dis que tu veux aller voir ton pote, pas de souci, vas-y ! »

J'essayais de contester en sachant que c'était peine perdue.

Rythme des saisons : je vivais les quatre périodes de l'année en une semaine, une journée, un instant. Ma tête tournait, j'avais le vertige. C'était l'hiver : la nature était morte. Violence, cruauté. C'était le printemps : les éléments renaissaient doucement. Temps du pardon et des promesses. C'était l'été : quelle lumière dans l'éclat des fleurs ! C'était l'automne : les feuilles tombaient. Le cycle devait reprendre. Une nouvelle année s'annonçait.

« Tu m'énerves. Je sais que tu ne vas pas revenir. Tu es une spécialiste pour me faire stresser à mort. Et je vais encore me ronger les sangs. J'en ai marre, vraiment.

— Mais pourquoi tu fais ça ?

— Tu ne comprends jamais rien, de toute façon ! Je veux aller voir Fab, mais je dois rester parce que j'ai pas confiance. Ça me saoule. Tu me saoules. Tu me saoules...

— Mais... Vas-y ! Tu es libre ! » Lui était libre !

Voilà, sans raison aucune. Le drame, la colère, le chaos et l'incompréhension. Comme d'habitude, le dialogue tourna au monologue. Rien de ce que je pouvais dire ne m'était salutaire. Je ne disais que de la « merde », je n'étais que de la « merde ».

J'allumai la télévision. Je ne désirais plus entendre de telles paroles toujours plus arrogantes, infondées et insensées. Michael revint de la salle de bains, les yeux menaçants. Je pressentis à juste titre que la discorde n'était pas terminée. Cette fois-là, il s'en prit à la table en bois de la salle à manger qui succomba sous un acharnement de coups de poing, de pied et de genou. Elle s'écroula avant que ses griffes ne la réduisent en morceaux, à s'en faire saigner.

Cet homme en colère devenait insensible à la douleur et à la souffrance. Sa fureur le rendait invincible. Pas de contrôle possible, il était emporté par ses démons.

Le vase en verre de ma grand-mère et les quelques objets posés çà et là ne lui résistèrent pas non plus. Et il continuait à saccager, telle une bête furieuse, un simple bout de bois à même le sol. Mon Dieu ! Il avait frappé, frappé, encore et encore, jusqu'à ce que le silence retombe... Je ne comprenais pas encore très bien ce qui se passait autour de moi.

Était-il conscient de ce qu'il faisait ? Je crois que je me poserai toujours la question. Quelle tragédie de voir son compagnon dans un tel état de folie. Et moi, là-dedans, que pouvais-je dire, faire ou même penser ? La vérité était une catastrophe : mon homme était un « sacré » fou ! Cette table n'était plus qu'un puzzle de bois. Ma table ! Celle que nous avions achetée main dans la main et avec mon carnet de chèques, quelques mois plus tôt... Je ne suis pas du tout croyante, mais je commençai à prier...

Le regard aigri et rageur, il contempla son œuvre. La crise passa comme elle était apparue, sans raison. Une prise de conscience ? Une purgation de colère ? Un trop-plein d'angoisse venu de nulle part ? Je m'évadai en pensées de cette scène que je ne pouvais assumer. Seul commentaire :

« Vaut mieux ça que ta tête, non ? »

Sans doute attendait-il une réponse ! Et tout d'un coup, son regard s'emplit de détresse, son sourire narquois se transforma en tremblement pleurnichard. Suite de la crise : la demande d'aide, le pardon, l'imploration... Le cycle infernal.

« Mais qu'est-ce que j'ai encore fait ! »

Au final, il n'alla pas voir son copain et je ne sortis pas faire de courses. La soirée se passa sans dîner.

Le plus consternant n'était pas tant son attitude fidèle à sa pathologie, mais plutôt la mienne : je commençais à me laisser gagner par une colère fatiguée, une impuissance végétative, une attente désenchantée, une peur niée. Quand on vit auprès d'une personnalité pathologique, on le devient également.

Je lui en voulais terriblement. Cette soirée-là, j'avais pissé dans la baignoire pour qu'il se lave dans mon urine. Malpropre qu'il était sous des apparences bien trop lisses, je le souillai de ce liquide jaunâtre sans même qu'il le sache. J'étais très fière de ce stratagème ! Il ne m'était pas permis de me débattre, alors... vengeance bien féminine, je l'avoue. J'aurais voulu lui cracher à la figure.

Je ne supportais plus cette vie, mais je ne savais pas comment m'en séparer. Notre alliance était un « Je t'aime, moi non plus ». Je ne comprenais vraiment rien à cette union en mésalliance. La tache de Michael était si noire qu'elle contaminait l'ensemble de la toile. Elle était si puissante qu'elle déteignait sur mon propre portrait. Nos peintures étaient liées, les couleurs mélangées. Par moments, je pensais que nous ne formions qu'une œuvre unique et dramatique. Son tableau était énorme et le mien si petit. J'étais absorbée, engloutie, dissolue.

Au lycée, le lendemain, je m'enfermai pendant un bon bout de temps dans un endroit où personne ne viendrait me déranger. Le téléphone s'énervait sans discontinuer. Au bout du énième appel, je lui demandai gentiment :

« Laisse-moi tranquille, s'il te plaît ! Je n'ai pas envie de te parler pour le moment. »

Et je raccrochai avant qu'il puisse argumenter sur l'indéfendable. Qu'il passe sa journée à se morfondre de ses erreurs ! Moi, je souhaitais la paix envers moi-même. Je savais que toutes nos conversations étaient stériles. Quarante-deux appels. À bout, je décrochai :

« Enfin, je suis content que tu décro..., s'empressa-t-il de glisser avant que je ne rugisse.

— Tu m'emmerdes, Michael. Fous-moi la paix,

je n'ai pas envie de te parler. Ça ne te semble pas normal ? »

Ma voix était à la révolte après des pleurs cachés une grosse partie de la journée.

« Pardon... Pardon...

— Tes excuses ne valent rien ! »

Je déchargeai tout mon venin : j'avais tant de choses à lui cracher.

Il écoutait et tentait de s'expliquer, mais comment se défendre d'une telle folie ? Il me mettait à plat et me frappait de ses poings et de ses mots lorsque j'étais en face de lui, une proie démunie. À distance, je l'injuriais pour sa violence, l'enfonçant par la froideur de mes mots, d'autant plus cruels qu'ils étaient vrais et qu'il le savait. J'étais comme en transe, moi aussi je devenais folle !

« Tu baves comme un chien et tu frappes comme un gorille ! »

Les commissures de mes lèvres se tordaient de fureur. J'étais méchante et je reprenais le dessus... Inversion des statuts, moi en dominante et lui en dominé. Je connaissais et pointais ses troubles, ses failles, ses violences. Je lui faisais comprendre que j'étais victime de son déséquilibre psychologique. Je voulais le détruire autant qu'il me détruisait, alors que dans un couple « normal », on se construit l'un avec l'autre. Nous, nous nous détruisions, nous nous reconstruisions, nous nous détruisions à nouveau... Au final, tout était dévasté.

Je m'étais enfermée dans les toilettes. Que personne ne me voie : honte à moi ! Quand la dernière sonnerie du lycée retentit, je décidai de prendre la direction de la maison familiale. Je m'étais efforcée de faire disparaître tous les signes qui pouvaient se lire en moi – angoisse, peur, colère, incompréhension. Je ne voulais absolument pas que mes parents les voient. Soupçonner était déjà trop dur pour eux…

Mon isolement me condamnait à une gestion personnelle d'une relation de couple bien spécifique. Je n'avais jamais vécu avec quelqu'un avant, et je devais gérer seule une situation difficile.

J'avais une demi-heure à passer chez mes parents avant de repartir donner mes cours de karaté. Un soleil timide nous invita à profiter de la terrasse. La conversation tourna autour d'une classe dans laquelle un élève risquait de se faire expulser. Soudain, Lucifer apparut et se planta devant nous. Droit comme la justice, livide, les yeux rouges, muet. J'avais beau avoir été discrète, son arrivée signalait clairement que quelque chose n'allait pas. Devant son visage éploré, je regardai le sol. Mes parents se trouvaient à nouveau dans une situation complexe. Ils préférèrent s'évincer pour nous laisser. Je pris Michael dans mes bras dans l'unique but de protéger mon cocon familial. Je ne voulais en aucun cas impliquer mes parents dans une nouvelle scène pénible. Il sourit et m'entoura de ses longs bras.

Un flirt et voilà… J'avais fait l'hypocrite pour alléger la situation. Lucifer, à d'autres occasions, ne manquerait pas de pointer du doigt ma fausseté.

Le lendemain, nous allâmes acheter une nouvelle

table… pas le choix. Je pestais et Lucifer le voyait bien, mais ne semblait pas comprendre pourquoi.

« On a une nouvelle table, maintenant ! »

C'est ainsi qu'il conclut cette tragédie par une mine satisfaite, comme si ce simple achat annulait la violence de l'avant-veille, sa folie, l'intrusion chez mes parents, mon hypocrisie forcée et tout ce qui n'allait pas. Il eut même l'audace de me reprocher de ne pas l'avoir remercié pour ce cadeau… Et pourtant je l'aimais encore.

Désorientation. Cerveau lavé. Conditionnement. Secte. Qu'est-ce que je voulais ? Qu'est-ce que je ressentais pour ces deux hommes, Michael et Lucifer ? On s'accroche à ses rêves. On passe des frontières. Moi, j'avais gravi ces maudits paliers de la maltraitance. Il serait logique de penser que plus la femme subit, plus elle a envie de partir. Mais l'expérience prouve que c'est tout le contraire : plus la maltraitance traîne, moins on possède les moyens psychologiques pour s'en défaire. Un peu comme si, avec le temps qui passe et une violence exponentielle, le diamètre du cordon qui nous relie s'élargissait. Cette grave emprise psychologique était telle qu'elle contribuait, selon l'expression de Shengold, à ce que « mon âme devienne esclave de l'autre ». J'étais vraiment une toxicomane à ma façon… On dormait l'un contre l'autre. On vivait l'un avec l'autre. On se caressait, on se cajolait, on se câlinait. On se battait, on se déchirait, on se révoltait. On se détestait, on se tuait, on s'aimait. On se détruisait, on se désirait. Toujours l'un en référence à l'autre. J'étais l'un, il était l'autre. Progressivement, mes moyens de défense contre lui étaient soigneusement grignotés. Il m'en restait trois :

Le silence : refuge me permettant de ne pas nourrir le cercle vicieux de sa violence. Mais mon mutisme interdisait aussi tout dialogue. Lucifer le provoquait mais m'en accusait. Il parlait et je me taisais. Lorsque la « cocotte » explosait et que l'envie d'éclater était plus forte que ma résolution à me taire, sa frénésie débordait dans des dimensions encore moins gérables.

Le déni : je n'étais pas capable d'accepter cette réalité nue sans l'imbriquer dans des projets, des jours qui se feront meilleurs, des « pré-pensées » enjolivantes. Je m'imaginais encore des jours fleuris, des heures paisibles, des secondes qui chantent... Comment supporter la vie sans ça ?

La dissociation : cette démarche inconsciente me permettait de devenir témoin extérieur de la brutalité dont j'étais victime. Une façon de survivre lorsque je pensais qu'aucune issue n'était possible. Une pensée à deux vitesses. Tout ce qui faisait mal allait à la corbeille. Plus le temps passait, plus la violence grimpait ces maudits paliers et plus j'étais bloquée et incapable de m'enfuir.

J'étais sa fascination. J'étais sa captation. J'étais son idylle. J'étais son ange. J'occupais ses pensées. J'envahissais ses projets. Je représentais son avenir. Des idées heureuses, des ambitions géantes, des heures magiques. Un mariage :

« Épouse-moi. »

« Marions-nous. »

« Je désire que tu sois ma femme. »

« Ta seras la plus belle des mariées. »

Qu'il se taise ! Mon père aurait-il eu la force ou la faiblesse de me mener vers l'autel ? Ma mère aurait-elle su se cacher sans trembler ? Audrey aurait-elle vu que ce jour d'union était une catastrophe ? Mon frère… Un oiseau perdu dans l'église aurait-il été un présage au malheur ? La mariée aurait-elle levé le voile ? Se serait-elle échappée avant de devenir « sienne » ? Aïe ! Non, je n'irais pas jusqu'à l'irréversible ! C'est sûr, ce serait pire encore une fois mariée, une fois « sienne ».

Un bébé :

« Je veux tellement le voir en toi. »

« J'ai déjà réfléchi au nom qu'il portera. »

« Je veux même qu'il soit roux, comme toi. »

« Faisons un bébé, je sais que tu seras une bonne maman. »

Je n'osais y penser. La vie à deux était déjà trop tourbillonnante pour y entraîner un enfant.

Le plus grave, c'était que Michael voulait ce merveilleux mariage, ce superbe bébé et la plus heureuse des familles. Mais Lucifer exploserait vite l'illusion d'une vie réussie. « Ça » pleure. « Ça » bave. « Ça » crie. « Ça » n'obéit pas… Je chosifie cet enfant désiré pour vous faire comprendre que son existence n'était pas envisageable. Quelle torture d'analyser ainsi les choses… Je t'ai protégé, petit bébé, en ne te faisant pas entrer dans cette bulle. Je me sentais comme une femme avortée alors que je n'avais jamais porté la vie.

J'avais fait un rêve où il était dans une bulle de savon qui s'éloignait de moi. Je courais pour la rattraper mais elle m'échappait. Plus je galopais, plus je la repoussais. Lui aussi essayait de me rejoindre, mais sans succès. Il avait l'air si triste... Un pas de plus et la bulle avait complètement disparu. Je continuais à courir, à bout de souffle, mais c'était peine perdue. Il n'y avait plus rien, plus d'image, plus de bulle de savon, plus de Michael. Je m'étais réveillée et lui avais fait l'amour.

Je l'aimais mais je le détestais. Il m'aimait mais il me détestait. Ces contradictions ne sont pas mensonge. L'expression « violence conjugale » est à elle seule un paradoxe, dans le fond.

Lorsqu'il sortait de la douche, l'eau ruisselait encore le long de son corps, comme mille caresses. Ses cheveux étaient des fleuves châtains inondant son visage aux traits parfaits. Une serviette entourant sa taille suggérait le prolongement de ses lignes abdominales. Qu'est-ce que j'aimais ces courbes masculines ! Je l'observais d'un œil discret pour ne pas qu'il soupçonne mon éblouissement. Je devenais folle lorsqu'il secouait la tête et que les dernières gouttes s'échappaient. Elles avaient, furtives, la chance de se promener le long des ruelles indiscrètes de son corps. Oui, je le dévorais des yeux et du reste...

16

Alors que les premiers « accidents » (du moins, les définissais-je de la sorte) sont relatés de manière chronologique, je n'ai plus une idée aussi exacte de l'enchaînement des faits par la suite. Seule la gravité des remontrances me donne une estimation du cadre temporel mais leur fréquence me trouble, me trompe… Par ailleurs, il n'y a pas vraiment d'intérêt à ce que j'accumule les récits d'incidents dans un long catalogue forcément incomplet, déni aidant, pour la simple raison que les querelles devinrent peu à peu un mode de vie, un langage et un état d'esprit. Voici quelques épisodes, si j'ose m'exprimer ainsi, des plus marquants.

Je pourrais commencer par « la fois où ». Une « première fois » avant une seconde puis une énième, avant de « monter l'escalier ». Motifs d'agression de plus en plus idiots, de moins en moins d'excuses, de soins, de reconnaissance de la faute. Tout se passait comme si, puisque je m'y habituais, Lucifer devait « augmenter la dose » afin d'obtenir les effets escomptés. « Je m'y habituais », vous rendez-vous compte ? Il fallait qu'il ravive ma mémoire corporelle en augmentant l'intensité du mal, et ma mémoire psychologique en aggravant les ravages internes. Pour ce faire, il utilisait une gradation (vers une dégradation) dans les moyens, les formes, leur gravité.

Un jour, en rentrant, je découvris la porte de la salle de bains défoncée, traversée par son poing. Aucune question, aucune explication. Un autre jour, il revint la main ensanglantée : Miou-Miou l'avait attaqué ; il accusait ma petite peluche de deux kilos à peine d'avoir des griffes de tigre. Le mur de la chambre complètement imprégné de ses poings à cause d'une insomnie... Une bataille pour un cadeau onéreux pour l'anniversaire d'une amie... Une empoignade en voiture parce qu'il ne trouvait pas la route...

Le cycle de la violence tendait à se raccourcir et l'intensité à s'accentuer. Autrement dit, les phases « lune de miel » raccourcissaient et le seuil d'intolérance s'étendait, jusqu'au moment où il n'y avait plus de phases de rémission.

Après la lutte, la chute ! J'étais littéralement morte de peur... Mon corps traduisait mon impuissance. Tétanie, résignation, engourdissement profond, arrêt de l'activité mentale, spasmophilie, émotion étouffante, atonie criante, état fébrile, baisse de tension, tachycardie, chair de poule, hyperthermie. Mes ongles saignaient, mon sang ne devait plus couler normalement dans mes veines. Je pensais souvent que j'allais tomber. J'étais enlisée en si peu d'espace. Mes crises vidaient mon corps. J'étais si fatiguée, je restais plantée là, en station allongée. Je n'avais pas la force ni le courage de m'asseoir et encore moins de me lever.

Il m'arrivait de boire. Il vidait la bouteille dans l'évier en pointant ma faiblesse et m'arrachait mon verre tout en serrant très fort son joint dans l'autre main. Malicieuse, j'attendais alors une pause toilettes pour engloutir rapidement un pitoyable breuvage. Ce misérable exutoire ne servait à rien, mais que pouvais-je faire ? Changer de monde, partir pour le pays de l'ivresse. Parfois, au bord du précipice, je simulais un état d'ébriété pour connaître ses pensées sans masque. Je « jouais » une drôle d'escroquerie. Il me regardait avec pitié, j'étais l'œuvre pathétique de sa folie ! Il pleurait et se shootait pour s'évader lui aussi dans un univers sans lui. Il n'y parvenait pas. Il demeurait condamné à rester lui-même. J'étais cadenassée dans sa domination. J'étais impuissante, il avait le pouvoir !

Il ne pouvait vivre avec moi et par-dessus tout, il ne pouvait vivre avec lui-même !

Je payais le loyer, les courses et les caprices. Il déboursait pour Internet, le gaz, l'électricité... et des conneries ! Il percevait les aides et payait ses études. Je faisais des démarches pour qu'il reçoive des allocations. Son héritage fructifiait en dormant... Qu'est-ce qu'il dépensait ! Mes réserves diminuaient de jour en jour. Je m'octroyais peu de cadeaux alors que lui gaspillait une fortune pour sa fumette. Monsieur ne portait que des marques, avait un palais très « délicat » et des caprices aussi onéreux qu'inutiles ! Quelle nécessité de changer de téléphone portable tous les trois mois ? Il vivait comme une agression que je lui demande de faire un état de ses ressources financières. Arnaque… Il ne supportait pas l'idée d'avoir à se justifier. En revanche, moi… Lorsque je m'achetais un peignoir, il glissait un rasoir dans le Caddie.

« Je te ferai un chèque en rentrant ! »

Jamais vu de chèque ! Et combien de fois ainsi ?

Même faire les courses était devenu impossible…

J'adoptais un comportement « bizarre », je disparaissais des heures entières au lycée, réfugiée dans les toilettes lorsqu'il n'y avait rien à faire. Je devenais casanière. Je ne voulais pas que Lucifer se pose des questions : où étais-je et avec qui, pourquoi, comment ? Je ne prenais plus aucune note en cours et il m'arrivait de quitter la salle comme si une mouche m'avait piquée. J'étais une étudiante très indisciplinée. Je ne travaillais pas sur mon mémoire, car mon esprit ne me laissait pas en paix. Mes idées vagabondaient. Ma tête était complètement absorbée par ces fragments de vie-douleur. Les cours débats de l'après-midi m'enchantaient, car je pouvais penser et m'exprimer. J'étais pertinente dans mes réflexions et je me disais que je réussissais au moins une chose dans ma vie. Lorsqu'un professeur me félicitait, je me raccrochais au soupçon d'orgueil qui me restait.

Au karaté, j'étais « normale ». Un sourire d'un de mes élèves prodiges et j'oubliais Lucifer. Je me concentrais sur leurs techniques et tentais de les faire progresser au mieux. Parfois, j'apercevais

Lucifer, à la fin de la séance, qui me guettait à travers la vitre... Un soir, le père d'un élève me témoigna un peu trop d'affection ; je crois bien qu'il aurait pu l'engloutir ! J'allais de plus en plus souvent à la gymnastique pour expulser ma pression, mais un problème se posait : les mini-vêtements ne cachaient pas grand-chose...

Les ecchymoses, les rougeurs, les bleus violacés, ces traces sur le corps. Le tube d'Hémoclar avait trouvé sa place près de la lampe de chevet. Mais je ne trouvais pas de crème qui enlève la douleur et qui fasse changer la vie. Lucifer me le disait même :

« Tu sais bien que ça recommencera », « C'est pas la dernière fois... » avec un sourire malicieusement détestable...

Au début, c'était lui qui étalait la pommade sur mon corps après nos altercations. Il en pleurait et implorait mon pardon. Il me soignait en quelque sorte de sa propre maladie. Est-ce trop si je note qu'il utilisait mon corps pour se punir ? Au fur et à mesure du crescendo des disputes, il avait considéré cela comme une corvée de plus. Je me soignais donc seule et quasi cachée. Il agressait mon corps pour me punir, m'anéantir, tuer mon âme, allant jusqu'à nier l'existence de ces marques ou à m'en rendre coupable :

« Comment tu as fait encore ? Pourquoi tu as des bleus ? Ce n'est pas possible, tu dis n'importe quoi, je n'ai pas pu faire ça ! C'est pas ma faute si tu marques toute seule ! »

Il m'accusait aussi d'autre chose :

« Toi aussi, si tu foutais pas ta merde en disant à

tout le monde… en racontant tes conneries… Peut-être qu'on n'en serait pas là !

— Tu te fous de ma gueule ! C'est pas vrai ! Je rêve, attends ! C'est pas possible. Comment oses-tu ? Ce sont mes bleus qui parlent et tout le monde voit bien comme j'ai changé depuis que je suis avec toi. Je suis malheureuse et tu le sais. Arrête tes conneries. Comment oses-tu ?

— Quand tu me parles, on dirait que tu parles à un chien, à un con et que tu es madame… Tu m'énerves… Ahhhhhh… Tu étales ta science dès que tu peux ! »

J'en perdais mes mots. Je n'avais plus la force de résister. Coupable, critiquable, condamnable, responsable, répréhensible.

Mon nid était la maison de l'ombre dans laquelle je n'étais qu'un fantôme. Seuls Ingrid et Loulou passaient de temps en temps, ou un de ses copains. J'évitais d'inviter ma famille, la porte de la salle de bains n'étant pas réparée. Ses invités étaient comme lui : informaticiens, drogués, à problèmes et isolés.

Ce qui lui importait, c'était de savoir où j'étais et surtout avec qui. Si je riais au téléphone, il devenait soupçonneux au lieu de s'associer aux rigolades.

Je travaillais dans un lycée professionnel en zone violente. Des ados difficiles, il y en avait. De la violence verbale et physique, il y en avait dans chaque couloir, mais je trouvais ce lycée très calme ! Je n'avais à me plaindre de personne et savais recadrer certains élèves perturbateurs lorsque le contexte m'y poussait. Tout se faisait dans la sérénité et lors d'échanges humains « normaux ». J'étais gentille et tolérante envers tout le monde et on me le rendait bien. Nul besoin de répression, le dialogue suffisait dans bien des situations. La violence, dans cette enceinte, n'existait pas envers moi. Elle était latente et souvent prête à exploser, mais pour moi ce lycée était reposant...

Au lit, j'aurais aimé goûter davantage aux jeux du plaisir, mais la vie ternissait l'envie. Un effort... un rituel... J'avais des idées qui me blessaient car je ne pouvais m'y adonner. Je craignais aussi qu'il puisse penser que j'avais eu ces mêmes idées folles avec mes anciens compagnons. Que j'étais... comment dire... Michael aimait ça, mais Lucifer percevait avec répugnance ce comportement désinvolte.

J'avais envie de faire des photos « sexe » mais je me demandais : serait-il capable de... ? Je pensais sécurité alors que j'adorais jouer à la petite infirmière où à l'hôtesse de l'air... Quel dommage ! Quelle restriction pour des causes si cruelles ! Je savais que Lucifer était hors de contrôle et dépourvu de raison, capable de tout et de n'importe quoi.

Un reportage passionnant sur l'évolution de l'espèce humaine. Pour une fois, le programme télévisé m'intéressait : « Je suis au lit, tu viens ? me demanda-t-il d'une voix entendue.

— Attends, il reste une demi-heure. C'est très intéressant, tu devrais venir voir. »

Il revint vers le canapé. Ma réponse semblait avoir été du plus mauvais effet. Le regard noir, il me balança ses pantoufles au visage. Je les esquivai. Ça l'agaçait que je ne le rejoigne pas au moment précis où il le souhaitait, où il l'ordonnait. Les rôles étaient inversés : j'étais occupée, il devait m'attendre ! 22 h 13, alors que l'on ne se couchait jamais avant minuit. Mais Lucifer ne patientait jamais. En moins de temps qu'il ne faut pour le dire, ses mains bloquèrent mes poignets et ses jambes cadenassèrent les miennes. J'étais totalement sous contrôle, incapable de bouger. Des claques… des baffes…

Il avait un secret : celui d'être un homme violent. Malgré le déni, il était temps que je reconnaisse que j'en avais un aussi : celui d'être une femme battue.

Il bavait d'horreur sur moi et finit par me cracher au visage. Ses doigts s'enfonçaient dans ma peau. Son regard était enragé, j'avais mal. Je lui rendis son crachat avec un sourire ironique. Il m'arracha mes vêtements, à même le sol, avec une furie de lion. Il ne parlait plus, il ne hurlait plus, il rugissait ! La pluie déversait ses gouttes sur la fenêtre, et autant de larmes coulaient sur mes joues. Dans un concert d'insultes, il me dénuda complètement et m'ordonna de me lever. Je cachai mes seins et mon sexe. Sa rage me laissa des traces sur la poitrine et le ventre. Les bleus les plus profonds mettent du temps à remonter à la surface, mais sont les plus longs à disparaître. Mes cheveux en tous sens m'empêchaient de voir. En tentant de les recoiffer, ils m'échappèrent par poignées.

« Continue et je te fous dehors comme ça, à poil ! » menaça-t-il avec un sourire cruel.

Le silence.

« Très bien, tu as choisi ! »

Lucifer ouvrit la porte et me jeta dehors. Nous étions au 2e étage. Son pas pressé et les mitraillettes de ses yeux m'ordonnaient de descendre. Il ne céda pas, je ne pouvais rien faire. Une seule parole pouvait me sauver, alors je murmurai un malheureux et non moins forcé : « Pardon. » La boule dans ma gorge et mon mensonge gênaient ma respiration.

Un palier important venait d'être franchi. Parce que je lui demandais de m'excuser. Je m'accusais pour avoir la paix et non pas parce que je me sentais responsable de sa folie. Beaucoup de femmes endossent la faute, se sentent coupables : sentiment de honte face aux faits de violence de l'autre. Ce n'était pas mon cas ! La cause était différente, mais les conséquences étaient les mêmes. Lucifer ne perdait jamais.

Je ne pouvais réprimer cette moue de dégoût et j'étais au supplice de l'humiliation extrême. Je m'incriminais ! Je clamais mes fautes et ma responsabilité provocatrice ! Ce point que je ne voulais jamais atteindre. Il lâcha prise en un instant et m'embrassa délicatement. La bagarre avait trouvé cette seule issue. Je mélangeai ma salive et le sang qui coulait entre mes dents.

« Tu sais comment me calmer maintenant… Mais oui… »

Et je retrouvai des yeux amoureux et une bouche en cœur… saignant.

Sans fixer de jour… Je reprendrai mon amour, un jour ou l'autre, ou le suivant. Ce sera ma dernière voie de secours. Est-ce que vous comprenez ce que j'entendais par « reprendrai » ? Le futur s'imposait toujours et encore, je n'étais prête à rien. Je ne savais pas moi-même quand j'en aurais la force. Est-ce que je pouvais reprendre tout ce que je lui avais donné ? Jusqu'où ? Jusqu'au bout ? Jusqu'au bout de quoi ? De moi ? Lucifer ensevelissait Michael. Il était incapable de s'améliorer. Ma vie ne serait-elle que cette barbarie ? Je ne pouvais plus contourner la vérité, indéniable. Il ne me laissait même plus y croire. L'espoir n'avait plus de place, pas plus que l'attente ou le miracle.

Michael était devant moi et se détestait. Il aurait pu se tuer s'il en avait eu le courage. Il tremblait tellement qu'il en avait la chair de poule. Son visage était contaminé par sa souffrance. Sa tristesse brûlait ses yeux. Sa honte l'exténuait :

« Je ne suis qu'une merde. »

« J'ai tout raté dans la vie. »

« Regarde comment je suis… un monstre. »

Crise d'autodépréciation. Il attendait que je lui dise quelque chose. Que je le rassure… Que c'était faux… Je restai lèvres closes. Ses yeux se déversaient en ruisseau, je le laissai se démolir. Il ne faisait plus naître aucun sentiment qui aurait pu le sauver, le rassurer : amour, pitié, compassion, empathie… Il avait le visage enfoui dans ses mains :

« Pars, sauve-toi ! Je savais que je te détruirais et que j'étais fou. Personne ne peut rien pour moi. »

Il avait dit cela les mains sous les cuisses, sans doute pour me signifier que je n'avais rien à craindre.

Il prit mes vêtements un par un, tranquillement, et les rangea, bien pliés, dans une valise. Je le regardai dans l'embrasure de la porte. Il espérait qu'enfin je lui adresse une parole salvatrice.

« Tes affaires sont prêtes », me dit-il en me prenant la main comme pour un ultime contact.

Il m'invitait à partir, prétendant qu'il n'y avait que cette issue pour me sauver, mais j'étais certaine qu'il m'interdirait de franchir la porte de notre appartement. Lucifer me faisait une offre perverse, que j'estimai plus prudent de refuser. Je pris ma valise, ressortis mes chemisettes une par une, sans les froisser.

Ma façon de m'habiller faisait les frais de la maltraitance : je devais me couvrir. Longues manches, pantalons sans forme, couleurs sombres « passe-partout »... Je me coiffais souvent d'un béret pour faire disparaître ma chevelure rousse, cassée et aussi terne que mon teint blafard. Pas de maquillage : m'embellir aurait pu être perçu comme une insulte si je m'apprêtais en son absence. Et je n'en avais franchement pas l'envie. Ma féminité avait fait deux pas en arrière. J'avais toujours froid et voulais disparaître. Qu'on me foute la paix ! Cela pouvait paraître stupide aux « étrangers » mais, malgré la chaleur, je ne parvenais pas à me dévêtir. Je cachais des empreintes, des preuves. J'usais de mille ruses pour ne pas montrer... Une sorte d'emballage.

Je vivais « sous enveloppe ». Où était ma personne physique ? Le fait de me masquer corporellement trahissait mon besoin d'invisibilité. Lucifer désirait m'effacer aux yeux de la gent masculine. Je ne devais exister que « pour et à travers » lui. Mon corps n'avait pas lieu d'exister pour les autres. Je souffrais de solitude alors que le monde grouillait. Je me repliais de plus en plus sur moi-même, un engrenage nourri désormais par un isolement volontaire. Je me perdais d'être si seule, mais regardais le monde avec un œil en colère et l'autre bien trop triste pour avoir le courage de sourire ou de parler. Le monde me devenait inaccessible... Oui, j'étais devenue inaccessible au monde !

Mon péché : l'amour.
Ma condamnation : l'abus.
La cible : l'homme à fuir.
Circonstance aggravante : perte des moyens de défense.
Sentence : être démolie !

Mes parents devaient se retenir de cracher ce qu'ils pensaient de mon compagnon maltraitant. Ils étaient torturés... « Le cœur perçoit ce que l'œil ne peut voir. » Ils connaissaient la phase ultime de la violence conjugale : l'isolement absolu qui exclue la cellule familiale... Ils tremblaient tellement devant cette perspective qu'ils tentaient de me garder auprès d'eux du mieux qu'ils le pouvaient. Jamais je n'aurais permis une telle extrémité de la part de Lucifer, mais j'avais déjà accepté une si grande soumission que rien n'était à exclure... Lucifer avait attaqué le terrain de la ségrégation familiale depuis longtemps déjà, mais j'avais tellement résisté qu'il avait dû se dire que « je n'étais pas encore prête ». C'est vrai, son intention de distanciation était en latence. Mes parents et mon frère le privaient de son exclusivité. Horrible prise de conscience ! « En situation », mon comportement exponentiellement « hors de moi » et la séquestration de mon esprit ne pouvaient laisser présager que j'aurais pu, un jour, éviter la dévoration totale. Mes parents devaient serrer les dents, pleurer et prier ! Leur petite fille filera-t-elle entre leurs doigts ? Cette fille chérie qui ne savait plus comment se sauver, comment se protéger, comment fuir…

J'avais une vie si différente de mes songes d'enfant. J'aurais voulu être un chêne, avec un tronc solide, massif et haut, de grosses branches portant un peuple de feuilles verdoyantes et épaisses. J'aurais été alimentée par une terre fertile et illuminée par des rayons solaires venus du plus haut du ciel. J'étais un saule pleureur dont les branches maigrelettes et bancales, sans verdure, se traînaient au sol. Le soleil ne parvenait pas à relever mes ramifications creuses, vides et désespérément sèches. Peu de vie aux alentours : seules quelques fourmis venues s'y perdre. Peu importait sa hauteur, il n'arrivait pas à se redresser. Encore un hiver et il serait abattu…

Les vacances d'avril débutaient et je n'étais pas ravie, loin de là. Ennui, drogue et violence : un triangle infernal au centre duquel j'étais enfermée. Je ne vivais plus, ne souriais plus. J'en avais marre.

Dimanche matin. J'ouvris les yeux ; Michael était encore aux pays des songes. Je n'avais pas envie d'une matinée coquine, ni même tendre. Je le regardais d'un œil sombre après une nuit cauchemardesque. Encore une…

La science des rêves et des cauchemars… Un songe dans lequel on ambitionne s'appelle un rêve. Souvent, c'est une perspective, un futur convoité, un projet de vie. Un songe dans lequel on fuit quelque chose s'appelle un cauchemar. Il s'articule au présent, le plus souvent. Je n'arrivais plus à voir d'avenir dans mes visions endormies. J'étais bloquée. Le monde onirique ne me permettait même plus de m'évader.

Songe effroyable, je m'étais vue toute la nuit persécutée par ses poings et je fuyais, je fuyais, je fuyais… Ce rêve m'avait réveillée mais je n'avais osé crier. Est-ce que je pourrais tenir encore longtemps ? Est-ce que j'allais faire ma vie avec celui qui me persécutait, même dans mon sommeil ? Est-ce que j'étais heureuse avec lui ? Non, c'était certain… Une vérité qui faisait mal. C'était ma vie, et elle était nulle et dangereuse. Je n'avais rien. Je n'étais plus rien que ce pantin. Cette maison mourait dans le silence et l'incompréhension, ou explosait dans la violence.

Doucement, il se réveilla et m'observa méchamment. Nous avions les mêmes préoccupations à ce moment précis : comment occuper nos vacances ? Je me levai brusquement et allai ranger le linge qui avait séché dans la pièce voisine. Cette maison était d'un calme mortel. Pas de bonjour et :

« Qu'est-ce que t'as ? »

L'atmosphère était oppressante.

« Rien !

— Comme d'habitude ! Tu as vu ta gueule ? Elle tombe par terre, alors qu'on commence les vacances... »

Il alluma son premier joint.

« Ben... Je ne sais pas. Je te juge mal et ça me fait peur, avouai-je, à moitié cachée.

— Tu me juges mal ?

— Tu es méchant, Michael... »

L'aveu. La vérité qu'il ne fallait pas confesser. Il se dressa devant moi avec arrogance. Œil de tigre, veines ressorties, il bouillait de l'intérieur. Je soufflai, ce qui l'horripila davantage. Provocation ! Je n'en pouvais plus, j'étais à bout. Miou-Miou s'enfuit, la queue entre les pattes. Ça devait faire quinze minutes que nous étions réveillés ! Lucifer m'empoigna et me jeta sur le lit. Je le frappai de toute ma force, j'avais le Diable au corps et ne retenais ni les coups ni les insultes. Rien ne ressemblait aux techniques d'attaque de mon art martial. La rage empêchait le contrôle. Je frappai, frappai et frappai encore... Je voulais qu'il ait mal.

Qu'étais-je en train de devenir ? J'agissais comme une folle en transe.

Littéralement déchiré, son slip pendait. Mon teeshirt partait en lambeaux. Il leva les poings. Le lit de nos ébats devenait notre terrain de catch. Il me prit par le col et remonta son poing crispé jusqu'à mon cou, qui commençait à souffrir de la pression exercée. D'une voix étranglée, j'articulais difficilement. Il me roua littéralement de coups. Je manquais d'air. Asphyxie. Je ne voyais plus que des formes, les couleurs qui flottaient face à moi, et ses avant-bras serrant mon cou. Ses yeux étaient rouges de fureur et d'acharnement. Mon corps entier était coincé et mon ventre devait supporter son poids. Un homme violent pèse si lourd ! J'avais l'impression d'être pressée comme un vulgaire citron. Ses cris me paraissaient venir de très loin, comme traversant un autre monde ou un autre temps. Je perdis le contrôle de mes paupières baignées de larmes. Ma bouche n'avait plus de salive. Ses doigts continuaient à comprimer ma gorge. La mort m'emportait-elle ? Peu à peu, les images s'éloignèrent également. Mais avant que le point fatidique soit atteint, l'air finit par entrer dans mes poumons. Je repris lentement mes esprits. Les images retrouvèrent une réalité concrète et triste. Une pause… un regard… et…

Prendre du plaisir à me voir souffrir !

Mon seul moyen de défense était de me mettre en boule et de protéger au mieux ce qui pouvait l'être : mon visage et mon ventre. Les gifles partaient n'importe où et n'importe comment. Pas de cible, juste de l'acharnement. Je jurerais qu'il ne voyait rien, tant il était en transe et tant les chocs étaient imprécis et dispersés. Impossible de bloquer ou d'esquiver le moindre geste, il fallait que je reste recroquevillée. J'étais bloquée entre les coups et le mur.

« Si t'es si malheureuse, t'as qu'à partir ! » lança-t-il, à peine capable de paroles.

Ce n'était plus une menace ou une invitation perverse, c'était un conseil ! Lucifer me proposait encore de prendre la porte et c'était ce que je devais faire : m'enfuir avec intelligence... trouver la sortie de l'enfer. J'étais malheureuse, contusionnée et étranglée, et le seul moyen de sortir de cette torpeur était de sortir de lui et de sa vie. Un autre palier avait été franchi. Désormais il ne me frappait plus, il me battait !

Le calme redevint mortel.

Lucifer s'évada sur son ordinateur dans un jeu de guerre virtuel, me laissant convulsive dans le salon. Miou-Miou n'osait pas sortir de sa cachette. J'allai le chercher pour un peu de douceur, un dernier effort pour ce corps quasiment invalide. À peine dans mes bras, il repartit se cacher derrière un meuble.

Il suffit d'un déclic pour que Michael s'écroule sur le canapé, effaré par ce qui venait de se produire, encore une fois... une fois de trop ! Par peur et par souci de me protéger, je ne pouvais mot dire. Inerte, je ne réagissais plus. J'attendais. De l'intérieur, je rageais, un volcan en sommeil.

Cette fois, au lieu de s'occuper de sa « chose cassée », il cherchait un moyen de justifier les ecchymoses à venir auprès de l'entourage. L'entourage ? Et moi là-dedans ? Je le maudissais. Les traces accuseraient « le fou » et plus que tout, Lucifer voulait garder une bonne image : de la poudre aux yeux. Je le haïssais et j'avais tellement peur...

Alerte noire je me barre !

Il voulait rétablir un certain équilibre, partager les responsabilités : pour justifier mon piteux état, il fallait qu'il soit abîmé lui aussi. C'est ainsi que je le vis, à ma stupéfaction, empoigner la porte de la chambre pour y donner lui-même des coups de tête et d'épaule, cherchant à faire naître quelques hématomes.

« Arrête de me mater comme ça. Tu fais du karaté, non ? »

Il échoua dans cette tentative aussi stupide qu'inutile ! Quant à moi, les longues manches et les lunettes ne cachaient pas tout, et la pommade n'était pas assez rapide pour masquer les dégâts.

Pour contourner l'horreur du « trop visible », il opta pour une forme de séquestration discrète : les clefs pendaient certes à la serrure, tel un défi, mais j'étais sous surveillance continue et absolue.

Pas moyen d'être seule le moindre instant, mon tortionnaire contrôla jusqu'à mon sommeil troublé deux jours durant, ne s'accordant pas même une minute pour un bain. Pas de toilette qui aurait pu m'être opportune. Je n'avais aucune occasion de m'échapper. Étrangement, mon téléphone portable avait disparu. J'étais coincée et les vacances venaient à peine de commencer.

17

Je cherchais désespérément un moyen de m'enfuir, mais comment ? Par la fenêtre ? Nous étions au 2e étage. Je pouvais peut-être essayer de m'échapper par le toit, mais l'entreprise était assez risquée. Tout comme quinze jours d'emprisonnement chez soi, au demeurant. Je ne voulais plus rester auprès de ce « taré »... Quinze longues journées pour lui permettre d'implorer mon pardon et m'obliger, malgré moi, à m'y soumettre ? Non, je n'en pouvais plus. Le temps passa et Michael redevint docile, trop docile. Pas de promesses, pas d'excuses, mais des déclarations à m'arracher le cœur, d'une autre manière.

J'avais tout essayé ! Il ne me restait que la fuite si je ne voulais pas qu'il me retienne dans le piège de la violence de couple. Il fallait que je sorte de cet endroit, que je sorte de lui et ne plus jamais revenir.

Miracle, à un moment précis, le silence fut d'or : il était dans la salle de bains et j'entendis sonner mon portable. Enfin, j'avais repéré mon appareil ! Une boule au ventre, je trouvai l'appareil dans un tiroir et l'enfouis dans la poche de mon pantalon.

Pas le temps de réfléchir, je devais agir. Ma main tremblait.

« SOS police » : voilà le terrible message que j'envoyai à mon père. Je n'ose imaginer ce qu'il a pu ressentir en le recevant. Je coupai le volume de la sonnerie pour ne pas qu'un éventuel appel de mon père fasse échouer mon « plan de sauvetage ». Lucifer serait sorti de ses gonds s'il avait été informé de ma démarche.

Je priai, les mains jointes : « Je t'en supplie, papa, viens à mon aide ! Sauve-moi ! »

Il me fallait maintenant remettre mon téléphone là où je l'avais trouvé. Lucifer sortit de la salle de bains et vint s'asseoir à mes côtés. Rester calme, ne rien montrer… Hors de question qu'il me touche… Je me levai pour aller aux toilettes. Michael ne tarderait pas à vérifier le contenu du tiroir. L'imagination stimulée par la situation, je prétextai ne plus retrouver Miou-Miou. Sans se douter une seconde de ma ruse, il se mit en quête de l'animal dans tout l'appartement – heureusement, Miou-Miou était encore bien caché ! Les mini-miracles jouaient-ils enfin en ma faveur ? Allais-je réussir à sortir de « ma » maison ? Profitant d'un moment où Michael était dans la chambre, je remis au plus vite mon téléphone exactement à l'endroit où je l'avais « volé ». Mon tour de passe-passe fut une réussite et je me calmai, avec l'espoir d'une libération prochaine.

Il ne me restait plus qu'à attendre. Pour ne pas m'effondrer, je m'accrochais à l'idée que mon père était en alerte. Dans ces conditions, une bonne quarantaine de kilomètres, c'est le bout du monde !

Pourvu que son téléphone soit chargé ! Qu'il l'ait sur lui ! Encore tant de conditions pour qu'il accoure. Je ne doutais nullement de lui, mais j'espérais de tout cœur qu'il ait reçu le message au plus vite.

Afin de ne pas rester à côté du « fou » et de m'occuper l'esprit, je me mis à faire le ménage. Il fallait gagner du temps. Au bout d'un moment, l'interphone retentit. Enfin ! Inquiet d'une visite surprise, Lucifer se pencha par la fenêtre pour connaître l'identité de l'importun tandis que je m'empressais de débloquer la porte d'accès à l'immeuble. Deux tours de clé plus tard, la porte s'ouvrit comme par magie, et mon père était là.

Ce jour-là, mon père me sauva une seconde fois. La fuite n'est pas un choix réfléchi, sinon la femme ne part pas, mais plutôt une action précipitée déclenchée par une exagération... de plus. Fuite vers l'espoir ou fuite désespérée ?

Je voulais m'enfuir et ne pas me retourner. Partir, le plus rapidement possible, avec mon garde « du cœur et du corps » particulier. Consterné devant mon visage et mon état traumatique, mon père entra dans l'appartement sous le regard perdu de Michael, alors que j'empruntais déjà l'escalier.

« Ma chérie. Explique-moi ?

— Papa, on s'en va. Je veux partir. Je t'en supplie. »

Il n'avait plus de mots, mais des bras réconfortants. Je pris mon courage à deux mains et pénétrai à nouveau en ces lieux maudits. Michael était assis, sur le point de s'effondrer. J'aurais voulu qu'il s'écroule totalement. Je baissai mes lunettes légèrement cassées pour montrer mon visage sans ornement. Je n'avais pas osé me regarder dans un miroir, mais devinais le piètre état de mon visage. Mon corps m'avait montré suffisamment d'horribles marques, un peu partout.

« Je ne serai plus jamais ta femme battue », lui annonçai-je.

Cette phrase résumait tout : le passé de maltraitance, le présent de blessures et un futur sans lui. Je l'abandonnais !

« Je tombe des nues… »

Assis dans un fauteuil, le fou n'avait trouvé que cela à dire et le répétait en boucle. Complètement bouleversé et dans l'incompréhension absolue, mon père nous regardait tour à tour. Il lui fallut un moment pour assimiler la situation. Un regard de tristesse pour moi, sa fille chérie à protéger, des yeux de haine pour lui, le coupable. En homme serein, qui prenait sur lui, il ne leva pas la main sur le « bourreau de sa fille »… ce qu'il regrettera toute sa vie, j'imagine. Il pensait, et il avait raison, que je ne voudrais pas ajouter au drame que je vivais celui de voir mon père frapper mon compagnon. Je partis avec le strict minimum : sac à main, mémoire du DEA, papiers importants. Voilà tout ce que j'emmenai de « mon ancien chez-moi ».

Peu m'importaient les biens matériels, après tout, je voulais me sentir vivante à l'extérieur de ces murs. Roule ! Que je rentre. Vite. Plus vite. Libre, libre, libre.

De retour au cocon protecteur, ma mère et mon frère m'accueillirent les bras ouverts, réconfortants. Je leur dis simplement : « Je reste à la maison, maintenant », les yeux rivés au sol. Ils devaient retenir leurs larmes, larmes de joie de me voir revenir, larmes de colère de me voir dans un tel état, larmes de chagrin…

Cela me fit un « drôle d'effet ». Perdre son compagnon, sa maison, c'était mourir un peu. Changer de maison, oublier « ce » compagnon, c'était revivre un peu ! Cette fois-ci, j'étais de retour… Il n'y avait plus à douter. Lucifer était bien trop violent pour envisager un quelconque changement ! Sa méchanceté était dans ses gènes.

Nous allâmes récupérer mes affaires personnelles malgré mon angoisse de retourner là-bas. Avec mes parents je n'avais pas grand-chose à craindre, mais il m'insupportait de faire le chemin dans l'autre sens. Demandez à un homme sorti de prison de retourner dans sa cellule trois heures après l'avoir quittée !

Pouvais-je penser que ma maison était ma cellule ? Assurément oui ! J'entretenais des relations avec un détenu d'un genre bien particulier, une relation si spéciale que c'était moi qui finissais prisonnière !

Deux voitures pour récupérer mes vêtements, un tableau, un cadeau, des conneries… Lucifer avait déserté les lieux. Sa voiture n'était pas là. J'ouvris la porte du bagne. Je voulais que ça aille vite. J'avais l'impression de cambrioler mon propre domicile. Cet acharnement à fourrer au plus vite une partie de mon petit monde dans des sacs-poubelles m'exaspérait. Une partie, seulement, car comment récupérer ma part de la bibliothèque, du lit ou des chaises ? Je repris le minimum transportable. « L'essentiel » ?

Je crois que l'essentiel, c'est moi ! Quelle injustice que la femme battue et malheureuse, qui n'a pas d'autre choix que la fuite, doive laisser tout ce qu'elle possède. Il devrait exister une loi pour cela…

L'ordinateur était allumé. Mon regard perdu finit sa trajectoire sur un dialogue entre sa sœur et lui. Il s'était sans doute rapatrié chez elle ! Je n'osai pas lire et je le regrette : cela aurait peut-être enfin été un moyen de savoir ce qu'il pensait réellement de notre relation, de moi, de nous et peut-être de lui.

« Rentrons, je veux sortir d'ici ! » alertai-je d'une voix aussi tremblante que directive.

Je n'arrivais plus à respirer. Je suffoquais, j'étais bloquée, claustrophobe. Miou-Miou était là et j'en profitai pour lui dire adieu.

Mon petit chat tout blanc… Je l'abandonnai complètement et je suis certaine qu'il le ressentit. J'aurais dû le prendre sous mon bras, mes parents auraient accepté… Pardon !

J'avais les marques corporelles d'un passage à tabac. Certificat médical malheureusement « impressionnant », tout mon corps était endolori.

De la tête aux pieds, bras, jambes, visage, cou, dos... deux pages d'énumération et un état de choc reconnu. Mes deux paupières étaient fermées. J'avais mal un peu partout et un peu nulle part. Je restai quelques jours à l'abri des regards curieux, chaleureux, alertés... anonymes, amicaux, professionnels... Il fallait du temps, encore, pour que mon état physique s'améliore. Que dire de mon état psychologique ?

Là où les sentiments avaient été les plus puissants, la douleur était ressortie toujours plus vive. J'avais pleuré sans lui. J'avais pleuré avec lui. Hors de question que je continue de pleurer après lui... J'étais tellement en colère ! J'avais bien conscience que, dans cette lancée qu'il avait engagée, tout aurait été de mal en pis. Partir était bien le seul recours !

Consciencieusement, je devais le faire. Il était grand temps ! Je m'y rendis de mon plein gré, sans l'intervention de mes parents.

« C'est pour quoi, mademoiselle ? » me demanda une femme en uniforme bleu foncé.

Il fallait que j'y arrive. Il méritait au moins ça... Je devais être forte, me protéger, dire stop !

« Euh... Euh... balbutiai-je fébrilement.

— Mademoiselle ?

— Une main courante... »

J'étais allée puiser ces ressources très loin. Premier mot bafouillé, première réussite, mais ce n'était pas terminé. J'étais parvenue à l'envisager, le vouloir, me convaincre du bien-fondé de cette démarche, prendre ma voiture, rouler, ne pas trop pleurer, m'arrêter au stop, redémarrer, éteindre le moteur, descendre de voiture, me retenir encore, entrer dans le commissariat, annoncer que... Autant d'étapes susceptibles de me décourager. Ce qui pourrait sembler bien anodin était pour moi une vraie bataille. Un court trajet jusqu'au poste de police se révélait une périlleuse croisade. Chaque étape franchie était une petite victoire. Quel sentiment déchirant que de devoir « certifier » et « officialiser » mon « cas de maltraitance ». Oui, de « devoir » en arriver là ! Catastrophe ! J'avais l'impression que tout le monde avait les yeux rivés sur mes aveux.

Dans un élan de rage et de jubilation haineuse, je déchirai toutes nos déclarations d'amour, qu'il m'avait fait parvenir. Plus de photos, plus de souvenirs... Enfin, presque. Le lendemain, toutes les démarches administratives étaient effectuées : radiation du bail, changement d'adresse... Tout devait aller très vite. Mes contacts *via* Internet reprirent une certaine vigueur et je « m'amusais » même à traiter « l'autre », dont je m'étais séparée, de « fou ». Oui, je l'appelais « le fou ». Jamais je ne repartirais, je ne pouvais rien faire pour lui. Il n'était plus à sauver ! Et pourtant, il était sincèrement amoureux de moi... « fou » de moi ! J'écrivais que je le détestais et que ma colère était à son paroxysme, mais je n'étais pas encore prête à parler. Je ne sais pas quel sentiment prédominait dans notre dé-liaison : la peur, la colère, la pitié, l'angoisse ? Une chose était sûre : ne me parlez plus d'amour !

Je tins à rembourser à mes parents l'argent qu'ils m'avaient donné pour notre installation. Pour solde de tout compte, Michael m'envoya un pauvre chèque de 1 000 euros, signé avec rage... Adieu, à jamais !

Et puis il fallut recommencer à vivre. Heureusement, c'était les vacances : une douzaine de jours de repos, bien camouflée. Derrière une fenêtre, toute seule, l'œil cerné de noir, je pleurais à l'abri des regards.

J'avais le droit, quand personne ne m'entendait, de crier ma violence, tous ces mots que je ne disais pas mais que je pensais. Un cri dans le désert, c'était un cri quand même. Il fallait que « tout cela » sorte de mes tripes ! Retour au SAVU : franchir cette porte était plus qu'une nécessité ! Rentrer, seule, en ce lieu, c'était reconnaître... très, très dur... Charlotte était toujours prête à m'aider dans la voie de la reconstruction. Il me fallait encore penser et panser mes plaies.

Un appel : l'oncle de Lucifer.

« C'est son oncle. Écoute : il en a marre ! Tu viens, tu repars, c'est fatigant pour...

— Vous plaisantez ? C'est moi qui en ai marre. Vous n'imaginez pas combien de baffes j'ai reçues dans la gueule et...

— Tu fais du karaté, non ? »

Je crus m'étrangler en entendant cette réponse.

« Ah, c'est ça alors, sa version ! C'est moi, la méchante ! Je me transforme, peut-être ? »

J'étais si désabusée que je regardai le combiné comme pour lui parler en face et faire éclater la vérité.

« Tu es ceinture noire ! Pourquoi tu t'amuses à

me dire ça ? Et arrête de gueuler comme ça. Il m'avait prévenu q...

— Mais pour que vous vous rendiez compte de qui est votre cher neveu, monsieur ! »

Et je raccrochai, parce qu'il n'y avait plus rien à dire.

Je n'arrivais toujours pas à saisir comment tout cela avait pu m'arriver, me sauter dessus et me broyer. Le voile du déni se levait peu à peu, mais c'était si douloureux que, de temps à autre, je le reposais. J'avais déjà trop souffert pour revivre deux fois les mêmes tortures. Pour ses douces caresses, il fallait croire que j'acceptais ses griffes effroyables ! Comment avais-je pu me faire malmener de la sorte ? Et pourquoi ? Et je l'avais cru et j'étais restée et j'y étais même retournée ! Une énorme colère brûlait en moi ; je ne respirais plus qu'elle.

Environ un mois après mon départ, un mercredi d'avril, j'arpentais les rues de la vieille ville en compagnie de trois autres étudiantes, à la recherche d'un petit restaurant pour déjeuner. L'ambiance était tout à fait chaleureuse et propice aux échanges. Je me remettais peu à peu... À table, la conversation prit bientôt une tournure plus intime. Autant j'avais été volubile sur les sujets liés à l'université, autant je me renfermai aussitôt dans ma bulle. Je n'étais pas encore prête à parler de moi. Ma voisine d'en face, en revanche, lança presque banalement :

« Je suis une femme qui a souffert. »

Et elle commença à relater la vie qu'elle avait menée pendant huit ans auprès de son premier mari, il y avait de cela vingt-cinq ans. Un si long chemin… C'était une infirmière psychiatrique d'une cinquantaine d'années. Je pense qu'elle avait repris ses études par défi vis-à-vis d'elle-même. Elle était d'un charisme et d'une intelligence remarquables. Ce jour-là, au moment du dessert, elle se confia à nous et se révéla au grand jour. Je la regardais, consternée qu'une femme si forte, réfléchie et travaillant dans le milieu médical ait été prise au piège d'un médecin maltraitant. Elle s'était mariée (sa nuit de noces ne fut pas : chambre à part) et avait eu une fille. Son mari, alors médecin réputé et adulé, l'avait malmenée et était animé de pulsions mortifères, comme elle en témoigna :

« Un jour, on marchait en montagne et il m'a fait passer devant. J'ai cru qu'il allait me pousser dans le vide. Une autre fois, il m'a prise en photo sur une tombe ; je devais m'allonger et sourire. Une autre fois encore, alors que j'étais dans mon coin lors d'une réunion de travail, il m'a demandé ce que diraient ses collègues médecins s'il me tuait devant l'assemblée. Il ricanait et je n'oublierai jamais l'expression de son visage. »

C'était à la fois rassurant et culpabilisant de me dire que je n'étais pas seule.

J'écoutais, mais restais silencieuse. Les deux autres convives compatissaient. Que faire ? Que dire ? Bien entendu, c'était elle qui passait pour la folle au moment de sa vie en commun et son « tendre époux » ne manquait pas de pointer sa faiblesse, voire sa débilité mentale. Elle était folle mais il l'aimait quand même, alors il restait avec elle ! Finalement, elle s'était enfuie, mais la petite fille, elle, avait « dû » garder son père. À force de courage et de temps, elle s'était remariée et tout allait bien. Enfin, allait mieux... À la longue, les cicatrices s'étaient refermées mais elle souffrait encore suffisamment pour conter, vingt-cinq ans plus tard, à de simples connaissances bien plus jeunes qu'elle, ce qui fut son supplice quotidien. Elle le surnommait « l'Abominable ».

Elle aussi avait rebaptisé l'homme avec lequel elle vivait, le prince avec lequel elle s'était mariée, celui qui l'avait faite mère, mais qui avait montré un autre visage. Je pense que les victimes tentent ainsi de défaire leurs chaînes, de se libérer d'un prénom trop attachant. Restait-elle une femme battue ? Gardait-elle encore cette marque profonde alors qu'elle avait tant changé ? Cette image de femme martyre restera-t-elle coincée en elle, et en moi, toute notre vie ? N'étions-nous pas marquées au fer rouge de cette expérience extrême ? Traumatismes qu'on ne peut quitter... Nous avions été tellement écrasées que c'était un miracle de s'en relever.

D'un coup, sans même m'y attendre, je prononçai à mi-voix : « Je te comprends... » Un léger son s'était échappé de ma bouche jusque-là scellée. Le monologue continuait et personne n'avait entendu ma timide confession.

« Je te comprends. J'ai eu la même chose... » me hasardai-je à répéter craintivement.

À ce moment précis, les regards se tournèrent vers moi et pour la première fois, je vidai mon sac. Ma voix trouva enfin des mots. Ce secret qui pointait son nez allait enfin sortir... Je fondis en larmes. Cette femme, qui me comprenait tant, me dit simplement : « Félicitations. » Son regard complice me suppliait de tenir bon ! Apparemment, j'avais eu le « courage » de partir bien avant elle. Malgré tout, elle l'aimait encore !

J'ai rencontré une autre femme « comme nous », désormais veuve. Son « homme maltraitant » était mort dans un accident de la route. Elle m'a dit que si cela ne s'était pas produit, il aurait fini par la tuer. Ses paroles ont été les suivantes : « Ouf il est mort, mais je l'aime. Jamais je n'aurais eu le courage de partir ! »

L'ancien mari de cette infirmière psychiatrique s'était remarié et « déglinguait » sa seconde épouse, elle-même médecin ! Depuis qu'elle l'avait quitté, elle s'offrait une fleur chaque jour. À l'époque, elle n'avait pourtant pas de toit fixe, et la majorité de son salaire partait dans la procédure de divorce.

80 % des femmes battues restent auprès de leur compagnon. 50 % des couples finissent par divorcer. Moralité : battez votre femme et vous aurez plus de chance de la garder !

Je m'interrogeais sur les « félicitations » qu'elle m'avait adressées. Charlotte, du SAVU, me tint un discours plus mesuré :

« Vous n'avez plus de contact, vous êtes sûre ? Vous m'avez bien dit que vous n'aviez plus de liens. C'est essentiel à votre reconstruction. Ça va être très dur, plus que vous semblez le penser...

Vous êtes forte, ne l'oubliez jamais ! Je préfère vous avertir, vous êtes en colère pour le moment. »

La distance était la seule solution !

« Non, ça va bien. Je n'ai plus de contact… Du moins, il y a eu mon téléphone qui a sonné à l'anniversaire de ma mère, car le sien tombe le même jour et…

— Et comment vous êtes-vous sentie ?

— Je lui ai raccroché au nez… Je savais que c'était lui avant même de décrocher… Et j'étais fière de moi. Mais, en même temps, il devait être bien seul pour ses 25 ans… Je… »

Cafouillage des sentiments.

« Bien, tenez bon. Soyez forte ! Courage ! Vous êtes sur la bonne voie… N'oubliez pas de rompre tout contact, insista-t-elle encore.

— Je me demande comment il va, quand même. Et sur MSN, aussi, il tente de me joindre… glissai-je maladroitement, tête baissée.

— Ne vous préoccupez pas de lui. De toute façon, vous ne pouvez rien pour lui. Vous savez, je l'espère, qu'il ne changera pas ! Vous n'êtes pas responsable de sa vie. Vous ne l'aimez plus, de toute façon, alors… Basta ! »

Elle savait d'expérience l'importance, la nécessité, voire l'obligation du vide : visuel, auditif, de lui, de nous, d'une idée de relation, de souvenirs… Elle voulait une amnésie mais je ne pouvais faire « sauter » cette incrustation de lui en moi, ce passé était encore trop récent. Nos échanges tenaient aussi lieu de mise en garde sur une éventuelle « nouvelle capture ». Hors de question ! J'avais tellement eu mal ! Je le haïssais !

Mes yeux sollicitaient tout de même d'autres échanges. J'avais besoin de m'étendre sur le sujet, de parler de toutes ces années muettes à cette experte et en ce lieu...

« Vous vous posez encore des questions, dites-moi ? me demanda-t-elle sur un ton invitant au dialogue.

— Bien sûr, mais je serais incapable de vous les dire, là... Ça dépend... De toute façon, je n'aurai jamais de réponse... À quoi bon ? Pourquoi m'a-t-il fait ça, je ne voulais que l'aimer, moi ! Comment a-t-il fait pour tout gâcher ? Comment ? Pourquoi ? Jusqu'où ? »

Je pense qu'une de mes grandes faiblesses – et c'est sans doute une des raisons de ma démolition – était que je cherchais toujours à analyser, à comprendre, à expliquer pour lui venir en aide et dénouer ce maudit nœud qui l'empêchait de vivre, d'être heureux, de ne plus recourir à la violence. Simplement, je ne pouvais pas trouver une explication logique et rationnelle à un comportement qui ne l'était pas. J'essayais de ne plus me poser ces questions sans réponse, mais c'était difficile. Tout mon passé tournait autour d'elles...

Mon histoire m'avait appris, à mes dépens, qu'il était impossible de découper quelqu'un en parties. Vivre avec un homme ou une femme, c'est l'aimer dans sa totalité, son originalité, son unicité et sa complexité. Michael, mi-ange, mi-diable. Tantôt Michael, tantôt Lucifer ? Non ! Il était une personne à part entière, complète.

Vouloir enterrer une partie de lui, c'était le dépersonnaliser, le dénaturaliser, c'était faire en sorte qu'il ne soit plus lui-même. Comment un individu quel qu'il soit pourrait-il vivre sans être lui-même ? Sa violence, c'était sa nature et il me l'avait dit lui-même. L'image de « double visage » que je m'étais inventée pour me rassurer n'avait été que de la poudre aux yeux. Une fois la poudre enlevée, mes yeux étaient bien enflammés... Et je recommençais à pleurer.

« Le plus important, c'est que vous savez qu'il ne changera pas. Accrochez-vous à cette certitude. Vous êtes déséquilibrée, fragile, désorientée... C'est logique. Qui ne le serait pas ! Occupez-vous, sortez, essayez de ne pas trop penser. N'oubliez pas que je suis toujours là... Changez de vie, de repères. Vous allez réapprendre à être vous-même ; c'est un énorme travail pour quelqu'un qui a été tellement modelé. Changez vos habitudes, sachez reprendre votre liberté, rouvrez-vous au monde, allez danser. Voyez des gens, faites tout ce qu'il vous interdisait. N'ayez plus peur. Tous les changements, maintenant, vont dans votre sens. »

Cette batterie de conseils me submergeait. J'avais tant de choses à faire et je ne savais pas encore à quel point ce serait difficile !

« Merci, est-ce que je peux avoir un rendez-vous dans quelques jours ? J'ai tellement besoin de parler... et d'écouter... Je ne sais plus qui je suis, où je vais, tout s'est écroulé. Je fais la forte, mais en vérité... »

Ce centre devenait ma deuxième maison. J'avais peur, je voulais comprendre, je voulais m'expliquer mon propre attachement et je ressentais des pulsions de vérité entre ses murs. Je trouvais ici une oreille prête à m'entendre. Les cœurs familiaux et amicaux étaient bien trop sensibles.

Bien entendu, ma troisième échappatoire fut l'amitié, après le cocon familial et l'appui d'une experte. Honnêtement, j'étais gênée de reprendre contact. Non pas que je redoutais d'être rejetée, mais j'avais honte…

La honte fait toujours partie du ressenti des femmes « comme moi », même si elle se manifeste pour des raisons variables.

Mes amis étaient fidèles, mais je le leur rendais mal : j'étais venue, j'étais repartie, j'étais revenue… Ils m'accueillirent une fois de plus sans jugement ni reproches. Parfois, l'envie ou le besoin me prenait de me confier et leurs paroles étaient sensées, rationnelles et justes. Ils m'aidaient, malgré mes disparitions et réapparitions. Sans savoir si je ne repartirais vraiment pas… comme je le leur avais promis… avant ! J'avais souvent l'impression d'avoir raté des moments, des tranches de vie avec eux, tant de fiestas en mon absence… Je me souviens d'avoir conversé longuement avec Youssef et Delphine, et ils avaient clairement mis l'accent sur ce que j'avais besoin d'entendre :

« Tu as fait ton maximum, on sait que tu l'aimais, il faut qu'il se fasse soigner… Tu ne pouvais plus rien faire ! Mais nous, on sera toujours là pour toi, même si tu décides de retenter le coup. On tient à toi et on t'aime. Tu n'es pas responsable de son problème. Tu as tout fait pour l'aider et on espère que tu le sais. »

Je redécouvrais mon sens de l'humour et de la répartie, et ces atouts me permettaient d'avoir un bon contact avec un entourage qui ne cessait de s'élargir depuis que Michael n'était plus là. J'étais passée du « serre-moi que je respire » à « libère-moi que je revive ». Personne à consoler, personne à sauver, personne à soutenir, personne à subir. Du silence et de la solitude, j'étais donc passée au monde, aux bruits et aux aveux. Overdose de sorties et de confessions ! J'avais besoin de crever l'abcès. Les premiers pas étaient faits, les plus difficiles ! Je ne choisissais pas forcément les gens, mais plutôt le moment. Cela me prenait comme une espèce de pulsion. Il fallait que j'éclate mes peines, que je me purge. C'est alors que je me rendis compte du fléau qu'est la violence conjugale. J'étais loin d'être la seule… Les langues se déliaient. Le tabou devenait nommable et le nommable permettait la libération.

Mes questions, pourtant, n'avaient pas quitté ma tête. J'espérais ne jamais le recroiser. Ce serait trop dur de passer outre. (Pourquoi ?) Si c'est le cas, comment me considérera-t-il ? (Je devrais m'en moquer.) Et moi ? (Cela devrait être clair.) Continuera-t-il à vivre dans notre nid ? (Un nid ?) Poursuivra-t-il ses études ? (En quoi cela m'intéresse-t-il ?) Retrouvera-t-il la voie de l'amitié ? (Ne mérite-t-il pas la solitude ?) Comment évolueront ses liens familiaux ? (Et alors ?) Comment passe-t-il ses jours ? (Et alors ?) Que fait-il la nuit ? (Et alors ?) Que pense-t-il de moi ? (Et alors ?) Comment se portera-t-il dans une semaine ou dans trente ans ? (Et alors ?) Aura-t-il enfin trouvé son équilibre ? (Et alors ?) Sera-t-il heureux ? (Et alors ?) Aura-t-il apaisé sa violence et ses peurs ? (Et alors ?) Se soignera-t-il ? (Et alors ?) Aura-t-il des enfants ? (Et alors ?) Sera-t-il marié ? (Et alors ?)

Mes interrogations incessantes formaient des nœuds inextricables. Je continuais à me poser des questions, parce que je l'avais fui alors qu'il m'aimait cruellement. Il m'aimait mal, mais il m'aimait quand même ! J'étais aussi certaine de son amour que de sa violence.

Et avec ces questions, une partie des réponses : une autre femme ? Quel désastre ! Quelle horreur si quelqu'un pouvait lui apporter ce que je n'avais pas réussi ! Je me plongeais, moi, dans l'échec, le doute, en pensant qu'une autre puisse réussir ma « mission ». Je la haïssais déjà... La colère, qui m'avait portée jusqu'alors, s'estompait. J'aurais voulu qu'elle reste plus longtemps. C'était vraiment un moteur qui me permettait de tenir, d'en vouloir, d'aller de l'avant ! Sans elle, je redevenais fragile, sans bouclier. Ces questions étaient des poisons. Je me souciais davantage de son avenir à lui que du mien... comme d'habitude.

Redoutant l'ennui et la solitude, je m'incrustais ici et là pour passer un bon après-midi, une bonne soirée ou une bonne nuit. Je faisais la java non-stop pendant quelques jours et finissais par m'écrouler.

Ces moments festifs effaçaient un peu, superficiellement, mes questions. Je passais de groupe d'amis en groupe d'amis. J'organisais mon nouveau monde et profitais de toutes ces relations jusqu'alors prohibées. Un trop-plein : une compensation ! Je me faisais draguer, draguer, draguer... Ils m'énervaient, tous ces hommes qui gravitaient autour de moi. Qu'on me laisse tranquille ! « Désolée. Tu ne m'intéresses pas... » : c'était la seule chose que j'avais à leur dire ! Mon corps était sur cette piste de danse et s'éclatait. Mon esprit était ailleurs et se dilatait.

J'avais besoin de câlins, mais je ne concevais pas une nouvelle relation. J'avais besoin de me retrouver, de reconstituer mon « moi », sans personne. Je commençais par le plus simple : l'apparence. Mais c'était déjà bien compliqué !

18

Quelques mois s'écoulèrent et puis, un soir… C'était un samedi, j'avais rendez-vous avec des amis pour une soirée concert. J'aperçus dans le public le garçon que j'avais connu avant Michael-Lucifer. J'en avais un bon souvenir, c'était quelqu'un de très gentil que j'avais bien aimé ! Il s'appelait Noah, c'était un métisse de père guadeloupéen. Tee-shirt trop grand et baggy, il affichait un air cool. No stress ! Rien n'avait changé chez lui, à part sa coiffure. Quand il nous remarqua à son tour, il vint nous saluer. Tout le monde était manifestement content de se voir, mes copains et lui se fréquentaient de temps à autre. Nous échangeâmes quelques nouvelles rapides : les études, la famille, nos occupations… et quelques blagues – c'était un comique ! À la fin du concert, tout le monde rentra chez soi. Quelques jours plus tard, je reçus un message téléphonique assez romantique de sa part. Je lui répondis sur un ton courtois, marquant clairement que je n'étais pas intéressée. « Soyons amis » : version collège. Pas de retour. Les jours passèrent et l'idée de Noah fit son petit bonhomme de chemin. Après tout, ce mec me plaisait bien…

Mon histoire avec Lucifer était enterrée. J'avais rendu les clés, radié le bail. Je devais passer à autre chose et Noah était peut-être la solution. J'avais renvoyé cruellement beaucoup de petits dragueurs, mais lui était différent… Me remettre avec quelqu'un, c'était afficher une réelle séparation avec « le fou ». Dans mon esprit, il était clair que tout était fini. Je pense qu'on ne parle plus d'une ancienne relation que lorsqu'on en a une nouvelle. Noah était tout le contraire de Michael, tout le contraire de Lucifer, et je crois que ce contraste n'était pas anodin dans mon élan vers lui. Tout ce que Michael avait d'extrémiste, il en était l'opposé : jaloux/confiant, trop présent/trop absent, stressé/baba cool et surtout violent/pacifique. Je n'en voulais pas moins, je n'en voulais pas plus. J'osai.

Par jeu de messages plus ou moins ambigus, nous nous revîmes la semaine suivante. En sa présence, je me sentais bien. Nous partagions des points communs, lui en STAPS (Sciences et techniques des activités physiques et sportives) et moi, ancienne stapsienne. Des profils qui se rejoignaient, enfin. Je ne cherchais personne, mais il m'était tombé dessus un peu par hasard. Pas de promesses, pas d'engagement : nous nous lançâmes dans une relation qui correspondait tout à fait à mes attentes. Avoir quelqu'un à appeler et quelqu'un qui vous appelle… Avoir un peu plus que ce que l'amitié peut apporter, et un peu moins que de l'amour… Être avec quelqu'un en alliant confiance, indépendance et, par-dessus tout, liberté sans infidélité. Ensemble, mais pour combien de temps ?

Je lui ai prêté mon corps mais il n'atteindra pas mon cœur. Mon cœur avait un bouclier anti-souffrance et anti-sentiments...

Je passai d'une relation d'exclusivité à une relation libertine, dans le sens d'une absence d'engagement. J'étais là, il était là, et parfois nous étions ensemble ! C'était si différent de ce que j'avais connu. Je faisais ce qui me plaisait. Nous nous racontions le lendemain nos sorties de la veille. Auparavant assujettie, je retrouvais une place simple dans une relation simple ! J'étais libre et cette liberté m'envahissait, de temps à autre, par manque d'habitude. Ce détachement me perturbait et je ne savais pas vraiment où était la normalité. Est-ce que je devais l'appeler ? Est-ce que je devais l'attendre ? Je ne reprochais rien à cette relation, il fallait que je prenne de nouveaux repères. J'aimais l'autonomie de cette amourette. Elle m'aidait : nouveau contact avec un homme, croix sur le passé, liberté et câlins. Je comparais en permanence ces deux relations si différentes. Rien n'était aussi magique qu'avec Michael. Rien n'était aussi compliqué qu'avec Lucifer.

J'avais pris soin de ne pas trop lui en dire sur mon passé, sur ce que « ce fou » avait fait de moi. Je lui avais juste confié, au fil des conversations, que « mon ex n'était pas quelqu'un de gentil ». Je désirais des yeux neufs et non un regard compatissant ou une pitié que j'aurais mal digérée. J'attendais de cette relation qu'elle me permette de tourner « définitivement » la page. L'image de Michael commençait à s'éloigner, celle de

Lucifer aussi. Mais demeurait cette espèce de double facette, de double image, de double ressenti, de double vie...

Ce n'était pas si simple de me donner à un autre homme. Je ne reconnaissais ni son corps, ni son style, ni ses paroles. Je ne reconnaissais pas non plus mes sentiments... J'étais bien et je m'étais laissée aller sans me poser de questions. Seulement voilà, Noah ne voulut pas s'investir et il partit trop vite... malheureusement !

Plus personne sur l'oreiller d'à côté, je me retrouvai si seule... et sans câlins.

Ras-le-bol... tout m'énervait. Tout le monde m'agaçait ! Ce n'étaient pas les gens, c'était moi qui rejetais tout. Ma colère revenait d'une manière différente. J'avais envie de me couper les cheveux, de me faire un tatouage, un autre percing. Quelque chose qui fasse que je sorte de moi-même... Ce « moi-même » dont je restais prisonnière. Ma mère me saoulait :

« Mets cette épingle à linge là, plutôt. »

« Il y a du gruyère, si tu veux. »

« N'oublie pas de saler la viande ! »

Une maman poule, ce n'est pas toujours cool ! Elle ne savait plus quoi faire pour m'aider et moi, je ne savais plus quoi faire pour m'aider moi-même. Mon père se faisait plus discret, ne sachant quelle attitude adopter face à sa petite fille qu'il avait sauvée si peu de temps auparavant. Regarder la télévision à trois était une douceur amère.

C'était frustrant de revenir à la case départ, mais heureusement qu'elle existait... Elle était fleurie, aimante, stable et chaleureuse. J'aimais ma famille, mais je me sentais mal. Pour aimer vivre avec les autres, il faut aimer vivre avec soi-même ! J'avais la vie opposée à celle que j'attendais. C'est vrai, la vie ne s'attend pas, c'est à soi de la construire... J'imaginais qu'à mon âge, j'aurais eu un mari, un enfant, une maison, un métier et peut-être même un jardin potager.

J'étais en colère contre le monde entier car j'enrageais contre moi-même et contre ma vie. J'oubliais d'être en colère contre le seul responsable : Michael ! Les premières cibles étaient les plus intimes, évidemment ! Décidément, ça n'allait pas. Je n'avais même plus envie de jouer la comédie du tout va bien, plus envie de faire semblant ! Je n'avais pas le courage de rentrer au foyer familial. Pas envie de les contaminer de mes peines et d'inviter au ras-le-bol de me voir dans cet état. Impuissance ! Frustration ! Rébellion ! J'aurais voulu changer de peau... Mes parents ne supportaient plus de me voir ainsi. Pourtant, il y avait bien eu un moment où tout allait mieux. Moi non plus, je ne supportais plus de me voir si triste et je m'en voulais. J'étais responsable de mon état mais ne parvenais pas à en changer. Mes rires s'étaient vite ternis. Mes yeux redevenaient obscurs et je n'avais plus la joie de sortir. Merde, ça n'allait pas... J'étais mal...

Sur la fenêtre de ma chambre, je captais mon image réfléchie par le verre obscur. J'avais changé ! Mes yeux n'avaient plus de lumière. Ma bouche était bien trop figée pour être mienne. La femme que je voyais me paraissait autre. Début d'un état dépressif... Je ne cherchais pas à cultiver mon malheur, mais les germes du bonheur refusaient d'éclore.

Ma chambre d'enfant m'exaspérait. J'avais perdu ma maison, mon chat et tant de choses dans lesquelles j'étais affectivement investie... Je réappris le pyjama. J'aimais dormir nue, mais j'avais froid sans un corps en couverture. Mes pieds, je les cachais dans de grosses chaussettes, surtout la nuit ! Il m'insupportait de les voir, de les avoir encore. Et qu'on n'essaie pas de les toucher !

« Mais tu as de bien petits pieds ! » avait-on osé me dire.

J'avais pris ce compliment comme un coup de poignard. Michael et mes « petits pieds », c'était une histoire qu'il ne fallait pas emprunter !

Oui, je l'avais aimé. Tant aimé que mon cœur avait du mal à reprendre ses battements, que mes yeux se noyaient encore dans mes larmes, que ma bouche s'interdisait de sourire. Mon esprit était atteint et mon corps inerte.

Anniversaire d'un copain. J'étais conviée. Barbecue sous chapiteau, des enfants en bas âge ici et là, des cadeaux, des photos souvenirs... J'étais accompagnée de Gaëlle, cette copine devenue amie. Un homme à la physiologie maladive s'approcha pour me saluer. Il omit Gaëlle, ma voisine pourtant, et embrassa le reste de l'assistance. Un déclic : c'était son frère, celui qui avait été violent avec elle. Comme ils avaient des amis communs, ils étaient parfois amenés à se croiser. Les heures passèrent sans aucun contact entre eux, ils avaient l'air de parfaits ennemis. Je ne connaissais pas du tout cet homme au regard malheureux, mais je savais que mon amie souffrait de cette « dé-liaison » fraternelle. Un peu plus tard, en traversant le jardin, je les aperçus dans les bras l'un de l'autre. J'étais heureuse pour elle : elle retrouvait son frère ! Elle en pleura discrètement de joie. Elle, qui espérait depuis tant d'années une réconciliation ! Un manque colossal enfin comblé !

« T'as vu, on s'est fait un câlin. J'en reviens pas, ça faisait des années... »

Ses yeux souriaient plus encore que sa bouche. Elle était confuse, mais si contente.

« Tu as l'air contente, alors je le suis pour toi, lui dis-je.

— Je lui ai dit qu'il me manquait, et voilà... »

Transfert : je me voyais reprendre Michael dans mes bras. Elle était heureuse et pourtant, il lui avait fait du mal ! J'avais eu mal... Mais qu'est-ce que je raconte ? Je ne voulais plus de ça, c'était fini ! Changement de paragraphe dans l'histoire de ma vie... Mais comment allait-il ? Je continuais à me soucier de lui et je désirais son bien.

Autre sortie amicale : autour du feu, les couples s'enlaçaient et se confondaient si « simplement ». Ils partageaient ce que je n'avais plus l'occasion de partager. Moi, je n'avais personne avec qui échanger ce moment, rien ni personne à regarder, que le bois qui crépitait sous la chaleur d'un feu ardent. Alors, je le regardais bêtement et presque intimement, ce feu qui renaissait sans mourir. Je ne le quittais pas des yeux, il me permettait de me concentrer sur autre chose que mon « unité à moitié » (un demi-couple) et de recevoir un peu de cette chaleur qui leur réchauffait le cœur et le corps. Ce feu fut mon compagnon de soirée !

Je crus que j'allais péter un plomb. Conduite à risque au petit matin, lunatisme déséquilibrant, tendance à la dépression et à l'euphorie en même temps, j'hésitais entre crier, pleurer ou casser quelque chose. Il n'était que 4 h 08 quand je pris la route. Je fonçai sans savoir où aller. Une seule interdiction : ma maison – enfin, celle que je n'avais plus. « Nid » ? « Antre » ? Et tous ces panneaux qui insistaient sur le chemin, je les aurais bien arrachés ! Je continuai de jouer de l'accélérateur et finis par me rendre chez la sœur de Michael-Lucifer. Le jour était levé depuis quelques heures. Je ne savais pas comment elle allait me recevoir, mais je voulais avoir son point de vue.

« Bonjour, me hasardai-je à lui lancer sur le pas de sa porte.

— Euh… Je ne m'attendais pas à ce que tu viennes. Viens. Entre. »

Elle paraissait aussi surprise que gênée.

« Je te remercie. Je ne savais pas trop si… enfin…

— Comment vas-tu ?

— Ça va pas trop… Là, ça fait des heures que je suis en pleurs dans ma voiture à rouler pour rien… Comment va ton frère ? »

Elle ferma les yeux.

« Ça me fait bizarre de me retrouver toute seule… lui livrai-je comme un secret, pour l'inviter à la discussion.

— Je me doute. Vous étiez si… Je sais pas… ensemble, quoi ! Je n'ai jamais vu un couple comme vous, toujours à vous toucher et tout ça… des "je t'aime" par-ci, des "ma chérie" par-là… Nous, on n'est pas comme ça. Mais j'ai vu tes bleus… »

Un soupçon de romantisme subitement tué par la violente vérité. Je ne voulais pas parler de ces bleus, ni de tous ceux que j'avais cachés.

« Est-ce qu'il m'aimait, tu crois ? »

Est-ce qu'il m'aimait ? « Oui », c'était la pire des réponses. « Non », c'était la pire des réponses. Michael et Lucifer étaient deux pourvoyeurs de larmes.

« Oui, il t'aimait et il t'aime toujours, mais il est comme ça. Je suis sa sœur et je le connais par cœur. Enfin, autant qu'on puisse le connaître… Je ne peux pas le laisser tomber. Il n'a plus que moi, maintenant ! Je sais qu'il est méchant, violent, incontrôlable… et si mignon aussi. Quand il veut être attendrissant, c'est impossible de lui refuser quoi que ce soit. On ne peut rien y faire. Il dort ici ! Il ne supporte pas d'être là-bas tout seul, tu vois. Il pleure et il reste planté des heures sans rien dire. Il ne fait que pleurer mais si tu reviens, il recommencera. Il ne peut pas s'en empêcher. Ça me fait de la peine de le voir comme ça, mais ce sera sa vie… C'est plus fort que lui… Et toi, tu l'aimes enc… ?

— Non ! »

Ma voix avait jailli de ma bouche comme un ressort qu'on ne peut retenir dans sa boîte.

Non. Je ne l'aimais plus, mais il me manquait. J'avais l'impression d'avoir perdu mon enfant et d'être orpheline en même temps. En tentant de me réparer, je me rendais compte que j'étais encore plus détruite que ce que j'avais imaginé. Comme une voiture à la casse, il restait la carcasse et quelques éléments du moteur. Comment me réparer ? Par quelle pièce commencer ? Je n'étais pas experte de moi-même, puisque je ne savais plus qui j'étais. Avec cette image, vous comprendrez peut-être mieux dans quel état psychologique j'étais et les erreurs que je pouvais faire. Ce passage chez sa sœur était un exemple…

« Tu sais qu'il pleure plus que lors du décès de maman ! » lança-t-elle soudainement.

L'association souffrance et violence surprend. Et pourtant. Michael ne dormait plus, ne mangeait plus, ne travaillait plus, perdait du poids, avait les yeux d'un fantôme. Il gémissait et s'apitoyait sur son sort. Il avait perdu celle qu'il aimait passionnément et affreusement. Il ne vivait plus, il mourait à petit feu. Il croyait être en enfer ; toucher le fond et ne plus pouvoir s'assumer.

« Est-ce qu'il te parle ? lui demandai-je, rassurée par son ton amical, compatissant et compréhensif à la fois.

— Oui, on parle quand il a fini de se terrer dans le brouillard. Parfois, il dit que tout est sa faute et qu'il mérite ce qui lui arrive. D'autres fois, il dit que c'est toi qui ne l'aimais pas vraiment. Que tu n'es qu'une hypocrite, que tu es partie rejoindre tes potes et que c'est ta mère qui t'influence. Tu sais, avec lui, j'ai appris à faire attention à ce que je dis… J'écoute et je vois ce que je peux lui dire », m'avoua-t-elle.

Nous étions deux à chercher les explications d'un tel comportement, tout en sachant que rien ne pouvait servir d'excuse. En tout état de cause, je n'étais pas la seule à avoir besoin de savoir. Elle était une « bonne » sœur qui faisait ce qu'elle pouvait pour aider son frère. Son rôle n'était pas simple et elle souffrait énormément. Son frère n'était plus à sauver. Il était né comme ça… Rien ne pouvait y faire, mais elle l'aimait ! La folie, ça fait souffrir tout le monde ! Je me souvenais de sa belle-mère, qui avait glissé un : « Il est dangereux, va-t-en, il ne comprend rien. Ce n'est jamais sa faute ! » Et des mots de son père : « Il ne conviendra jamais à aucune fille ! » Même sa mère hospitalisée avait préféré éviter tout échange à propos de son fils. Je comprenais seulement à cet instant la raison pour laquelle l'esquive avait été plus confortable que le dialogue.

« Toi aussi, tu es hypocrite, alors… Tu ne dis pas ce que tu penses ! »

Nous adoptions la même attitude. Mécanisme de défense, silence, attachement… Dans le lien amoureux comme fraternel, il guidait tout, régentait, orientait tout. C'était le chef d'orchestre aux mains lourdes et au visage d'ange malheureux.

« Je ne peux pas le laisser seul et de toute façon, il ne m'en laisse pas le choix… Tu sais bien que je me suis enfuie de la maison à cause de lui, et pourtant il loge chez moi, maintenant. C'est à n'y rien comprendre ! »

Elle baissa à nouveau les yeux vers le sol, comme moi. Elle me dépeignait quelqu'un de détestable, mais d'irrésistible !

Elle cherchait à nous protéger en insistant sur la nécessité de notre séparation, pour tous les deux. Il fallait cesser de se faire souffrir « pour l'autre ». Alors même qu'elle reconnaissait la puissance de ses sentiments à mon égard, elle me mettait en garde. Ce n'était pas la première fois, il fallait cesser notre obstination. C'était vrai, je devais me donner les moyens de me détacher du passé. Il n'y avait que comme ça que je devais concevoir l'avenir ! Je n'y arrivais pas. J'avais une faiblesse. Mais qu'est-ce que je fichais là, chez sa sœur, à chercher des réponses et à me questionner sur son existence ?

« Je te rassure. Je ne suis plus obsédée. C'est fini, ne t'inquiète pas. Il me faut juste un peu de temps pour me retrouver. J'ai bien trop souffert et je n'espère rien. Et tu me le confirmes encore...

— Oui, peut-être, mais tu es encore assise à côté de moi à me poser des questions sur ce qu'il devient !

— Il mériterait de se faire casser la gueule ! Il n'y a que ça qu'il mérite ! insistai-je.

— Oh, que oui... D'ailleurs, s'il vient alors que tu es là, tu passes par le jardin, je ne veux pas de bagarre ici ! »

Cette consigne servit de conclusion à cette

entrevue. Je ne pense pas qu'un jour elle se risquerait à confier son enfant à son frère.

Deux certitudes : « Je le détestais » et « J'étais carencée ». Ces deux propositions virevoltaient dans ma tête, mais je n'arrivais pas à faire le lien entre elles. J'étais troublée, perdue, désorientée. Je ne comprenais rien à mon comportement. Tout était brouillé alors que tout aurait dû s'éclaircir. Je ne comprenais rien à mes actions. Je ne comprenais rien à ma vie. Comme si la carence dépassait la haine. Il ressortait toujours la même chose de ces phrases qui me tournaient en rond dans la tête :

« Je le détestais mais j'étais carencée. » Est-ce que je l'aimais encore ?

« J'étais carencée alors que je le détestais. » Est-ce que je l'aimais encore ?

La carence gagnait du terrain et j'arrivais à penser que « je ne voulais plus l'aimer ». Bien plus tard, j'ai su mêler ces deux propositions. Seules, elles n'expliquaient rien.

19

Un matin, un cauchemar me tira de mon sommeil. Colère, désorientation, déséquilibre, trouble, frustration, tristesse ? Je ne savais plus ce que je ressentais. Incapable de me retenir, je décrochai le téléphone. Peut-être voulais-je seulement lui réclamer quelques sous en échange de tout le mobilier dont il jouissait grâce à moi ? Peut-être désirais-je déverser un peu de cette rage qui me pourrissait la vie ? Peut-être voulais-je l'entendre une ultime fois ? Peut-être voulais-je qu'il me confirme que j'avais eu raison ? En furie, je crachai donc mon venin.

Cet appel fut une énorme erreur : j'avais repris le contact. Plus qu'une erreur, c'était une faute. Je me souvenais de la mise en garde de Charlotte et des « félicitations » de ma collègue.

« Salut, c'est moi. J'ai pas de bonnes nouvelles pour toi ! »

Long silence.

« Lolo… Bonjour, petits pieds… Tu v… »

Sa voix flagellait.

« Va te faire foutre… Moi, ce que je veux maintenant, c'est que tu me rendes un peu de mon dû.

Tu ne pourras jamais me rendre tes claques et tes conneries… Rends-moi au moins ça… »

Mes yeux devaient être rouge sang et ma bouche écumante. Mes mains n'arrivaient pas à se calmer sur le combiné.

« Mais je voulais te dire que je t'aimais et pardon pour tout le mal que je t'ai fait. Je ne me le pardonnerai jamais ! Je te souhaite d'être heureuse et…

— Arrête là tout de suite. Je veux 2 000 euros, t'as compris ? Rien à foutre de tes belles paroles.

— Écoute… Laisse-moi quelques jours, petits pieds. Je… »

Il m'avait demandé cela avec la plus douce des voix suppliantes, mais je lui raccrochai au nez, encore plus remontée qu'avant mon appel. Comment me purger ?

Méthode ferme pour moi, méthode douce pour lui, je ne voulais pas entrer dans un dialogue que je savais difficile à assumer. Il était dans ses petits souliers. J'appelai une seconde fois après avoir repris haleine et rodé mon discours sur ce qui me poussait à l'appeler et en quoi il me dégoûtait. Je ne voulais pas me laisser faire face à cette escroquerie ! Je me promettais de ne pas déroger à cette ligne, de rester « dominante », d'éviter de me laisser affaiblir par un stupide ton angélique, d'être « maîtresse » de cet appel, de le faire plier à mes intentions… Tant de récitals devant le miroir pour un simple appel téléphonique ! Je rabâchai mon scénario avant la grande mise en scène : il n'y aurait qu'une seule représentation et je n'avais pas le droit d'échouer. Michael serait de l'autre côté du fil et je redoutais son pouvoir d'influence... même avec cette rage au ventre.

Comme je rejetais avec force toute tentative de réconciliation, il changea de tactique :

« Elle s'appelle Sylvie », m'annonça-t-il héroïquement alors que j'allais parler.

C'était la seule phrase à laquelle mon oreille n'était pas préparée : une fille ! Ce fut alors le trouble, l'angoisse d'une « rivale ». Mon cœur criait qu'elle s'appelait Sylvie. Michael s'était arrêté sur cette maudite « agression ». C'était à moi de parler. Je n'en fis rien. Blocage. J'étais piquée au vif...

Il y a des silences qui parlent et mon mutisme manifestait que j'étais atteinte, émue, ébranlée... assassinée.

Quelques secondes ou des heures éternelles :

« Ben, reste avec elle et bon courage à elle. Regarde-la bien au début de votre relation et à la fin. Tu la détruiras aussi et elle finira, comme moi, par te haïr... Achète-lui un tube d'Hémoclar pour son anniversaire... Que je la plains, elle sera la triste numéro quatre... Mais, dis-moi... Ça va commencer à faire beaucoup, trois filles à l'hosto, pour expliquer à la quatrième comment tu es un garçon malheureux et persécuté ? Moi, j'ai plus de scrupules à revoir Noah, alors ! m'amusai-je presque à avancer.

— N... »

Il ne put articuler davantage. Il avait bien entendu... Vengeance et réalité, moi aussi je pouvais tirer sur cette même ficelle ! Deux mois et demi séparés, et réunis en un seul appel.

Il connaissait mes failles mieux que moi-même, il avait donc tiré sur une nouvelle ficelle, redoutable, qui entraîna le début de mon déclin : ma jalousie ! Moi aussi, je l'avais piqué là où ça faisait le plus mal, mais je pensais davantage à sa révélation qu'à la mienne. Il avait toujours été violent, mais il avait toujours été à moi ! Je raccrochai convulsivement… Il avait encore gagné : domination, piège, pas de remboursement, un silence bruyant.

Je ne voulais pas qu'il fasse l'amour avec une autre fille, qu'il donne sa bouche, ses mains, son sexe… J'imaginais des mains posées sur son corps. Non ! Non, il ne devait y avoir que moi. Je le possédais comme il me possédait. Cette « autre », je la détestais déjà. Une fille qui profitera de mon chat, de ma maison, de mon homme… Merde ! Horreur. Cette Sylvie, je voulais la mordre…

Retournement de situation : la tentative de négociation était complètement passée aux oubliettes au profit d'un sujet personnel, intime même ! Lui et une autre, moi et un autre. Le « gros truc » censé nous séparer nous réunira. Des deux côtés, il était impossible de laisser l'autre s'adonner à… Je la détestais et il le haïssait.

Par un long jeu sordide de « je t'appelle et je te raccroche au nez », le contact fut réellement « ré-accroché ». Tout y passait : colère, regret, tristesse, confusion, joie, mesquinerie, hypocrisie, mensonge… jusqu'au moment où l'amour rejaillit dans ses paroles.

« Je t'aime, ma femme. Je regrette tant ce qui s'est passé, ce que j'ai fait. Je suis si malheureux. Je t'aime comme je n'ai jamais aimé personne. Tu es ma femme, c'est tout. Ma vie, je veux la faire avec toi et Sylvie, c'était de la connerie. Elle existe mais c'est une simple copine qui me console quand je pleure. Et je pleure tout le temps, crois-moi. Je t'aime toujours.

— Des promesses, toujours des promesses… tu parles. C'est de la poudre aux yeux. J'en ai marre… tu fais chier… »

Comme des bouffées de chaleur, la température brûlait ma peau et cette sensation était si étrange que je ne savais pas si elle me faisait du bien ou du mal !

Bien sûr, je ne voulais pas seulement qu'il me dise qu'il m'aimait. Pour le moment, il m'avait toujours aimée mal. Il trouva les mots… comme d'habitude… Ma raison criait.

« J'ai glissé sur mes larmes. J'ai versé toutes les larmes de mon cœur en une seule fois. Depuis que tu es partie, et je te comprends, crois-moi, je me suis rendu compte du monstre que j'étais et de l'enfer que je t'avais fait vivre. Et pourtant, j'étais heureux ! Oui, heureux, mais j'ai tout gâché, tout. Je t'ai perdue et je me suis perdu à travers toi. Maintenant, je te dis merci pour tout ce que tu as fait pour moi. Il n'y a que contre toi que je me sentais vivre et j'ai… Pardon. Pardon, petits pieds ! Je sais que tu ne reviendras sans doute pas et je le mérite, mais sache que tu resteras toujours celle... Lolo... Petits pieds. Tu me manques tellement, si tu savais... »

Cette reprise de lien était synonyme de re-possession, malgré des intentions fermes de rupture affirmées haut et fort. Mon esprit était parasité ! Il continuait à me saboter ! Le lien se tissait de nouveau. J'étais reprise au piège ! Comment expliquer qu'on s'approche d'une toile d'araignée dont on guettait le piège de loin et malgré tout, petit à petit... Comment le bien d'un moment peut-il cacher le mal qui viendra, comment est-il possible de ne pas résister au bien-être de ce court moment ? Une illusion. Un alcoolique n'a pas le droit à un verre, un tabagique doit se retenir d'aspirer la moindre bouffée.

La conversation avait duré toute la journée. Son timbre de voix était tout à fait ferme et respirait la franchise ; pas de pleurs d'enfant, une maturité certaine. Nous étions calmes et de manière irrationnelle, je le laissais m'embobiner avec cette conscience aiguë de sa séduction perverse. Il parlait posément et j'écoutais. Je ne peux que résumer ces longs moments

« Je crois que ton départ m'a sauvé, quelque part. Plus tu serais restée, plus je t'aurais démolie. Mais là, j'étais plus bas que terre, je me suis retrouvé là, un con, et j'ai pris conscience des choses, je crois. Je sais que j'ai encore beaucoup de chemin à parcourir, mais j'y travaille. Dommage que je n'aie plus la chance de te le montrer. Je n'arrivais pas à remonter la pente, alors je vais voir un psychiatre. Je veux changer vraiment... pour moi et peut-être pour toi aussi… Tu sais… j'espère toujours, mais je me dis que j'ai eu ma chance. Tu mérites de n'être traitée qu'avec le doux Michael que je suis. Je n'ai pas été que violent, ça je le sais aussi. Rappelle-toi comment tu me regardais… Rappelle-toi comment je te faisais l'amour. Non, j'arrête, je sais que c'est mal de te dire tout ça… En tout cas, moi j'ai mal… très… Le psychiatre me fait bien prendre conscience de mes erreurs. J'étais un monstre et j'ai fait fuir mon ange… ma femme… Je t'attendrai des années s'il le faut… des années. Je veux me sauver maintenant et je fais tout ça pour moi.

— Laisse tomber, tu n'es plus du tout crédible. Combien de fois tu m'as fait croire… tu n'es plus crédible du tout. Non, je ne reviendrai pas et oui, tu m'as perdue. Je ne veux plus vivre comme je vivais. Je ne te crois plus. »

Mon ton était catégorique, mais je dialoguais.

Les arguments en faveur du « non » et les rares encouragements au « oui » semblaient livrer une bataille acharnée dans la balance de la décision finale. Une décision qui se révisait à chaque pensée, à chaque seconde.

Des mots… Oui, c'était tout ce qui lui restait.

« Je crois que je suis bien mieux maintenant, plus cool, même si je pleure encore beaucoup. Là, j'essaie de faire le grand comme tu me l'as souvent demandé. Je veux être un homme et j'aimerais être ton homme… encore. J'ai arrêté le joint. Ça me dégoûte vraiment, ce truc. Je sors et je sais que tu ne vas pas me croire… Je t'ai tellement menti, mais c'est parce que je savais que tu allais revenir dans mes bras… Je danse et j'adore ça. Qu'est-ce que j'aimerais danser avec toi… J'étais tellement seul que j'ai laissé Ludo m'emmener et depuis, je passe mes nuits en boîte. On dit que je danse très bien, tu sais, et plein de trucs encore… Là, j'ai envie que d'un truc, c'est de te dire que je t'aime. Alors écoute… Je ne te demande pas de retour ! »

Je sentais que cette déclaration était émue. Il insista encore… Il poursuivait son argumentaire qui ne tenait pas debout, mais tant que l'écoute était permise, le « oui, je reviens » était possible.

« Jamais, jamais… Jamais. Plus jamais on ne se remettra ensemble, alors pourquoi tu fais ça…

— J'ai besoin de dire à ma femme combien elle a compté… Combien elle était importante… J'aurai au moins fait ça : alors, pardon et merci… Je t'aime… Nous…

— C'est mort. "Nous" n'existe plus. C'est à cause de toi… "Nous" est mort ! Tu entends ? » insistai-je encore.

Mes paroles m'assassinaient, je m'enlisais dans mes sentiments. Mon cœur était à l'agonie et voulait sortir de ma poitrine pour que je réagisse. J'étais transpercée, ça faisait si longtemps qu'il ne m'avait pas dit « je t'aime ». Une phrase d'espoir… pour qui ? lui ? moi ? nous ?

« Si on se remet ensemble, il faudra des mois, voire des années ! Je veux être sûre que tu as changé… »

Il avait gagné. Proverbe chinois : « L'esprit a beau faire plus de chemin que le cœur, il ne va jamais aussi loin. » Jusqu'où nos rêves peuvent-ils nous conduire ? Peut-être que ce livre vous inspirera une réponse... À ce moment-là, je n'avais pas conscience du sabotage de mon cœur et de la colonisation de mon esprit. C'est vrai, il était trop fort pour moi !

20

J'avais fini par céder : un rendez-vous fut fixé. J'étais tout émoustillée, j'allais revoir Michael, je ne songeais qu'au « bon côté » et à ses récentes déclarations. Nos beaux souvenirs me revenaient à l'esprit. Puis ressurgirent aussi brutalement les mauvaises images qui ravageaient tout : drogue, violence, jalousie. Mon utopie rêveuse et absurde allait se transformer en calvaire. Qu'avais-je fait ? La raison devait reprendre le dessus sur l'ivresse immorale… je devais annuler. Je me parlais toute seule à haute voix, comme pour m'en convaincre.

« T'est nulle, réveille-toi, enfin ! Il t'a déjà fait le coup, raisonne un minimum, bon Dieu… Illusion, mensonge, tromperie… C'est Lucifer ! Lucifer ! Lucifer ! ! ! »

Mon esprit se promenait entre envie et répulsion, entre euphorie et détresse, j'y vais, j'y vais pas, j'y croyais mais ce n'était plus possible d'y croire. J'avais fait du chemin, mais la jalousie et les promesses avaient été un « tendre coup » dans le dos et avaient fait renaître mon amour au-delà de tout le reste. Noah ! Sylvie ! Seulement voilà, je restais consciente que je ne pouvais pas le voir. C'était couru d'avance : je finirais dans son lit avant la fin de la nuit ! Je devais me retenir face à mon aimant. Comment faire ? En avais-je seulement la volonté ?

Je le connaissais. Je savais ce dont il était capable et malgré tout, je l'aimais. Une drogue ! J'étais une toxicomane : je connaissais la dépendance, le manque, l'attrait au mal, le sevrage, le soulagement, le paradis, l'enfer... Je reconnaissais ses méfaits, mais ses bienfaits étaient irrésistibles.

J'appelai Delphine, en larmes :

« Delphine. Au secours ! Je ne sais pas quoi faire. J'ai rendez-vous avec Michael dans une heure. Je veux y aller mais je ne peux pas. Raisonne-moi.

— Non... Tu ne vas pas faire ça ! Tu sais comment il est... T'es où ? J'arrive, je t'interdis de bouger. »

Je ne me rendis pas au rendez-vous promis. Delphine réussit à me retenir sur le chemin de la raison. Elle me secoua :

« Mais pourquoi, comment... Enfin, qu'est-ce qui te pousse à l'aimer ? Comment peux-tu encore vouloir de lui, tu devrais le haïr. Il ne te mérite pas... je ne comprends pas. Après tout ce qu'il t'a fait, tu es encore amoureuse... »

Elle avait l'air exaspérée.

« Non, je ne l'aime plus, je te jure, mais je ne sais pas... je n'y arrive pas... Il y a quelque chose qui m'empêche de...

— Tu n'arrives pas à quoi ?

— Je ne sais pas, justement : à tourner la page, à me dire qu'il ne m'aime pas, à oublier tout ça. Il me manque, Delphine, mon Michael me manque...

mais je te jure que j'ai la frousse de lui, il me fait peur et...

— Tu te souviens de l'état dans lequel tu es rentrée, quand même ?

— Oui...

— Tâche de ne pas l'oublier... Tu veux quoi : mourir ? »

Une phrase choc pour une alerte rouge. Et pourtant, ce n'était pas ma nature de pleurer sur l'épaule de quelqu'un... J'avais toujours été forte, mais là, je sentais que je devais m'appuyer sur l'amitié.

Mon amie à peine partie, Michael réapparut. Nouvel horaire, nouveau lieu, nouveau rendez-vous. J'appelai alors Charlotte. Une amie n'avait pas suffi, je me sentais partir. L'injonction d'une professionnelle m'empêcherait peut-être de succomber à ce grand n'importe quoi ! Seconde annulation, mais un troisième rendez-vous fixé dans la foulée. Interdisez-moi, mais j'irai quand même ! J'avais l'impression de ne pas pouvoir faire autrement. Je « devais » y aller... Le voir une dernière fois... Promis ? !

Promis : point d'exclamation ou d'interrogation ? « La raison peut nous avertir de ce qu'il faut éviter, le cœur seul nous dit ce qu'il faut faire. » (Joseph Joubert)

Il avait passé la journée dans sa voiture sur un parking, puis un autre, puis un troisième... J'avais du mal à le regarder en face. Il était là, vêtu d'une manière que je ne reconnaissais pas : jean et tee-shirt « fashion ». Je le serrai tout contre moi, comme on serre son enfant. Il avait des yeux suppliants, mais son regard demeurait indéchiffrable.

C'était le bébé que j'avais abandonné qui m'appelait au secours. Comment ne pas lui venir en aide ? Je ne voyais qu'un enfant qui demandait à être câliné ! Je pouvais me séparer de mon ami, de mon confident, de mon compagnon de vie, de mon amant, puisqu'il avait pris toutes les places, mais comment me séparer de mon enfant qui pleurait tant ?

Oui, c'était moi qui l'avais pris dans les bras et il n'en revenait pas. Mon corps était mon traître ! Il avait suffi d'une étincelle, d'un geste, d'un rien... En moins d'une seconde, j'étais dans la voiture, direction : « ma maison » ! « Mon Miou-Miou » ! Je palpitais. Je regrettais. Ça sentait le propre, les armoires étaient remplies. Tout était en ordre. Chaussettes, tee-shirts et caleçons étaient épinglés minutieusement sur le sèche-linge. Notre alliance picturale, toujours à la même place ! Mon petit chat m'avait reconnue et ronronnait près de mon épaule. Qu'il avait grandi ! Contre Michael, j'avais retrouvé ma substance, mon cœur et mon corps... un peu comme si je m'étais fait l'amour à moi-même !

Nul besoin d'artifice, il suffisait qu'il me prenne au creux de son épaule et je succombais. Il avait toujours « ce truc » ! Il était magicien... Pouvait-il me faire disparaître ? Effroi, le mur n'avait pas été réparé. La porte avait toujours la marque de son poing. Comment ?

Pourquoi ? Et je dormais encore à côté de cette démolition significative.

En pleine nuit, je me réveillai en sueur. Je fermai les yeux pour me calmer. Je pensai un court instant que j'étais en plein cauchemar, que j'allais « sortir de cette vérité », mais il n'en était rien. Lucifer se tenait toujours à côté de moi... Et la terrible question surgit : « Mais qu'est-ce que je fous là ? »

Est-ce que j'allais rester ? Est-ce que j'allais revenir ? Trop tard pour disparaître ! Je n'avais pas le don de téléportation. Je ne pouvais pas retourner le sablier. Je restai plantée là, regardant mon homme-enfant dormir. On aurait dit un bébé modèle géant. Je n'oublierai jamais cette intuition de « devoir » bercer cet homme, ce grand enfant. Ma mission me rattrapait...

Michael dormait à poings fermés. Était-il aux pays des rêves ? Son sourire me faisait penser que oui ! Je devais faire partie de ses songes. Ses pieds cherchaient les miens... Je repartis au petit matin sur de grandes promesses. Après cette nuit sans nouvelles, je n'avais ni l'audace, ni le courage de rentrer chez mes parents, sans doute rongés par la peur et la déception.

« Mais qu'est-ce que j'ai fait ! Je ne peux pas ! Je ne veux plus de lui ! Je souhaite un bon père... un bon mari... un homme bien ! »

Je me parlais à haute voix – signe de faiblesse.

J'empruntai le chemin de chez mes parents mais fis un détour par un petit étang. Quelques joggers et une brise légère animaient quelque peu ce paysage serein. Je repris la route, roulant à toute vitesse, je fuyais mon erreur ! Seulement, je ne pouvais fuir de moi-même. Je finis par m'écrouler en sanglots. Je pensais à mes parents qui devaient être au plus mal. Pourquoi étais-je retombée dans ses bras, et si facilement ? C'était moi qui l'avais embrassé ! Qu'est-ce que j'avais fait ? J'avais encore peur de lui. Comment vivre avec quelqu'un qui vous fait peur et qui vous a tant malmenée ? Je lui en voulais pour tant de choses… je ne pouvais pas… je ne voulais pas, mais je l'avais fait !

Je n'étais plus amoureuse de lui, c'était impossible. Mais je restais amoureuse de ce sentiment de l'être… Je voulais mon bébé, mais je fuyais cet homme. Peut-être et sans doute resterais-je toujours amoureuse de cet élève inaccessible, doux et mystérieux que j'aimais du temps où je ne le connaissais pas. Je devais me résigner à ce qu'il ne soit plus ! J'étais follement amoureuse de l'image que j'avais de lui, c'était incontestable ! Confusion entre aimer et envie d'aimer !

Je lui avais volé son corps pour purger mes pulsions primaires… Je n'avais pas le droit de jouer avec lui. L'amour n'est pas un jeu. Aussi violent puisse-t-il être, il m'avait toujours offert son cœur avec sincérité. Je supposais d'avance ce qu'il allait ressentir. Il fallait que cela cesse tout de suite… Les heures s'écoulèrent et mes longs sanglots continuaient de couler. Le téléphone n'arrêtait pas de sonner. Un de ses messages :

« My love, pourquoi tu ne réponds pas ? Je suis si heureux que tu me redonnes une chance. J'ai bien dormi, ça faisait des mois, tu sais ! Je ne sais pas comment t'expliquer ce que cette nuit représente pour moi, mon ange. Décroche… Je t'aimais, je t'aime et je t'aimerai… Tu te souviens et n'oublie pas : l'amour est plus fort que tout ! »

J'appelai sa sœur :

« Mais qu'est-ce que t'as fait ! ?

— Pardon…

— Je sais combien c'est dur de résister quand il pleure, mais maintenant… tu n'as pas idée de ce que tu représentes pour lui. Il t'aime, ça je le sais. Tout le monde le sait ! Tu vas le tuer… Je sais dans quel état je vais encore le retrouver. Je suis fatiguée, moi. Arrête tout, écoute… »

Je répondis à l'un de ses appels désespérés pour qu'il sache à quoi s'en tenir. Un unique mot : « Pardon », une excuse, une fuite… Je ne savais plus rien. Je ne sais plus si l'action de raccrocher avait pris moins d'une seconde ou plus d'un quart d'heure mais lui dire adieu, un adieu toujours plus vrai, était un arrache-cœur !

Je finis par rentrer. Mes parents, muets, avaient les yeux creusés d'angoisse. Ils savaient fort bien d'où je revenais ! Résultat : un rendez-vous sollicité en urgence au centre psychiatrique.

Je patientai dans une salle d'attente tapissée d'affiches de prévention. Étonnant que les psychiatres ne peignent pas leurs murs en d'autres couleurs que ce blanc qui ne ressemble à rien, qui n'illumine rien. Fade et sans vie comme la majorité des patients qui veulent retrouver une raison de vivre bien. Ce blanc qui ressemble à un vide intérieur. Même les affiches sont révulsives.

Au beau milieu de cet îlot blanc trônaient des magazines sur l'adolescence, la souffrance, les troubles alimentaires, le suicide, mais je tentai rapidement de regarder ailleurs. J'avais l'impression que des puces bondissaient à l'intérieur de mon crâne. J'en étais tout étourdie. J'observai alors le sol – un parquet couleur ébène, aux lattes striées.

Un spécialiste me convia à prendre place sur son grand fauteuil. Il prit une feuille et un crayon et je n'eus plus l'occasion de croiser son regard.

« Je suis amoureuse d'un psychopathe. »

Comme ça au moins, c'était clair : pas le temps de jouer. Ce fut ma manière de me présenter. Il ne connaissait même pas mon nom.

J'aurais dû dire que j'étais « accrochée à un psychopathe ». J'avais confondu amour et accrochage. Il faut du recul pour distinguer ces deux termes qui se manifestent par les mêmes symptômes et les mêmes ressentis. Je crois que cette confusion est essentielle à cerner pour comprendre mon tourbillon et toutes ses vagues. Tout tourne autour de cette emprise qui gagne en illogisme et en incohérence.

« Et si on parlait un peu de votre jeunesse ? »

Je ne voyais pas du tout où il voulait en venir. Mon trouble n'avait sûrement pas sa source dans mon enfance. Il me fallait envoyer balader une histoire qui me piétinait et non tergiverser sur des jours paisibles et simples. Je m'énervais, mais ne fis rien transparaître. Ce docteur n'y comprenait rien. Malgré mon agitation intérieure, mon timbre de voix montrait une conscience des faits, une stabilité psychique et même une sorte de rationalisation sur ce que je devais faire. Lucidité affichée mais calculatrice... Si j'avais montré une autre facette de mon désarroi, il aurait sans doute proposé une aide médicamenteuse ou considéré tout autrement mon état de désorientation.

Mes idées couraient dans tous les sens, mais n'allaient nulle part... comme s'il n'y avait plus de chemin et que mon esprit n'était qu'un champ de ruines. Ma souffrance était muette sur ce banc médical. Je n'y retournai jamais. J'avais pourtant besoin d'une autre main salvatrice : Charlotte était bien plus experte que lui.

Ma journée et la nuit qui suivit furent tourmentées. Le lendemain, mon téléphone continua de sonner et Michael vint frapper à la porte de chez mes parents. Mon père lui ouvrit et, du haut de l'escalier, j'entendis :

« Je vous jure que je la récupérerai. Je m'en suis fait la promesse Je l'aime trop pour l'oublier. Je ne peux pas vivre sans elle. C'est ma femme ! »

J'évitais de penser au futur ; l'instant présent était assez compliqué... La porte se referma aussitôt et les yeux horrifiés de mon père, qui m'avait sauvé de ses griffes quelques mois plus tôt, me suppliaient de ne pas me plier à sa requête.

Le travail m'appelait. Pour le dernier cours de karaté de l'année, j'avais proposé à mes élèves une séance récréative. Une quarantaine de gamins et des parents aux alentours du stade : impossible d'organiser une quelconque activité, chacun s'amusait comme il le souhaitait. Je gardais un œil sur tout le monde, mais mon esprit n'était vraiment pas à l'animation.

Une ombre… il était là. Je ne voulais pas le regarder : honte à lui d'oser me perturber sur mon lieu de travail et devant mes élèves et leurs parents ! Tous les yeux guettaient « l'histoire d'amour » de la prof… Il mit toute sa délicatesse à me faire de belles promesses. C'était le jour de la Fête de la musique et, par un miraculeux hasard, Ingrid et deux de ses amis passèrent me proposer de les accompagner à une soirée en Belgique. Ingrid s'interrogea sur la présence de « mon fou ». Je fus bientôt l'enjeu d'un véritable combat : « Viens avec nous ! », « Non ! Elle m'accompagnera ce soir… » C'était à moi de décider, mais ma voix ne manifestait que peu de détermination. Mutisme de la honte. Un « Adieu ! » le fit partir, bien conscient que je ne le suivrais pas, cette fois.

Devrais-je écrire « cette fois-là » ?

« Mais qu'est-ce qu'il foutait là ? s'inquiéta Ingrid à juste titre.

— Merci, merci de tout cœur. Heureusement que vous êtes arrivés…

— Faut que tu m'expliques, là. Vous êtes encore ensemble ou quoi ?

— Non, mais hier, j'étais dans son lit. Je ne comprends pas pourquoi j'ai fait ça. Je ne l'aime plus. Je le déteste ! Je te le jure ! Pourquoi ? »

Je la pris dans mes bras pour la remercier de son aide et pour m'éviter de défaillir une fois la pression retombée. Flo et Sly ne comprenaient pas que ce qu'ils voyaient : un couple, un ancien couple, qui pleurait mais qui ne devait en aucun cas se réunir.

Harcèlement qui me faisait plonger... Je l'avais fait, j'avais recommencé. J'avais encore été aspirée. Merde, mais qu'est-ce que je foutais ! Connasse... J'étais en train de détruire tout, et tout le monde ! Je me dégoûtais et j'avais peur de ce que j'étais et de ce que je pouvais encore penser et faire... « Pardon, maman » : c'est tout ce que je savais dire.

Le harcèlement s'activa de plus en plus. Je me rendais désormais davantage compte des silences que des appels. C'est dire... Si je répondais une fois sur deux cents, Michael se considérait sur la voie de la reconquête et me relançait de plus belle. Les tons étaient aussi divers et variés que les effets désirés : promesses, ultimatums...

« Je n'en peux plus que tu joues avec moi. Tu viens, tu me fais croire et tu repars... sans me donner de nouvelles... Tu sais dans quel état tu me mets à chaque fois ? Ma Lolo... Écoute, j'ai une nouvelle opportunité de carrière. Aux États-Unis, cette fois. Je ne veux pas partir mais... Qu'est-ce que je peux faire ? Est-ce que tu vas encore jouer avec moi ou est-ce que tu vas me redonner une chance... une dernière... J'attends un signe... Une lueur d'espoir et je reste... Lolo, je te le demande... Dis-moi si je dois partir... loin de toi, mon ange... »

Ce dont il est difficile de rendre compte avec de simples mots, c'est son charisme. C'est un don, un talent –

pervers, soit, mais qui le rendait cruellement doux et précieux. Je me répète sans doute, mais cette « résonance » était si attractive ! Une voix, un regard, un geste, une parole, un rien... Cela faisait partie de son personnage au même titre que cette putain de violence ! Partir à l'autre bout du monde était assurément une solution.

Je ne lui répondis pas, il ne partit pas. L'attente fut longue avant que je lui donne signe de vie...

« Je suis prêt à me guérir... je suis si mal... je vis si mal... tu me hantes... je veux changer... Dis-moi ce que tu veux... du temps... des preuves... Je vais toujours voir mon psychiatre dans ce centre spécialisé. Il dit que c'est bien rare que les gens comme moi viennent consulter. J'ai ouvert les yeux... tu m'as fait ouvrir les yeux... et mon cœur aussi... je souffre tant. J'ai des somnifères, des tranquillisants et plein de médocs pour remonter la pente, mais je glisse quand je pense à tout ce que j'ai fait dans ma vie... Que de la merde !... Je ne suis qu'une merde ! Mon psychiatre dit que c'est déjà bien de reconnaître ses erreurs, mais moi je trouve que ce n'est pas assez... Lolo, il est d'accord pour nous recevoir tous les deux, si tu veux bien... Ça ne se fait pas, normalement, mais vu mon état et l'urgence, il a accepté ma requête... S'il te plaît, viens... Je veux te prouver que j'assume... Viens... C'est pas donné, tous ces rendez-vous, d'ailleurs... Allez, je blague... Tout ce que tu voudras, ma femme... Tu es toujours ma femme, ma femme... J'attends. »

C'est vrai que je me sentais encore « sa femme ». Je

rejetai sa demande. Un appel : Michael pleurait et Lucifer avait gagné une communication.

« Attends-moi, promets-le-moi, je t'en prie... me supplia-t-il.

— Je te souhaite d'être heureux, mais adieu. Laisse-moi, soufflai-je à bout de forces.

— Adieu mon ange. Je ne serai plus jamais heureux, je le sais très bien... J'espère que tu rencontreras quelqu'un de bien, qui te mérite, car moi, je ne suis qu'une merde. Pardon, petits pieds... »

Déclin de son arrogance, mésestime poussée à l'extrême, sollicitation de la pitié.

« Adieu, Michael...

— Je t'aime. Adieu... »

Tant d'adieux avec de telles courbettes ne pouvaient être que des « au revoir et à bientôt » : 22 minutes avant de me rappeler...

Les courriels pleuvaient, eux aussi. Je répondais à une infime part d'entre eux, avec des qualificatifs cruels, mais tellement vrais, à son égard. Qu'il me laisse en paix... Qu'il ne croie plus en « nous »... Qu'il cesse ses enfantillages... Qu'il arrête tout harcèlement ... Il n'y avait pas sa voix, il n'y avait pas son corps, il n'y avait pas sa présence et dans mes lettres, je parvenais à m'exprimer clairement. Mon cœur était serré, mais je tuais ses espoirs et crachais le venin qu'il me restait...

Une réponse de ma part : Michael s'effondrait en lisant le contenu, mais Lucifer se réjouissait d'un lien toujours conservé.

« Tu me dis adieu mais tu n'est pas capable de rompre le cordon. On est reliés, ma chérie. Tu m'aimes depuis si longtemps que je ne pense pas qu'un jour ça puisse changer. Je resterai toujours en toi, que tu le veuilles ou non… On est faits l'un pour l'autre. »

« Je sais que si je titillais un peu ta jalousie, tu me tomberais dans les bras direct. J'en suis persuadé… Tu mourrais de me voir au bras d'une autre… Je ne suis pas capable de faire ça pour le moment, mais s'il le faut… »

« Imagine un peu ne plus avoir de nouvelles de moi. Le vide… tu craquerais… l'absence totale… Tu es si habituée à moi… Je suis toi, tu es moi. »

« Ose me dire que tu ne m'aimes plus en me regardant en face… Tu en es incapable… Petits pieds, je sais que tu m'aimes encore et toujours et que tu me reviendras… »

Ton malheureux pour susciter la pitié, ton éploré pour manifester sa douleur, ton romantique pour réveiller un cœur fané, ton pornographique pour illuminer mes souvenirs, ton déterminé pour se tenir en adulte… Le pouvoir de la séduction et le pouvoir de la suggestion. La magie du « je t'aime » peut devenir un conditionnement mortel, un poison redoutable… Tout le monde cherche à connaître l'enchantement du philtre d'amour. Moi, j'avais à le fuir. C'était sûr : Cupidon m'avait empoisonnée.

21

J'avais refusé son invitation jusqu'à ce que, à bout de souffle une fois de plus, je finisse par céder. N'oublions pas que le harcèlement ne s'interrompt que le temps d'un accord… Destination : ses boîtes de nuit. Il avait usé, comme d'habitude, de mille astuces pour me faire céder, mais c'est bien moi qui avais accepté. Il voulut d'abord m'emmener à la Mare aux Diables : ironie du sort que cet endroit porte un tel nom ! C'était une grande ferme dans un coin complètement reculé, au milieu des champs de Belgique. L'ambiance y était très sympathique. Michael était heureux, large sourire, yeux de jade. Après quelques déhanchements timides, nous reprîmes la route pour nous rendre dans une autre discothèque.

« Viens, je t'emmène là où je vais tous les week-ends, maintenant. Tu ne vas pas t'ennuyer. Je connais plein de monde et on va danser, je te le promets. »

Le parking était noir de monde. À peine sortis de la voiture, un inconnu titubant s'avança tant bien que mal vers nous :

« 'Qui vous faut ? Heu… Herbe, ecsta, c-c, p-m… » bafouilla-t-il, à la limite de l'évanouissement.

Ses yeux étaient d'un vide maladif, pour le peu qu'il parvenait à les maintenir ouverts... Il baragouina les noms d'autres « produits » qui s'annonçaient par des abréviations, substances chimiques pour un effet « speed ». Michael passa son chemin. Moi qui désirais danser en toute simplicité, je me retrouvais dans un squat artificiel où les trois quarts des drogués mastiquaient un chewing-gum pour apaiser la contraction de leurs mandibules.

« Hé, t'as pas un chew... me demanda un de ces fantômes excités.

— Laisse tomber. C'est l'ecstasy qui lui fait ça, fais pas attention... »

Michael me prit la main pour m'inviter à entrer. Comment pouvais-je ignorer ce que j'observais partout ? Il n'y avait que moi, ou presque, qui ne présentais pas de signes de défonce... Qu'est-ce que je fichais là ? Cette phrase terrible, toujours cette putain de phrase !

Étais-je masochiste ? Aimais-je la douleur, la souffrance et l'hécatombe ?Non !

Des lignes de poudre reniflées ostensiblement, de la vente ici et là, du sexe sans aucune gêne, des seringues dans les toilettes, des capotes usagées sur le sol, des bouteilles abandonnées au contenu difficilement identifiable, des pantins qui ne tenaient plus debout et d'autres au corps électrique, un volume sonore à faire péter les tympans, des pupilles qui s'étalaient sur l'iris... et toujours ces yeux noirs ou sanguinaires, percés de nerfs explosés comme on voit dans les films d'horreur. Ils m'épouvantaient.

C'était clair, il n'avait pas changé… ou alors vers le pire.

À croire qu'il existait deux types de drogues : celles qui réveillaient ceux qui voulaient vivre un instant et celles qui endormaient ceux qui voulaient mourir un moment. La cocaïne pour avoir l'œil plus brillant et l'héroïne pour oublier qu'ils étaient encore vivants. Mon verre resta crispé dans mes mains durant toute cette nuit de vices. Je ne pouvais y croire : pour me prouver ses efforts, Lucifer m'avait emmenée dans cette boîte de shootés. Difficile de décrire, encore une fois, ce partage « insolite » entre le plaisir envoûtant de danser enfin avec lui et le constat inévitable que le monde auquel il appartenait désormais était pire qu'avant. Car je vous dois la vérité, je vous l'ai promise…

Je dansai sur une bonne musique, je dois le reconnaître. Le DJ était du tonnerre… Pour la première fois et sous l'effet de « simples verres », Michael me montra ses talents de danseur. J'ignorai les momies autour de nous et profitai au mieux de ce moment unique… et qui ne se reproduirait pas. C'est vrai, il était très bon danseur. Bien que timide au début, l'assurance avait gagné du terrain et il se déhanchait magnifiquement. Les filles me lançaient des regards de jalousie.

« Ah, c'est toi, la sacrée copine ! Il est inaccessible, ton mec… C'est un bon, t'as d'la chance, tu sais ! » me lança l'une d'elles, balconnets frivoles et jean moulant.

Nous étions aussi courtisés l'un que l'autre. Nos corps se rapprochèrent malgré cette ambiance

« spéciale », et enfin je dansai avec mon Michael. Sourires de complicité et très peu d'échanges : nos corps parlaient pour nous. Réalisation d'un rêve de petite fille au pays des toxicos : mon aimant était devant moi et nous ne pouvions nous empêcher d'imbriquer nos corps pour une danse de couple. Il était heureux ; j'étais heureuse à l'idée de nous accorder cet instant tant convoité, et malheureuse du reste. Nous formions un couple différent, au milieu de la piste des pantins désabusés.

Il y avait eu le jour où nous avions fait l'amour pour la première fois, mais combien y avait-il eu de dernière fois ? Trop, sans doute et c'était bien ma faute. Je m'étais maudite à chaque aller et retour dans ses bras. Je demeurais engluée dans cette toile collante. Jusqu'où l'araignée allait-elle me sucer ? Je regrettais toutes mes erreurs, mais continuais à les commettre. Dire qu'une force « me poussait à » ou que je n'en avais pas conscience était un autre scandale… Moi qui condamnais ces mêmes excuses bidon invoquées par Lucifer ! Je me haïssais chaque fois davantage, à chaque morceau de temps partagé, et je savais que ce n'était que ça : un morceau de temps. Il fallait repartir et ne jamais revenir. Adieu… Sans doute le lui redirais-je dans une semaine ou dans un mois !

Le lendemain avait lieu la première réunion pour l'animation du centre aéré en juillet. Michael m'y conduisit, à la fois inquiet de la séparation et heureux de notre union de la veille.

« Excusez-moi pour mon retard ! »

J'avais la mine blême, voire austère. Ingrid m'invita à prendre place. J'entrai discrètement dans la salle de classe. J'avais les 8 ans, Ingrid aussi : nous formerions un binôme cette année encore.

Régulièrement, mon téléphone tremblait. Ingrid me surveillait du coin de l'œil mais ne me posait aucune question. Elle ne doutait pas de l'identité de la personne qui cherchait à me joindre. Ce n'était pas le genre de fille à entrer dans votre jardin secret, mais elle était toujours attentive au bonheur de ceux qui comptaient pour elle. Je ne percevais pas de pitié dans son regard, mais de l'amitié.

« Je crois que tu ne devrais pas... »

Une invitation au dialogue, un conseil donné à raison. Mes fautes me remontaient à la gorge ; j'avais envie de vomir. Mes problèmes me submergeaient. Je grondais de cette colère mélangée de peur et de consternation. Je paniquais. J'avais de plus en plus de raisons de fuir...

Cela faisait désormais des heures que mon téléphone vibrait sous ma main tremblante. La réunion s'acheva sur les embrassades des nouveaux collègues. Ingrid et moi reprîmes le chemin du parking en discutant de tout, de rien. J'observais le bitume.

« J'ai un problème, Ingrid. »

Je fondis en larmes une fois la porte de la voiture fermée. Le venin du silence s'expulsait. J'appelais au secours.

La vie n'est qu'une courbe qu'on tente de faire monter jusqu'au bonheur et parfois, on ne sait plus comment faire ! La mienne était bien basse et je ne parvenais pas à la redresser. Au contraire, je ne savais plus dans quel puits tomber... Qu'elle me tienne la main, je risquais de glisser. J'appelais au secours car je ne parvenais pas à me protéger.

Ingrid comprit mon déséquilibre psychologique mais ne soupçonnait pas cet envoûtement que seules « les femmes comme moi » peuvent entendre.

« Il t'a fait tant de mal. Aucune femme ne mérite ça. Il promet beaucoup, mais c'est pour se dispenser de donner peu. En plus, t'as tout pour toi, tu trouveras quelqu'un d'autre. Il te manipule et tu plonges. Il est dangereux et tu le sais. Il ne te respecte pas. Ce mec a un problème. Il n'est pas bien. Ça se voit ! Flo l'a remarqué sans que je lui dise quoi que ce soit. »

Elle me « confisqua » mon téléphone et nous discutâmes longuement. Trente minutes de conversation, une cinquantaine d'appels. Elle pointait du doigt sa machination, le harcèlement moral et les promesses stériles d'un homme qu'elle n'appréciait pas du tout. Cet homme lui faisait peur, mais elle avait désiré passer outre pour conserver notre amitié.

« Tu peux y rester ! »

Ses yeux ne savaient plus comment me consoler. Elle me glaçait le sang. Elle considérait que chacun était libre de ses choix, surtout sentimentaux, mais là, la situation était trop grave. En tant qu'amie, elle désirait me raisonner et me protéger. Tous les ponts devaient être coupés. Elle me serra contre elle et me proposa de passer quelque temps chez elle et son ami, Loulou, ce que j'acceptai en la remerciant chaleureusement, même si mes larmes continuaient de couler à flots. Un passage rapide chez mes parents pour expliquer la situation, deux ou trois vêtements sous le bras et l'affaire était faite. Loulou me reçut fort amicalement. Je pensais ne rester que quelques jours, mais j'allais finalement passer tout le mois de juillet chez eux, avant de partir en vacances avec eux et leur bande de copains.

La solidarité éclate dans les moments pénibles. C'est également dans la tristesse qu'on reconnaît ses vrais amis. Certitude : on se sent plus proche de quelqu'un avec qui on a partagé des instants difficiles que de ceux avec qui tout s'est inscrit dans la joie. Avec l'éclatement de mes soucis au grand jour, certaines connaissances s'étaient évaporées. D'autres au contraire étaient devenues de véritables amis, solides, fiables, confiants et patients. Merci à ces derniers. Non, je n'étais pas seule. Et ma famille...

Une balade à vélo, un petit repas, un footing... J'étais très émue et tout de même surprise d'une si grande générosité. Résolument, j'étais mieux chez eux que chez mes parents. Trop de souvenirs encore dans cette chambre où Michael et moi nous adonnions à des plaisirs coupables, dans cette salle de bains où nous jouissions impoliment, dans ce salon où nous avions fait l'amour la première fois. Mais aussi, dans cette chambre où j'avais déjà été humiliée, dans cette salle de bains aux miroirs qui vous montraient ce qu'il fallait cacher, dans ce salon où j'avais si souvent menti à mes parents en souriant plaintivement.

Je les regardais, elle et Loulou, partager des moments simples et précieux. Certains me rappelaient le couple que nous formions. D'autres me disaient qu'ils étaient véritablement différents. Ils avaient des amis communs, des projets qui tenaient debout, une vie chacun, des photos sur les murs et de la musique dès le petit matin… Ils conversaient, s'amusaient, dansaient, chantaient, se distrayaient… Ils paraissaient appartenir à un autre monde. Respect de la règle des 3 C que je n'avais pas atteinte. Ils s'aimaient et n'étaient pas fusionnels pour autant.

Je retournai voir mon « experte » pour faire taire « ma mauvaise partie », celle qui l'écoutait encore.

« Je vous l'avais dit : l'absence de contact est vitale pour vous. Si vous continuez à nourrir le fil, il continuera à vous tenir ! Et vous continuerez votre va-et-vient. Et votre entourage, vous y pensez ?

— Je lui ai dit adieu, mais plusieurs fois… je n'y arrive pas. J'ai peur pour lui ! Je le déteste…

— Et vous n'avez pas peur pour vous ?

— Si ! » criai-je pour faire comprendre ma haine.

« Non, n'ouvre pas cette porte ! Non, n'écoute plus cette voix… » me martelais-je l'esprit sans répit.

« Tu sais qu'il y a un piège si tu y vas ! Tu sais ce qu'il va se passer… »

« Le fruit défendu, arrête de mordre dedans ! »

Je ne dormais pas ou vivais toujours le même scénario : Michael qui me faisait l'amour, Lucifer qui me violentait, Michael qui s'excusait en s'inondant d'insultes, Lucifer qui m'en voulait... Imaginez un enfant qui joue au yo-yo. Il fait monter la roulette, puis la fait redescendre, puis la fait remonter... et ainsi de suite... parfois plus bas ou plus haut... parfois vite et d'autres fois doucement. Son bras s'élève et se baisse au gré du hasard, d'un souffle du vent, d'une envie, d'une dispersion. Cette vague, c'était ma vie. Si en plus il se déplaçait, ajoutait des virages, des pas en avant ou sur le côté... Vous comprenez combien mon existence était complexe et tenue à un fil.

Yo-yo : et toujours cette main dirigeant le fil...

Difficile à suivre pour ma famille et mes amis, mais ils restaient là, toujours présents.

« L'amour fait passer le temps et le temps fait passer l'amour... » me soufflait Ingrid. Chacune avait sa vie et c'était difficile de combler ce décalage d'épanouissement : elle, avec sa maison et son copain, moi, sans réel toit à moi et si contrariée. Je commençais à m'habituer à cette vie en colocation. Ce couple était vraiment génial. Toujours aux petits soins, essayant de me faire entendre raison, même si ce que je pouvais leur conter parfois était irraisonnable. Ils ne me jugeaient pas autrement que comme une fille blessée et qui peinait à cicatriser.

J'avais couru en sens inverse, fatiguée et ruisselante de sueur, je m'étais essoufflée. Je m'étais épuisée et la ligne d'arrivée était toujours plus loin... J'étais faible et je ne savais plus quel sens donner à ce terme. N'était-ce pas le contraire de fort ? N'était-ce pas être fort en sens inverse ? J'avais été forte à l'envers si longtemps que j'avais du mal à revenir à l'endroit.

Juillet : le centre aéré ouvrit ses portes. Je travaillais toute la journée avec Ingrid et le soir, elle m'accueillait sous son toit. Mon Dieu, faites que ce centre m'aère réellement, que ma tension baisse, que mon trouble s'apaise, que mon esprit s'éclaircisse ! Je voulais retrouver la sérénité de la vie. Nous avions un groupe de douze enfants : sept garçons et cinq filles. Quelle compagnie formidable, une évasion et des histoires, toujours quelque chose à raconter... J'aime l'enfance et ses joies futilement utiles. Ils me faisaient du bien par leur fraîcheur, ils me torturaient aussi car ils me rappelaient ceux que je n'aurais pas. Se souvenait-il de l'enfant qu'il voulait me faire ?

Il revenait, revenait, revenait, encore et toujours. Je ne pouvais m'en débarrasser, m'en sortir. Il reviendra... Je me mettais souvent en boule, comme recroquevillée dans ma coquille. Je voulais prendre le moins de place possible jusqu'à disparaître. Je faisais du mal aux gens que j'aimais et je voulais les délester de mes confusions. Je ne représentais qu'un problème, même s'ils m'adoraient. Pieds rentrés, jambes pliées, ventre plaqué, bras sur les genoux tremblants, tête cassée à l'intérieur d'un espace coincé. Plus de frétillement, une carapace frêle et vide qui n'était plus nourrie de rien...

22

Après plusieurs jours de silence, le téléphone se remit à sonner. Peut-être avait-il programmé son portable pour qu'il m'appelle toutes les cinq minutes ? Jour, nuit, jour, nuit, jour… ce n'était pas pensable qu'il puisse passer autant de temps à appeler, appeler et appeler encore. Je finis par décrocher :

« Ma chérie, c'est toi, j'en reviens pas ! Ne raccroche pas, je t'en prie, même si tu ne dis rien. Ça me fait tellement de bien de savoir que tu es là. Tu me manques ! »

J'entendais ses larmes couler à chaque parole. Il me répéta tout l'amour qu'il avait pour moi, m'expliqua qu'il continuait à s'entretenir avec les psychologues et que l'espoir de me voir revenir le faisait tenir debout. Au bout de quelques heures de conversation, l'aveu :

« J'ai fait une bêtise, petits pieds… Je voulais mourir pour ne plus rien regretter…

— Hein ? » rétorquai-je presque bêtement.

Il ne voulait pas m'expliquer, attendant que je le questionne pour établir enfin le dialogue.

« Tu sais, je sais tout ce que j'ai fait. J'ai été un monstre pour toi et je t'ai perdue. Je n'arriverai pas à m'en remettre. J'ai perdu ma femme, alors à quoi bon ! Un soir, des types m'ont proposé de la cocaïne. J'en ai pris une dose pour… je ne supportais plus de vivre. C'est une copine infirmière qui m'a réanimé sur le parking de la boîte. Sans elle, je ne serais plus là. Elle m'a sauvé. »

Cette Sylvie, vous vous souvenez ?

Il me fallut quelques instants pour retrouver mes esprits.

« Hein… mais… heu… pataugeai-je, un tremblement dans la voix.

— J'ai perdu les pédales et j'ai été faible. Je ne pouvais pas garder ce secret », m'avoua-t-il presque simplement.

J'étais sur la défensive, bien convaincue qu'il tirait sur une nouvelle ficelle. Il m'appelait au secours. J'essayai de résister à cette manipulation qu'il exerçait pour m'attirer dans sa toile. J'étais en colère si c'était vrai. J'étais encore plus en colère en pensant que c'était probablement faux.

« Et pourquoi tu me flanques ça au visage ? Tu veux quoi ? Me faire revenir ? Me faire culpabiliser ? Me faire du mal ? Enfin, c'est des conneries… rétorquai-je en lui adressant un sourire ironique qu'il ne pouvait voir.

— Non, c'est parce que tu es ma femme et qu'un homme doit tout dire à sa femme. »

Et si c'était vrai ? Allait-il recommencer ? Pouvait-il mourir de regrets ? Qui avait une épée de Damoclès au-dessus de sa tête : lui si je l'ignorais ou moi si j'y retournais ?

Les vacances d'août s'annonçaient. À la veille du départ, je brûlais d'impatience de quitter ces lieux, de mettre une distance géographique et affective entre nous. Ce furent mes premières vacances sans lui, et j'en avais besoin. Une dizaine de copains : personne pour m'embrasser, mais personne pour me cracher au visage non plus. Un dernier inventaire du matériel, trois voitures et deux remorques bien chargées, il fallait bien cela pour une installation confortable sous la tente ; trois couples, trois filles et un garçon célibataires. Sur le trajet, Michael m'appela sans cesse. Il n'avait que faire de mes demandes de prise de distance. Je finis par éteindre mon portable. Il n'allait pas m'empoisonner en vacances !

À peine arrivés à bon port, la première activité fut lancée sous un beau soleil : partie de volley. Impec, nous étions dix ! Le niveau de jeu était digne d'une équipe de profs d'EPS. Enfin la paix de l'esprit, le temps de quelques balles. En me précipitant sur le ballon, je fis une chute malheureuse. Je devais porter la poisse, ce n'était pas possible ! Mes vacances tranquilles n'auront duré que ce court instant…

Où était mon étoile ? Elle avait filé, mais pas comme ces étoiles filantes qui font que les vœux se réalisent ! Si je fermais les yeux et imaginais quelqu'un me tendant les bras, il ne pouvait y avoir que lui ! Était-il encore en vie ? Qu'il change, c'était comme empêcher que le soleil se couche. Que je l'oublie, c'était comme interdire que la lune ne le remplace…

Diagnostic : entorse du poignet. Recours : plâtre pendant trois semaines, c'est-à-dire la totalité du séjour. Dans les couloirs blancs et débordés de l'hôpital, je piquai une crise de larmes. L'équipe médicale, ne comprenant pas mon hystérie démesurée, ne voulut pas me laisser sortir dans cet état de nerfs impensable.

« Hors de question que vous me gardiez en observation, je me barre ! » hurlai-je.

Mes jambes me tenaient à peine. J'étais fatiguée, usée. Je sortis de l'hôpital toute retournée et convaincue que mes vacances étaient terminées. Je ne voulais pas être un poids pour mes amis. Comment aller dans l'eau, faire ses lacets, jouer au ping-pong ? Comment se laver les cheveux, faire la cuisine ou sa lessive ? Je ne voulais pas leur imposer ma dépendance. Ils méritaient leurs congés ! Je souhaitais rentrer, mais entre les frais déjà engagés, le fait que mes parents étaient en vacances et l'insistance de mes amis, je décidai finalement de rester.

Les appels incessants de Michael continuaient, mais je tenais bon. Pourtant, je me sentais quelque peu coupable de « l'envoyer balader » après sa tentative de suicide.

« Qui est-ce ? » demandaient mes compagnons de vacances.

Je crois qu'Ingrid fut contrainte de leur expliquer, sans détails excessifs. Elle savait que je ne désirais pas attirer l'attention sur moi, mais c'était déjà trop tard. Et puis il y eut l'appel de trop – peut-être le 229e de ces trois premiers jours…

« Va te faire foutre ! J'espère que tu n'auras jamais

plus de femme parce que tu n'es pas capable de rendre qui que ce soit heureux. Regarde autour de toi, tu n'es qu'un con et un fou dangereux. J'espère que tu n'auras jamais d'enfant... le malheureux. Dégage de ma vie, crois ce que tu veux, que j'ai joué avec ton cul si ça te plaît... Tu m'emmerdes ! »

Bien entendu, la conversation ne se termina pas là. On joua « aux cons » pendant tout l'après-midi. Je crois ne jamais avoir été si ordurière ou meurtrière dans mes propos, mais j'étais en vacances et j'étais à bout.

« T'es qu'une... Je sais où tu es. J'arrive ! me menaça-t-il avec une ironie presque rieuse.

— Ben viens, sale con, t'es médium ? »

Incapable de supporter les sonneries qui ne s'arrêtaient que le temps de l'enregistrement des messages, je fis ce qu'il fallait pour changer de numéro. C'était la seule façon d'arrêter ce délire, Lucifer n'en aurait jamais fini. Enfin un peu de silence !

J'aimais regarder un feu de cheminée. Les flammes étaient tour à tour orange, jaunes, rouges, bleues. Ces couleurs s'entremêlaient à l'infini, dans des formes toujours plus inventives. Des crépitations, des étincelles, le bois qui fondait et se consumait sous une chaleur ardente. Un tableau vivant. Quel élément de ce tableau étais-je ?

Cette brique au fond, solide mais invisible ?

Cette vitre devant, qui protège les admirateurs d'une brindille fluorescente et fugitive ?

Cette flamme elle-même, chef-d'œuvre mouvant, qui vit et meurt en se consumant ?

Ce bûcher au sol, qui se réduit au fur et à mesure que la flamme danse ?

Cette chaleur alentour, qui fait qu'on baisse les yeux lorsqu'on l'approche... Attention, pas trop près !

Ces cendres dans le bac, qu'on ne tardera pas à jeter à la poubelle lorsque tout sera fini ?

J'aurais aimé être cette chaleur, car c'est elle qui fait exister le reste. Mais je ne faisais que fondre sous la combustion. Je n'étais que cette bûchette qui s'effaçait avant de disparaître. Michael était ce feu qui faisait tout flamber !

Finalement, les contraintes physiques de ma blessure se géraient tant bien que mal. Ingrid et Loulou ne savaient plus quoi faire pour me venir en aide. Flo s'avérait d'une sympathie précieuse. Mon handicap ne m'empêchait pas de profiter des conversations, des blagues en tout genre et de participer à la chaleur des repas. Sly me faisait rire et Caro savait mener les chants « ch'tis ». Par contre, adieu volley, je ne voyais la mer et la piscine que de loin. Je faisais trempette et revenais vite m'allonger. Je me retrouvais encore une fois... limitée.

Je réappris aussi qu'une journée était constituée de trois repas. Quatre kilos en trois semaines.

Ce qui pêchait, c'était le moral ! Et j'étais la seule à pouvoir y remédier. Je me percevais comme le boulet du groupe, bien qu'ils ne m'en aient jamais donné l'impression. Alternant humeur solitaire, repli sur moi-même, délires sans raison, je passais du rire aux larmes et disparaissais de temps en temps, puis un peu plus souvent… Au fil du temps, malgré l'amitié et le soleil, je me laissais aller à mes démons. Mes amis commençaient à ne plus savoir quoi faire pour m'extraire de ma vie. Moi qui avais été un modèle de joie de vivre, ils me regardaient avec pitié.

Je jouais, je riais. Je pensais, je pleurais. Un jour, j'allais bien. Le lendemain, le chagrin me gagnait. Un jour, tout était rose. Le lendemain, il pleuvait et je m'effondrais… Moi aussi, j'étais entrée dans un système binaire. J'étais étrangère à mes amis et à moi-même. Je m'éloignais de tout ! Je perdais mes traces au fur et à mesure que j'avançais. Je ne me reconnaissais plus. J'étais fatiguée d'être moi et de ne plus être moi, tout à la fois… Muette, je ne trouvais rien à dire. Je les écoutais pendant des heures et me taisais. Une huître qui se refermait, même sur la plage ou en boîte de nuit. À quoi bon ? Quelle partie de ma vie pouvais-je conter avec joie ? Aucune !

J'attendais des nouvelles… Comment vivre ici alors qu'il est peut-être mort, là-bas ! J'étais comme une veuve éplorée alors qu'il était toujours en vie. C'était ma faute… J'aurais dû le laisser tranquille, je n'aurais pas dû lui donner espoir… Comment faire, maintenant ?

Je me souvenais du petit village fleuri où nous nous étions reposés, il y avait plus de trois ans maintenant. Comment les choses avaient-elles pu se gâter de la sorte ?

Trois ans, cela me semblait une autre vie, une autre femme, un autre homme… un autre univers. Les fleurs du bonheur avaient été gangrenées par un poison cruel. Oui, tout avait abominablement changé mais tout avait bel et bien existé. Je me souvenais de tout ! Je garderai tous ces éclats de rire, ces instants magiques qui me faisaient frémir. Mais Lucifer devait revenir dans mon esprit, même si c'était pour me démolir davantage ! Il restera incrusté en moi, pour le pire et pour le meilleur. Je savais ce que cette phrase voulait dire !

Vivait-il encore ? Un soir, peut-être, le téléphone sonnerait et on m'annoncerait son suicide. Je ne savais plus rester dans cette attente, une attente aliénante qui ne pouvait s'achever que par un nouveau contact ou l'annonce d'un décès dont je ne me remettrais pas. Souvent, allongée sur le sable, un château se construisait à droite, un parasol s'ouvrait à gauche, un enfant appliquait de la crème sur le dos de sa petite sœur… Je regardais le ciel, ce ciel si bleu et sans un nuage. Que j'aurais aimé que ma vie soit comme ce ciel !

Mes amis se rendirent dans un cybercafé de la ville pour connaître leur lieu d'affectation à la rentrée. Accès Internet ? Mon esprit ne fit qu'un tour : ma messagerie ! Pas de nouvelles… Michael était-il décédé ? Je me sauvai du cybercafé en larmes. À partir de ce moment-là, je doutai plus que jamais. Comment pouvais-je me payer du bon temps alors qu'il était peut-être parti rejoindre sa mère ? Au secours ! J'avais le téléphone en main mais je devais me retenir de l'appeler. Oh ! Lucifer, qu'as-tu fait de Michael ? Non, pas ça !

Après la rupture, la violence se poursuit. Je ne voulais plus être sa proie et pourtant, je continuais de l'être d'une autre manière : en pensant à ma culpabilité.

Le soir de l'anniversaire de Flo, je préférai me retirer du joyeux groupe pour ne pas gâcher l'ambiance. Avachie sur mon lit gonflable, mon oreiller collé sur ma poitrine comme un bébé qui a besoin de serrer son doudou pour se sentir en sécurité, j'entendais des rires, des blagues, des histoires drôles qui me semblaient si lointaines. Je n'avais plus le courage de paraître, de chercher mes mots et ma place, je ne faisais plus d'efforts !

Contagion : ne rien avoir à leur dire faisait qu'ils n'avaient plus rien à me raconter. Au-delà d'une amitié réelle, un fossé se creusait entre Ingrid et moi. Je ne me percevais qu'au travers du prisme déformé de mon identité dissoute et elle ne connaissait pas « ce » mal-être. Un peu comme si nous n'appartenions plus au même monde… Elle faisait preuve d'empathie et de persévérance mais jamais – et heureusement – elle ne serait à ma place. Une personne « équilibrée » ne peut comprendre un déséquilibre qui lui est inconnu.

À la fin de ces vacances, je n'étais pas reconstruite pour un sou. Mon téléphone avait beau rester muet, j'avais toujours la main posée dessus. Plus les kilomètres défilaient, plus la tension montait. Je m'endormis quelque peu dans des songes fiévreux et le hasard fit que je rouvris les yeux au moment même où nous passions devant mon « ancien chez-moi ». La voiture contourna l'épicerie où j'avais l'habitude de me régaler, de temps à autre, d'un délicieux chausson aux pommes. Je vis de loin ma maison abandonnée. Je pourrais peut-être apercevoir Miou-Miou sur le toit, échappé par la fenêtre ? Il avait sûrement grandi… Je m'en voulais déjà de revivre dans la douleur des souvenirs si proches et palpables. Arrivée à la maison familiale, je laissai mes amis reprendre le cours de leur vie. Le lycée et le club de karaté n'allaient pas tarder à rouvrir leurs portes.

23

Un après-midi de la semaine suivante, j'attendais une amie avec qui j'avais rendez-vous. Dix minutes après l'heure convenue, mon téléphone sonna. Je m'empressai de répondre, persuadée que c'était elle. C'était lui ! Ma main me brûla, je crus défaillir. Comment s'était-il procuré mon nouveau numéro de téléphone ? Pas de trahison possible de la part du peu de gens qui le connaissaient. Peut-être était-il parvenu, par un discours habile, à l'obtenir auprès d'un de mes contacts professionnels ? Je vous le jure, ce n'est pas moi qui le lui avais donné ! Mon téléphone me tomba des mains ; je ne pus attendre davantage l'arrivée de mon amie.

« Ma sœur m'a retrouvé anéanti sur notre sofa, petits norteils. Je n'en pouvais plus, j'ai été admis à l'hôpital. Au secours… »

Vrai ou faux ? Comment savoir ? Je pris peur, je sombrais à nouveau, assommée…

Toute notre relation était fondée sur ce concept-clé, la peur : peur de ne jamais le connaître ; peur de le perdre ; peur de lui ; peur qu'il se tue.

Alors que pouvais-je faire ? Une lointaine pensée oubliée, un lien qui remontait à plus de sept ans, me revint à l'esprit : une photo de classe. Je retournai toute la maison dans le silence de la nuit et finis par la retrouver au milieu de photos de vacances familiales. Je fondis en larmes. Il se tenait là, droit comme un I, à l'extrême droite à la deuxième rangée. J'embarquai la photo et me blottis contre son image. Quelle idée incongrue ! Je faisais n'importe quoi, je le savais bien ! Étais-je folle ? Aussi délicatement que possible, je cachai la photo. Je ne voulais pas qu'il meure. Il vivait à travers cette simple image...

Chaque instant saignait. J'étais plus bas qu'au désespoir.

Dès lors, je fus suivie par une seconde psychologue du SAVU, Cécile. Assurément, Charlotte avait constaté que je « m'en allais », même si je réclamais de plus en plus d'entretiens. J'étais comme une funambule peu douée qui ne parviendrait pas à trouver l'équilibre. La corde était tendue au maximum et l'aspiration luciférienne, ainsi que l'amère pitié, me faisaient pencher vers le vide. Lucifer m'attendait en embuscade et guettait, impatient, que je tombe dans sa gueule. Michael serait le plus heureux des hommes, si je voulais bien encore une ultime fois lui tendre les bras. Je zigzaguais, ma tête explosait.

Je craquai au bout du 332e appel de ces quatre derniers jours. Je voulus le voir « dans un lieu public » et lui proposai un rendez-vous en plein milieu d'un centre commercial, comme si la foule avait un quelconque pouvoir. Un bouclier grotesque… Ses yeux étaient suppliants. C'était lui qui paraissait le plus malheureux… En cours de déchéance, il était « encore un autre ». Tout s'accélérait, je ne contrôlais plus rien. Nous ne parlâmes même pas, le silence était lourd.

Combien de temps sommes-nous restés enfermés dans cet échange muet ? Quelques secondes ou des heures entières ? Comme dans des sables mouvants, plus je me défendais, plus je m'enfonçais. Dès qu'il s'agissait de lui, je finissais par tendre les bras et avancer !

Michael me redonna mes clefs de l'appartement et sortit de la poche de son jean le pendentif… « Le » pendentif d'Égypte. La seconde partie, la sienne. Je le remerciai tendrement de son geste, un peu comme s'il m'avait redonné mon alliance. Embrasse-moi vite avant que je me sauve, et faites que ce moment soit éternel !

Retour à la maison. Au coin du salon, je vis les larmes sur la joue de mon père.

Je m'étais tant haïe à chaque larme qui avait dû couler sur la joue de mon père, cet homme qui ne pleurait jamais et que j'aimais tant. Cette fois-là, il avait oublié de se cacher… Son couple était plus soudé que jamais, mais il pleurait en solitaire. Je me détestais, je me vomissais ! La joue de ma mère n'avait plus le temps de sécher… Mes larmes étaient bien moins graves que les leurs !

Je repartis avec Michael vers « notre » maison. Il posa délicatement sa main sur ma cuisse et me dit qu'il ne m'autoriserait plus à jouer au yo-yo. C'était décidé.

« Tu es là, tu restes. Jamais plus je ne te laisserai partir ! C'est fini, tes allers-retours », m'avertit-il.

Tout mon être redevint cadenassé.

Durant ce trajet, mon père m'appela pour m'avertir qu'il me virait de mon poste d'entraîneur de karaté, estimant à raison qu'il ne pouvait confier des enfants à « une folle telle que moi ». J'étais d'accord avec sa décision. À sa place, je me serais virée moi-même ! J'étais devenue irresponsable, indigne d'un professeur d'art martial. Je n'avais plus aucune consistance pour guider mes « petits » vers le chemin du respect, de l'estime et de la fierté. J'affichais le contraire des valeurs auxquelles je croyais et que j'avais défendues et enseignées. Je n'étais pas folle, mais j'étais malade…

Différence sur laquelle j'insiste !

Dans l'escalier qui me menait au bagne que j'avais fui, je me souvins de la première fois où j'avais foulé ce sol, celle où il m'avait portée telle une princesse. Je me rappelai aussi les raisons, déjà si écrasantes, de mon emménagement chaotique. Précédant mes pas, comme si mes traces devaient s'inscrire dans les siennes, il ouvrit la porte.

La maison était comme lui : en déclin ! Un torrent de poussière où seuls les cadavres de bouteilles d'alcool et quelques cendriers surnageaient… Il ne restait vraiment plus rien de ma douce maison. Il y avait tant de fumée en stagnation qu'on aurait dit du brouillard ! J'ouvris la fenêtre, mais cette épaisseur nuageuse paraissait ne plus pouvoir s'échapper, elle non plus ! Mon regard s'égara sur une facture téléphonique chiffonnée sous un pied de table : 1 486 euros pour le seul mois de juillet !

« Mais qu'est-ce que tu fous là, sale conne ! » Mes pensées m'insultaient, comme d'habitude.

Vite, très vite, nous repartîmes chez mes parents pour chercher mes affaires. Ils étaient absents. J'avais l'impression de les voler. Je regrettais déjà ce que j'étais en train de faire. Quelques sacs en plastique vite remplis, et les pneus crissèrent sur le bitume autant que ma raison me hurlait de ne pas céder à cette soumission ultime… Trop tard ! De toute façon, l'engrenage final ne pouvait être autre. Nous rentrâmes, sa main prenant la mienne, grelottante, pour passer les vitesses ensemble, comme nous le faisions lorsque nous étions amoureux, nos doigts entrelacés. Michael me contait amoureusement à quel point il avait besoin de moi et de me toucher. Il faisait chaud, mais j'avais la chair de poule. J'avais froid, mais j'ouvris la fenêtre. Enfin, il allait pouvoir se reposer et revivre… il n'en pouvait plus de ce cauchemar éveillé… Maintenant, il ne s'empêcherait plus d'être le plus heureux des petits copains. Il m'aimait tellement… Ses pommettes se redessinaient comme par magie. Il me déshabilla du regard. Je me sentis mise à nu dans tous les sens du terme.

Le lendemain, alors que je prenais une douche, il m'annonça que nous partions en vacances et que son pote Ludo nous accompagnait. Je coupai le filet d'eau pour mieux entendre.

« Je suis vraiment fatigué et j'ai besoin de vacances, et je crois qu'on a besoin de se retrouver un peu, non ? » commenta-t-il simplement. Sa décision était prise.

Le camping était déjà réservé et payé. Je n'eus pas mon mot à dire. Je ne pouvais pourtant pas disparaître ainsi le mois de la rentrée universitaire : j'avais du travail, je n'avais pas terminé mon mémoire que je devais rendre quelques jours plus tard. Je tentai de lui expliquer la situation le plus calmement possible – démarche aussi inutile qu'un cri dans la nuit pour faire venir le jour… Le « maître de maison » n'avait pas tardé à réapparaître au plus haut de son trône ! Il me souleva, me fit asseoir sur la table et me massa les seins, comme pour me dire que toute colère m'était interdite. Il avança quelques arguments de pacotille. Il passa la nuit à finaliser mon mémoire – négligeant des pages essentielles… Et le lendemain, direction Saint-Tropez !

Heureusement que Gaëlle était là pour remettre mon travail à la direction universitaire… Merci.

L'océan brillait de mille étoiles. Les astres existaient dans l'infiniment haut et sur ces petits mouvements salés, si on voulait les admirer de plus près. Mon corps goûtait au parfum aphrodisiaque et au désir sublime de son corps. Je pensais : « Je m'abandonne sur toi, ne me laisse pas tomber ! »

Je n'étais pas sentimentale, mais sexuelle… Je

n'arrivais pas à lui dire que je l'aimais, car je ne l'aimais plus, mais j'étais captivée. Ses lèvres frôlaient les miennes. Ses prunelles claires pétillaient. Je retrouvais des sensations que je n'avais pas ressenties depuis des mois. Je retrouvais mon corps, mon être physique entier. Michael, le second bout de moi-même. Tsunami émotionnel, je regardais le monde comme une petite fille amoureuse pour la première fois !

Je me disais que si tous ces sacrifices ne me rapportaient que ce seul instant, ils en valaient la peine. Toutes nos déceptions, toutes nos haches de guerre, tous nos échecs s'effaçaient d'un coup. Rédemption ! Qui n'avait pas le droit à cette rédemption ? Au fond de moi, je savais que Lucifer vivait. J'osais profiter...

« Là, tu as les yeux d'un ange ! » lui soupirai-je comme si toutes les mauvaises choses s'étaient envolées. Ces moments étaient magiques, comme s'ils avaient le pouvoir d'effacer le reste, comme si je n'avais pas vécu entre deux.

Michael redevenait l'homme de mes rêves pour un bout de temps que j'aurais voulu infini.

« Je t'aime, ma femme. »

Mon corps réagissait. Mon cerveau ne commandait absolument plus rien. Vibrations, mon corps...

Mon cerveau réquisitionné par l'urgence du plaisir déclenchait des courts-circuits. Haut fut le voltage de mon orgasme... Chut ! Nos secrets ne seront pas dévoilés. J'aimais qu'il me dise que je lui faisais du bien ! Il y mit tous ses sentiments, me transmettant au mieux sa passion pour mon corps et mes petits cris gémissants. Il m'avait toujours fait l'amour avec cette flamme incroyable. J'aimais faire l'amour avec cet homme ! Dans ces moments, Lucifer n'existait pas. Si j'avais pu, j'aurais passé ma vie à l'horizontale. Moi sous lui, moi sur lui, en diagonale, assis ou debout... Qu'est-ce que nous aurions été heureux ! J'aurais enterré Lucifer à jamais.

Ces moments magiques deviendront les plus cruels de ma mémoire. Ce passage est le plus pénible à conter. Il n'est pas le plus malheureux, au contraire. C'est celui que j'ai écrit en dernier et je n'ai pas réussi à lui donner la portée que je voulais. J'en suis désolée. Il me manque des verbes... je n'y suis pas arrivée. Comme s'il n'y avait pas eu de vérité dans ces instants, je ne sais pas y poser des mots. Je ne peux pas décrire ce que je n'ai toujours pas élucidé : la profondeur de mes sentiments, son champ magnétique et ses merveilleux contes. Avec toute la franchise que je vous dois, je ne savais pas ce que je ressentais. J'avais peur et j'aimais. Je manquais de discernement. C'est sans doute pour cela que j'ai autant conté notre relation physique. Mon esprit était en cafouillage extrême.

Aura de silence, puis coup de tonnerre sous un ciel bleu azur... Le sable aurait dû se lever en rafales, dévastant tout par ses particules multiples écorchant ma peau. Tourbillon nous entraînant vers le chaos, sirocco ravageur. La vérité explosa comme un volcan endormi :

« Oui, j'ai couché avec Noah. »

J'avais beau savoir depuis longtemps qu'un tel drame allait se produire, je n'y étais pas préparée. Au bout de la 512e question et du 512e mensonge, la vérité sortit de ma bouche sans que je lui commande de parler. Je l'avais poignardé dans le dos. J'étais effondrée, il était en ruine.

« Je te quitte. Cette fois, c'est moi qui décide de notre rupture. Je suis désolé. Vraiment, je t'aime mais tu as fait la seule chose que je ne peux pas pardonner », m'annonça-t-il avec le calme de celui qui est sous le choc.

Je m'enfermai dans la chambre du cabanon, le laissant de l'autre côté de la porte.

« Pardon, mon chéri ! Aime-moi ! Je veux être ta femme ! »

Je criais de regret, de remords, de…

Je donnais des coups de poing dans l'oreiller, le projetant sur le mur avant de le reprendre pour recommencer. J'étais folle ! De l'autre côté de la cloison, le silence… Que faisait-il ? Que pensait-il ? Au bout de longues minutes, la porte s'entrouvrit. Il me fixa du coin de l'œil, un œil bien fatigué par des larmes rouges.

« Pourquoi, ma chérie ? On était en train de se reconstruire, de rebâtir une vie. Je m'étais rendu compte de mes erreurs. Tu sais, moi, j'aurais été incapable de le faire. Oui, incapable qu'on me touche. Mon corps, c'est le tien. Je croyais que c'était pareil pour toi. C'est moi qui me suis trompé !

— Pardon. C'est trop tard. Pardon… implorai-je à mon tour, plus qu'angoissée d'avoir réveillé Lucifer.

— Je veux une explication.
— Une explication ? Mais, il n'y a rien à expliquer.
— Tu plaisantes ? Moi, j'ai dû voir des psys pour expliquer mon comportement et c'est toi, maintenant, qui me dis que tu ne peux pas expliquer le tien ? Tu te fous de ma gueule ?
— Je croyais vraiment que c'était fini entre nous. Je croyais que je ne reviendrais plus jamais. Et aussi… je voulais te faire du mal !
— Bah, salope ! J'étais en train de morfler, de tenter de me suicider. Je voulais mourir pour ta gueule et toi… bah, bah, je m'en vais avant de… de… et toutes ces filles qui me tournaient autour, j'ai dit non pour toi et pour moi, pour notre amour, même si tu n'étais plus là. J'étais en train de mourir et toi t'étais en train de te faire baiser. Parce que je t'aimais. Parce que je t'aimais. Parce que je t'… Et puis non, moi aussi, je dois t'avouer, je les ai toutes baisées et toi aussi, il va falloir que tu me pardonnes. Je t'ai menti. C'était la seule manière que j'aie trouvée pour t'oublier et je n'ai pas réussi. T'es contente, on a fait pareil ! »

Lucifer ne perdait jamais…

Il claqua la porte. Je restai à l'intérieur, cachée sous la couette – une habitude de faiblesse et de honte mélangées. Je pleurais trop pour respirer normalement. Mes yeux me faisaient mal, ma bouche était sèche. J'étais en position fœtale pour prendre le moins de place possible sur ce lit qui portait nos ébats de la veille. Je regrettais, mais je ne savais pas encore quoi ! Quelle audace mortelle d'être revenue dans ses bras après les avoir tendus à un autre !

Je me figurais avoir touché le fond. Je m'aperçus qu'on pouvait tomber plus bas encore. Qui chutait : lui ou moi ? Les deux ?

Dans le silence de l'angoisse et du remords, je sentis des mains sur mes pieds.

Pulsion sexuelle : Michael ? Pulsion mortifère : Lucifer ? Qui était là ?

« Je t'aime, c'est tout. Je t'aime. Aime-moi... C'est pas vrai. Elles voulaient mais moi, je n'avais que toi, et je n'aurai toujours que toi ! »

Il m'allongea, tenta de sourire et de retenir ses larmes. Il commença à défaire mes vêtements, puis s'arrêta.

« Je n'y arrive pas, j'ai trop mal. Comment t'as pu me faire ça ! Et comment il est, ce mec ? J'écoute ! »

Sa voix avait changé.

« Euh... fis-je en essayant d'attraper mon tee-shirt.

— Je veux des réponses et tu n'as plus intérêt à me mentir. J'irai le voir, de toute façon, même si tu te fous encore de ma gueule. »

Le harcèlement dura des heures interminables. Je répondais au mieux pour ne pas le froisser davantage et réveiller sa violence lancinante, alternant des réponses destinées à le calmer (« C'était un mec bien, je ne me suis pas donnée à n'importe qui ») et d'autres destinées à le flatter (« Il ne te vaut pas »). Tout y passa : âge, projets, études, loisirs, famille... Et ce n'était que le début. Puis un second aveu que je ne pouvais cacher... Je préférais le lui dire, sachant très bien quelle serait sa réaction, mais imaginant qu'il arriverait mieux à la contenir loin de son rival que face à lui :

« C'est quelqu'un de couleur.

— J'ai pas bien entendu ?

— Son père est guadel... »

Je mis les mains devant mon visage avant d'achever ma phrase. Mes lèvres se serrèrent. J'attendais ma sentence !

« Quelles positions vous avez... ? »

« Comment il t'a prise, le métisse ? »

« Combien de temps ça a duré ? »

« Est-ce que t'as senti ces couilles rebondir sur toi ? »

« Est-ce qu'elles sont plus grosses que les miennes ? »

« Combien de fois t'y as été ? »

« Comment est son sexe ? Combien de centimètres ? »

« Est-ce que tu as eu du plaisir ? »

« Qui a déshabillé qui ? Comment ? »

« Est-ce que tu lui as fait des gâteries ? »

Lorsque de la violence conjugale, on passe à la démence, il faut rester en vie... Dès lors, il avait l'enfer dans le sang.

Ses questions dévoilaient un esprit plus que dérangé.

J'avance ainsi un droit de réserve pour certaines questions et de nombreuses réponses, par respect pour mon compagnon de ces instants, et par respect pour moi-même. Encore un peu de dignité... le soupçon qu'il me reste. De toute façon, quelles réponses pouvait-il y avoir ? Peut-on répondre « correctement » à ce genre de demandes tordues ? C'était une réelle torture...

À chaque question, je devais trouver une réponse qui le satisfasse, mais laquelle ? Cela dura des heures que je n'oublierai jamais.

Je me mordais la lèvre inférieure pour me retenir d'exploser. J'avoue avoir perdu les pédales, ne sachant plus répondre à quoi que ce soit. Il y avait la réalité, celle que je ne pouvais nier et celle que je ne pouvais dire sous peine de gifles, de passages à tabac, de nuits d'insomnie, d'insultes et de menaces. J'avais très peur pour ma vie et celle de Noah. Je me retrouvais face à un monstre dont je ne connaissais nullement les limites. Je croyais avoir vu toute sa violence et sa haine au quotidien mais là, tout était dépassé. Parfois, après de graves « turbulences », il me regardait en affirmant : « Tu vois comme je suis gentil maintenant ? » Où s'arrêterait cette folie ? Et moi qui étais partie me réfugier et qui étais revenue pour l'empêcher de se tuer... Il n'était pas à sauver, il était à enterrer ! Que mes réponses le hantent !

Un soir, le procès pour « adultère zoophile » commença en début de soirée et dura une éternité...

Nous nous réveillâmes à 16 h 40 le lendemain. Il y avait eu des pauses, et même des pauses réconciliatrices pour lui et abjectes pour moi. C'était si sale et écœurant ! Cette captivité, ce cauchemar dura les sept jours de « vacances » qui avaient suivi les trois jours de lune de miel. Lorsque je répondais « correctement », c'est-à-dire à son goût, il passait à la question suivante, toujours plus insensée, monstrueuse ou perfide. En cas de « mauvaise » réponse, c'étaient torsions, gifles, coups de poing, insultes, étranglements, crachats, menaces multiples. Il m'observait avec indifférence. Ses yeux étaient deux tunnels obscurs, deux lames noires...

Il me fixait toujours sans ciller, et cette atteinte était la pire des agressions, la plus redoutable des guerres, insoutenable et tellement lourde. Sa force : son insensibilité. Il ne connaissait pas les scrupules, il n'avait pas notion de la moralité.

Il hurlait à m'en faire devenir sourde. La main levée en signe de punition prochaine, légèrement inclinée et prête à fondre sur mon visage ou sur mon corps toujours dénudé, étendu et mort. Généralement, nous étions enfermés dans cette chambre, tous les deux étendus sur le lit. J'étais allongée, les pieds croisés, les mains sur le ventre, les yeux souvent fermés.

Je prenais inconsciemment la position d'un cadavre dans un cercueil. Dire que j'avais embrassé la mort n'est pas une métaphore... j'avais couché avec lui et avec elle !

À ce moment-là, c'était une sorte de position de paix intérieure.

Bien entendu, le courageux Ludo préférait passer ses nuits ailleurs et rentrer le plus tard possible. Il refusait de voir. J'étais certaine qu'il savait, sinon pourquoi fuyait-il le bungalow ? C'était son « ami » et je ne pouvais pas compter sur lui pour me venir en aide. Peut-être était-il aussi pourri que lui ? Peut-être en avait-il peur, également ? Une fois, je lui demandai, la tête baissée et la bouche pincée, si mes bleus étaient visibles.

« Tu dois en avoir l'habitude, au karaté... » me répondit-il.

J'avais voulu sauver le feu de ses yeux amoureux, je ne voyais que les flammes de l'enfer jaillir d'un regard glacial.

« Est-ce que tu te rends compte qu'il s'est servi de toi ? »

« Est-ce que tu sais avec qui t'as baisé : un boucaque, une vraie merde. Ah non, c'est vrai, c'est un "métisse", un mi-blanc mi-noir. Tu t'es pas rendu compte que sa bite était toute marron ? »

« T'es sale. Bah, tu m'dégoûtes. »

« Je sens encore son odeur sur toi. »

J'avais tant d'images qui fusaient dans ma tête, tant d'atrocités démentes à dévoiler sur une simple feuille blanche. Cette feuille allait devenir rouge et mouillée par mes larmes. J'aurais aimé me vider de tous ces maudits souvenirs pour retrouver une tête neuve ! Oui, une tête neuve sans cette puanteur…

Bien entendu, il me disait relever des invraisemblances dans ce que je lui disais. Aussi, il ne s'empêcherait pas de poser les mêmes questions à « l'animal » et en cas d'incohérence, ça irait très mal !

« Je le fouetterai à poil ! »

« Qu'il se pisse dessus ! »

Tout supposait qu'il le frapperait à mort, car il trouverait toujours des excuses pour se soulager et récupérer son honneur. Décharger sa haine à coups de poing ou de pied le soulagerait et le purifierait… J'incarnais « le Mal », il était « ma » pauvre victime. J'avais été amoureuse du Diable en personne, un Satan dans sa toute-puissance se dressait devant moi. Un clin d'œil plus tard, je redevenais « la pauvre fille » : « Tu crois que tu es la plus malheureuse parce que tu es avec le Diable. C'est moi le plus triste, parce que je suis le Diable et que je le sais ! » lançait-il le visage émacié, le regard fiévreux.

« Je suis Lucifer » : cette phrase était parfaite !

Et il la répétait plusieurs fois pour que je l'entende bien…

« Lucifer » n'est pas un nom de baptême romanesque, c'était lui qui se qualifiait ainsi. Je n'ai fait que réutiliser ce nom.

« C'est dur de vivre avec une voix dans sa tête qui dit de tuer tout le monde. Je combats Satan mais je suis Satan. Je sais que j'ai des idées démentes, mais j'ai le démon en moi. »

Souvent, il mettait son nouveau tee-shirt portant une tête de Diable et l'inscription « Lucifer ». Il était Lucifer, il n'y avait pas de doute ! Pendant les moments où il se prétendait possédé, il me regardait de toute sa hauteur, les épaules larges, dominateur, et s'exclamait : « Je suis Lucifer ! Aaaaaah ! » comme dans les films… mais ce n'était pas un film… Je n'oublierai jamais ce cri épouvantable et qui résonnait dans ma tête.

Était-ce le Diable qui s'était incarné en lui ? S'il était le Diable, j'étais en enfer ! Pour un ange et pour tous les êtres normaux de cette terre, c'était un sort abominable… Une punition ? Un châtiment ? J'ai un blocage. Il est difficile de dire les choses, de les écrire. Dois-je faire sortir ce « pus » qui me ronge, ou dois-je le garder pour moi le reste de mon existence, afin de ne heurter personne ?

Ses insultes m'agressaient et éveillaient tant de haine :

« Je vais vous buter, mais pour le moment, je m'amuse un peu… Tu me dois bien ça ! » disait-il en dégrafant mon soutien-gorge.

« Un massacre… je vais faire un massacre. J'attends de vous avoir tous les deux en face de moi pour vous tuer ensemble. Tu es en sursis… » d'une voix presque sereine, hautaine.

« Je ne sais pas encore par qui je vais commencer. Lui, je pense, comme ça tu profiteras du carnage. J'ai même une autre idée : tu vas m'aider… »

Il paraissait sûr de lui. Ces meurtres semblaient « sa voie de secours », voie qui commençait à avoir pour lui un certain charme barbare. Il allait pouvoir être lui-même, entièrement Lucifer. Il allait gagner la bataille en exterminant tout le monde… Il m'annonçait ses espèces de plans en incrustant son pénis dans ma bouche. Je devais… pire encore, je devais acquiescer :

« T'aimes bien ça, non ? Enfin, dis-le-moi ! Dis-le-moi ! Ma bite à moi, elle est blanche… »

J'aurais voulu lui couper…

« Tu la vois d'assez près, là ? Dis-moi que c'est bon ! »

J'aurais voulu lui arracher…

Il s'allongeait et je devais jouer à la garce, au-dessus. J'aurais « préféré » subir dans la passivité, mais je devais être la maîtresse sexy, le premier rôle. Je n'avais pas le droit de rater ma scène. Je devais être la parfaite putain. Et il me regardait toujours de ce regard en tunnel. Ces lames noires me tranchaient par petits morceaux. Simuler pour le faire éjaculer… être performante pour lui donner du plaisir.

« Pardonne-moi… Je t'aime », demande d'une rédemption en simulation alors que je me salissais des ondulations de mon corps, à chaque va-et-vient vomi, à chaque pardon expulsé de si loin, à chaque « je t'aime » dégueulé.

Comment sortir cette barbarie de moi et de mon esprit ? Je préfère arrêter là… Au secours… Alerte !

Peut-on être violée par son propre conjoint ? La loi définit le viol comme un acte d'agression sexuelle non consenti par l'un des deux partenaires. Dans ce cas, j'ai bel et bien été victime de ce délit infâme. La veille, j'avais perçu notre cordon sexuel comme magique ; le lendemain, je le percevais comme le pire des traumatismes. Toute la flamme de nos étreintes d'antan n'effacera jamais ces viols ; j'ai fait l'amour pour éviter des sévices. Mon corps semblait consentant, mais mentalement, c'était un supplice. J'ai été son esclave sexuelle. La violence sexuelle est un traumatisme majeur que je n'arriverai pas à oublier. Et je crois que je n'ai pas assez bien raconté à quel point ce fut horrible…

Je devais me faire complice d'un meurtre prochain, d'un assassinat dont la mise en scène relevait de la barbarie. Jusqu'où allait-on s'enfoncer dans la folie ? Les scénarios étaient pluriels. Tous avaient le point commun de crier à la monstruosité folle de Lucifer. Version Stephen King :

« Je vais lui verser de l'acide sur le corps pour qu'il devienne blanc. »

« Je vais lui couper la bite et lui faire bouffer avec de la mayonnaise. Ou plutôt, je vais lui cramer. Il ne baisera plus jamais. »

« Je vais lui scalper les tétons. »

« Je vais y aller avec une pelle pour qu'il creuse lui-même sa tombe et après je ferai en sorte que même sa mère ne le reconnaisse plus. »

« Je vais le laisser attaché quelque part pendant des jours et je viendrai lui claquer la gueule de temps en temps pour qu'il se souvienne. »

Il se disait qu'il y avait finalement pire que la mort.

Cela doit être passionnant, pour un romancier, de tisser une intrigue, de créer des personnages, un décor, de chercher à retenir l'attention d'un public. Mais quand le scénario sort de la réalité et que vous en êtes la victime, c'est une tout autre histoire. Pas d'orage ni de musique d'épouvante, et pourtant rien n'avait jamais été plus horrible. Pas d'île déserte ni de forêt perdue, mais le monde vivait à l'extérieur du bungalow. Séquestration.

Parfois, il se demandait où il pourrait se procurer du poison et bien entendu, ce serait une de mes missions à notre retour. Il fallait le voir sourire en s'imaginant ces atrocités. Il mourait d'envie de satisfaire sa colère, sa haine, de défendre son honneur. Depuis des mois, il avait dit combattre son propre démon, mais Lucifer était bel et bien vivant.

« Je connais des gars qui vont se charger de ça pour moi. Ils me doivent un service et je n'aurai même pas besoin de me salir les mains. Comme c'est des gars de la mafia, même les poulets effaceront le dossier. Et Noah sera mort, et tu devras vivre avec sa mort. Et si tu fais chier, je leur dirai de s'occuper de toute la famille, t'as compris ? »

D'abondantes mais « simples » paroles ne lui suffisaient pas, il fallait que je sois convaincue de sa puissance et de ce qu'il pouvait faire. Devant mes yeux, il prit son téléphone portable et composa un numéro. Une voix lui répondit.

« Allô ? Écoute, j'ai un service à te demander… »

Je n'ose pas tout dévoiler de ces échanges, tellement j'ai douté – et le doute persiste encore. La conversation tournait autour de la description physique de Noah et des sévices qu'il désirait que ces « mafieux » lui fassent subir. Et il y avait cette voix, cette voix qui lui répondait... Il raccrocha et me confirma que Noah allait mourir dans la journée. Que c'était terminé et qu'il espérait que j'avais bien conscience que c'était « ma » faute ! Il me décrivit sa maison, sa voiture, son village, son grand-père... Des informations que je ne lui avais pas données. Comment savait-il ?

Ces informations n'étaient pas tombées du ciel. Internet ne pouvait donner autant de renseignements. Il fallait bien que quelqu'un s'y soit rendu... Qui ? Lucifer n'avait pas d'amis ! Je n'ai jamais eu aussi peur de toute ma vie !

Il me dit qu'il avait choisi de ne pas donner mon nom car il redoutait ces types et pensait qu'ils pouvaient s'en prendre à ma propre famille pour m'obliger à traiter Michael comme il le méritait. Le « roi de la mafia » qui « devait un service » à mon débile de compagnon avait torturé son ancienne femme pour infidélité, mais l'avait laissée vivante pour qu'elle serve de modèle à sa nouvelle conquête... J'étais complètement léthargique sur le canapé du bungalow, mon souffle se ralentissait peu à peu, atonie criante, profond arrêt de l'activité cérébrale. Cette attente dura deux jours, pendant lesquels Lucifer appelait régulièrement, en ma présence, pour s'assurer de l'avancée de la « mission ». Et cette voix qui répondait... cette putain de voix que j'entendais de l'autre bout de la ligne... Prétextant mon état pitoyable et ma grande faiblesse morale, Lucifer annula la « commande ».

Je me souvenais de son aveu dans son jardin, il y avait si longtemps, et ses menaces me paraissaient d'autant plus plausibles et dangereuses. Je pense que les menaces de mort proférées à mon encontre et à l'encontre de mon entourage n'étaient pas de simples mots. Il les accompagnait bien souvent de : « Ce ne sont pas des menaces, ce sont des promesses. » Lucifer était-il capable de les mettre à exécution ? Non, mon Dieu, faites que non ! Je ne connaissais plus du tout ses limites. Jamais je ne l'aurais cru capable de telles atrocités physiques et psychologiques. Il était un meurtrier potentiel, un psychopathe sommeillait peut-être en lui et j'espérais vraiment ne pas l'avoir réveillé. Lucifer était de retour, de quoi était-il capable ? S'il avait joué un rôle dans ces échanges morbides, c'était un sacré bon acteur. Ses appels étaient réels, je n'étais pas folle…

Il affirmait aussi entendre « deux voix », à croire qu'il n'était vraiment pas seul dans sa tête ! Ces voix s'affrontaient sans cesse dans son esprit. Il me demandait alors de l'aide en urgence : « Qui dois-je écouter ? Le bien ou le mal ? » Une fois, en voiture, alors qu'il tentait de provoquer un accident, il s'était construit un dialogue tout seul en alternant deux rôles bien distincts dans l'attitude, le regard, la voix et surtout le contenu du discours. Encore aujourd'hui, je ne sais pas si c'était de la comédie ou pas. Assister à pareille schizophrénie, c'était… affolant !

N'était-ce pas un signe supplémentaire de psychopathie, d'hystérie, de paranoïa, de névrose, de psychose et d'un ensemble de troubles psychiatriques que je n'ai nullement les compétences pour analyser ? C'est vrai, je ne suis pas psychiatre, mais quel terme autre que « schizophrénie » employer face à un tel dédoublement de personnalité ?

« Tu dois le tuer. Non, les torturer. À cause de lui et de ta pétasse, tu es démoli ! »

Ses yeux étaient révulsés. Ses narines gonflaient. De la mousse blanche sortait de sa bouche. Il avait une voix démente. Il était dans un autre monde… Une poignée de secondes passaient et il se métamorphosait :

« Mais raisonne-toi. Tu ne peux pas faire ça. Elle est gentille et elle t'aime. Elle a toujours été là pour toi, ne l'oublie pas. Surtout à la mort de maman… Elle a juste fait une erreur et quelqu'un a profité d'elle. Elle sait qu'elle n'a plus le droit de recommencer. »

Son attitude changeait du tout au tout. Il se recroquevillait sur lui-même, occupant le moins de place possible. Il n'osait plus me regarder en face. Son timbre de voix dévoilait alors une personne craintive, vulnérable, fragile, abîmée et tellement triste… Il était dans un autre monde, là aussi… Et la conclusion :

« Je préfère le mal car tu ne mérites pas que je combatte le Diable pour toi. Je vais le tuer, au moins lui… »

Je n'osais même plus penser, je me déconnectais peu à peu de la réalité. La peur me serrait la gorge. Il était redoutable et invincible. J'étais si faible et si petite…

24

« Moi, je ne sors pas avec toi, tu es pleine de bleus. Les gens vont nous regarder et tu ne mérites pas d'aller faire bronzette. Tu as déjà pris des vacances ! »

Il me répétait souvent qu'il m'avait « emmenée en vacances » et pourtant, on ne pouvait pas dire que je profitais de quoi que ce soit. Les sorties n'étaient pas permises. Tant mieux : lorsqu'il sortait, je n'avais pas à le supporter et tentais de me reposer quelques heures. Impossible de m'enfuir, je n'aurais pas eu le cran de vérifier le verrouillage de la porte. Sordide et malicieux, il était capable d'attendre perfidement derrière, épiant une tentative de fuite, ou d'y mettre un piège. Je ne m'y risquais pas… En plus, pour sortir du camping, il fallait passer devant le bar où il se saoulait pour « oublier le cauchemar que je lui faisais vivre », où il se shootait pour se déconnecter de ce monde impossible…

J'avais mal et j'en avais marre. J'avais mal et je n'en pouvais plus.

Je me souviens d'un soir où il rentra complètement ivre et défoncé. Ludo s'était absenté, comme d'habitude. Il entra brusquement dans la chambre et se déshabilla. Il puait le haschich et l'alcool à plein nez... Je me réveillai en sursaut et apeurée. Retour à la triste réalité.

« Je v... un béb..., un béb..., un b... »

Il tenait à peine debout. C'était le jour de la procréation ! J'avais bien pris soin de cacher ma pilule et de la prendre chaque jour. Hors de question d'ajouter à mon malheur le fait qu'il m'oblige à attendre un bébé de lui. Je n'aurais jamais supporté « un petit lui » dans mon ventre. Affreux ! Mes pauvres pieds pris dans ses serres, ma langue devait encore tourner dans sa bouche.

La situation était impossible et si complexe... La vivre était une souffrance, l'expliquer est un supplice.

« Je te vire et tu prends le train dès ce soir ! »

Il m'obligea à faire mes bagages pour un retour précipité chez mes « débiles de parents » puisque « jamais il ne pourrait me pardonner ». Il ne désirait nullement me voir partir, mais il voulait m'entendre l'implorer, demander pardon, comme il l'avait si souvent fait dans le passé. Si je n'avais pas compris cette manipulation sordide, il m'aurait certainement démolie ! Il était 2 heures du matin et il n'y aurait évidemment pas de train à cette heure avancée de la nuit. J'étais certaine que la gare était fermée et que cette mise en scène misérable était un piège grossier. Ce n'était qu'une manigance de plus pour que je pleure, que je supplie. Bagages en main, il me conduisit jusqu'à cette maudite gare close qui l'obligea à faire demi-tour. La route fut un désastre de dangers : pied sur l'accélérateur, pas de feux...

J'y laisserais des traces de sudation et de doigts crispés sur le tableau de bord. Il dégoulinait d'une adrénaline sordide. Jamais il ne m'aurait laissée prendre ce foutu départ... Acquiescer sans insister pour qu'il me reprenne, mettre un seul pied hors de la voiture l'auraient fait sortir de ses gonds, je ne le connaissais que trop pour en douter. Quelles étaient mes portes de sortie ? Toujours l'insupportable demande de pardon.

« Je ne te mérite plus, Michael, j'ai fauté. Je n'aurais jamais dû aller voir ce "...". Reste avec moi, je t'en supplie. Je prendrai le temps qu'il faut pour me faire pardonner. Tu es mon amour et je ne suis qu'une sale putain. »

Pardon, doux Noah, je ne pouvais faire autrement que t'insulter, mais je jure que je n'en ai jamais pensé le moindre mot. Je désirais pitoyablement sauver ma peau en le convainquant « qu'il était le meilleur » et que c'était à cause de moi que je « l'avais perdu ». Lucifer voulait récupérer son rang et je devais nous démolir pour cela, nous rabaisser pour lui permettre de remonter sur son piédestal. Et puis mes larmes étaient bloquées. J'étais trop transie de peur pour réussir à pleurer, au grand désespoir de ce monstre qui continuait à me condamner.

Il profitait fièrement de ces moments d'imploration. Enfin et heureusement, je parvins à verser une larme.

Il avait fallu que je me sente condamnée à insulter le seul innocent de cette tragédie. Bien plus que cela, j'avais dû accepter mon rôle :

« Noah doit mourir. Je suis d'accord. Il m'a souillée... »

Mes propres paroles me paraissaient absurdes, mais je n'avais pas intérêt à le laisser douter de ma conviction.

Pardon encore, mais ces insultes sont très pénibles à retranscrire. Je désire seulement vous en donner l'idée. Cette scène aussi dura des heures, une éternité.

Vous pensez sans doute que le plus dégradant a été dit. Non, il y a pire qu'entendre les paroles de ce monstre... ou d'écouter les miennes. Il y a pire que ces mouvements de bassin et ces « je t'aime » forcés, il y a le fait de se démolir consciencieusement et de devoir le faire aussi souvent qu'il m'y invitait férocement.

« Je me rends compte que je ne suis pas la blanche colombe. J'ai fait le pire qui soit dans un couple. Je suis une pute et je ne mérite pas ton amour, je ne te mérite plus. Je me suis allongée, c'est tout. Je pense que tu ne me pardonneras jamais et j'en pleurerai toute ma vie. Je ne peux pas revenir en arrière. J'ai fait la salope. »

Par ce moyen humiliant, je désirais qu'il ne veuille plus de moi, qu'il me renvoie chez mes parents, mais rien ne fonctionnait, il était incapable de la moindre distance... Et pourtant, j'avais mis le paquet pour qu'il se libère de la pourriture que j'étais devenue par cette odieuse tromperie. Il y avait aussi ces « misérables », « pitoyables » et « énormes » phrases qu'il fallait prononcer à son bon vouloir :

« C'est Michael qui a le plus gros sexe du monde ! »

Monsieur se sentait-il si faible ?

« J'appartiens à Michael. »

Il voulait ma vie, je l'avais bien compris.

« Répète un peu… encore… J'ai pas bien compris… répète plus fort, sale pute. »

S'il m'avait tuée, on aurait appelé cela un « crime passionnel ». Idée d'un amour impossible, de l'extrémisme des sentiments, un peu comme si on pouvait « tuer par amour ». L'expression « aimer à la folie » révèle une vérité dont l'homme n'entend nullement le drame. Elle aurait même une sonorité magique ! Je peux vous affirmer qu'elle est « tragiquissime »…

Dans un registre beaucoup moins marquant mais tout de même notable, mon téléphone portable était éclaté en mille morceaux. Il s'était acharné sur lui, surtout en voyant la réapparition de prénoms masculins, et celui de Noah… C'était mon seul moyen de communication avec mes parents. Ils devaient être morts de peur – et à juste titre – même s'ils ne savaient pas ce qu'il se passait pendant ces journées de « mort à petit feu ».

Il était prévu que je ne reste que quelques jours en vacances et que je reprenne le train seule, pour assurer mon poste au lycée, mais vu la tournure des événements, Michael ne me donna plus d'autre choix que de rester la semaine entière. Il « m'autorisa » à passer un appel au lycée pour prévenir de mon absence pour maladie. Au final, une semaine ne suffit pas et nous prolongeâmes encore ces

« vacances » de quatre jours. En un sens, mieux valait rester loin de Noah... Je n'avais pas eu le droit à la parole : « Tu restes ! », fin du dialogue. J'étais séquestrée, consciente de vivre un enfer qui se prolongeait et n'osant imaginer un retour. À force de négociations, j'eus l'autorisation d'appeler mes parents.

« ... Je suis à Saint-Tropez avec Michael. Tout se passe bien, il fait très beau. On lézarde, c'est les vacances. »

Les vacances en enfer... J'avais eu mon père. Il était si choqué qu'il en resta silencieux. Lucifer était à moitié entré dans la cabine téléphonique pour surveiller mes dires et mes éventuels appels à l'aide. Toute la petite famille était tombée malade pendant ma disparition... Moi, j'avais un pied dans la tombe et j'aurais aimé m'évaporer.

J'étais effondrée sur le fauteuil, je me sentais partir. Mon souffle était si infime qu'il ne parvenait plus à soulever ma poitrine compressée. Le moindre effort était surhumain. Les paupières levées, je ne distinguais plus les éléments. Un filtre opaque et mouvant se promenait, obstruant ma vision. Je fanais en silence devant Ludo qui jouait de la guitare. Seules ses cordes donnaient une note vivante à ces terribles journées. Michael s'agitait aux fourneaux. Lucifer était en veille... Mes sens s'envolaient. Je tentais de me rendre insensible. Au toucher : une caresse qui devenait plus cruelle qu'une gifle. À l'ouïe : entendais-je « ange » ou « pute », « je t'aime » ou « tu me dégoûtes » ? Au goût : le sperme me révulsait, même le chocolat n'avait plus de saveur. À la vue : les regards amoureux devinrent la plus affreuse des invitations perverses. À l'odorat : l'odeur de soleil sur sa peau me rappelait qu'il était près de moi...

Lunatisme absurde, Michael nous préparait de bons petits plats dont j'étais incapable d'avaler la moindre bouchée sans me forcer. Mais il fallait... ne serait-ce qu'un peu. J'avais énormément maigri d'une diète traumatique. Je ne sentais plus mon ventre ni ses grognements. Six kilos perdus en une semaine, je n'en avais pas demandé tant. J'avais en quelque sorte incorporé le message de haine en moi : mal de ventre, anorexie, insomnie, vertige... Si on avait pris ma tension, je pense que j'aurais été hospitalisée sur-le-champ.

Je vécus les derniers jours de ces vacances dans une impression de chaos absolu. Au sommet de la folie, je me déconnectais émotionnellement... Mon cerveau n'affichait plus rien, mes yeux portaient un masque et mes oreilles avaient mis le volume au maximum. Quant à mon cœur, il n'avait plus le courage de supporter quoique ce soit de plus... Comme dans une expérience extracorporelle, je me délocalisais très loin de cette réalité folle, mais si palpable.

Quelquefois, après des moments « plus ou moins normaux », allongés dans cette étroite chambre de bungalow, il me poussait avec ses pieds jusqu'à me faire tomber par terre. Je n'osais bouger, au sol et à poil, alors qu'il m'épiait du haut du lit pour me rabaisser encore davantage. Même un chien ne mérite pas ce genre de traitement. Autre traitement bien particulier : ces maudites « douches purificatrices » dans l'optique de me laver de l'empreinte de l'homme de la trahison, et de retrouver un semblant de pureté. Elles se faisaient tantôt sous surveillance, tantôt seule. C'était lui qui décidait. Seule, je faisais aller et venir le pommeau de douche, complètement effondrée, assise à même le bac. Il m'arrivait aussi de me laver à n'en plus finir pour me purifier de lui, de Lucifer. Ça, il ne l'a jamais su, mais c'était bien à lui et à son sperme dégueulasse que je pensais haineusement lors de ces moments. Sous son regard glacial, un sourire malicieux en coin, il vérifiait si j'insistais correctement sur certaines parties bien ciblées. Mon visage était rouge d'humiliation, de chagrin et de cette haine que faisait remonter le sang dans mes veines. Une fois, alors que je sortais de la douche, totalement écœurée par ses exigences démoniaques et par mon propre corps, il me fit me déshabiller à nouveau pour recommencer. Sans doute estimait-il que cette punition n'avait pas assez duré ? Une autre fois, revenue dans la chambre, il avait exigé que je me plie à ses exigences coquines…

Mourir ? Oui, c'était une idée qui m'avait traversé l'esprit. Qu'il me donne la mort ou que j'en finisse avec la vie. J'avais, heureusement, une famille que j'aimais, des amis sur qui compter. Si Noah subissait quoi que ce soit à cause de mon entêtement à sauver quelqu'un que je désirais désormais voir mort, je ne m'en remettrais jamais. Comment pourrais-je me le pardonner ? Je rêvais de voir Lucifer enterré, je voulais qu'il souffre, qu'il souffre à vie d'une torture lente et de tous les instants.

Un mort ne peut plus souffrir, un vivant, oui ! C'est lui qui m'avait amenée à réfléchir ainsi. Devenais-je perverse ? Envers cet homme, c'était une sentence justifiée et non une perversion. La pourriture qu'il est le rongera, à chacun de ses échecs, à chacun de ses regrets et à chacune de ses déceptions méritées. Et surtout, qu'il continue à rester seul : il fallait que je reste vivante pour observer sa mort vivante…

L'heure du départ finit par arriver. Un crochet au supermarché le plus proche, rayon maquillage :

« Je ne viens pas avec toi. Pour qui on va me prendre ? »

Est-ce que cette question attendait une réponse ? Il m'accompagna tout de même et en profita pour glisser quelques provisions dans mon Caddie. Ludo, sur une autre galaxie, resta dans la voiture…

Nous prîmes la route sous un ciel sans nuages. Au fil des kilomètres qui me rapprochaient toujours davantage d'un potentiel carnage, ma tension montait. J'avais un mal de ventre terrible, des douleurs difficilement soutenables. Nous remontions le pays à vive allure et je ne savais pas du tout ce que sa folie me réservait. Le moteur devait ronronner sous une musique hurlante. Il avait équipé son coffre d'enceintes dernier cri, une fortune pour rien. Au moins, ce volume me permettait de rester muette et de n'avoir rien à entendre. Sa main glissait le long de ma cuisse, parfois il l'ôtait comme s'il se rendait compte de son erreur, puis la remontait plus haut…

Un avenir si proche… rien n'était sous contrôle. Rien n'était prévisible, tout dépendait de « l'état de son cerveau ». Moi, je ne maîtrisais rien. Une fois à destination, les foudres allaient-elles se déchaîner ? Sur qui ? D'ailleurs, quelle était notre destination ? Notre soi-disant nid d'amour, ou la maison d'un innocent ?

Je me souvenais :

« Ce n'est pas une menace, c'est une promesse. »

Je me souviendrai toujours :

« Ce n'est pas une menace, c'est une promesse. »

Il lui arrivait de m'embrasser – des baisers atroces. Répulsion. Je voulais cracher par la fenêtre, lui déraciner la langue, vomir dans sa bouche pour qu'il saisisse mon ressenti ! Il fallait rentrer, encore et encore, dans ce jeu dont il établissait seul les règles. Il m'épiait parfois d'un regard accusateur, si glacial que je bouillais d'inquiétude sans pouvoir exploser. J'aurais tant aimé en finir et, en même temps, ne jamais rentrer.

25

Après avoir déposé Ludo chez lui, nous nous retrouvâmes seuls pour un face-à-face explosif. Je regardai tout là-haut, vers le soleil, avant qu'il ne s'éteigne complètement.

Lucifer recommença à proférer ses insultes. J'étais captive, prisonnière d'un monstre que j'avais aimé. Il me répugnait, mais j'avais si peur que je devais me rabaisser plus bas que terre. Je ne répondais pas et me contentais de baisser la tête en signe de soumission face à des propos qui ne me surprenaient plus. Le Diable était déchaîné, sans limite. Où allait-il s'arrêter ? Le savait-il lui-même ? Le moteur hurlait sous une vitesse excessive. Les conducteurs s'écartaient à l'approche de ce véhicule en furie. Il m'ordonna, sous peine de s'en prendre à nouveau à moi, de lui indiquer le chemin pour aller chez Noah. Je ne pus que m'exécuter ; dans sa tête de taré, si je n'obéissais pas, c'est que je défendais cet homme, et cette idée pouvait l'orienter vers le meurtre. Mon meurtre et le sien ! Je serrai mes mains à plat l'une contre l'autre et me mis à prier.

Les gens heureux ont un compagnon de vie. Moi, j'avais un compagnon de mort ! J'étais horrifiée par ce qu'il était. Si on ressemble à ce que l'on fait : il est un monstre, je ne suis rien ! Je sentais qu'il était prêt à me tuer pour que je reste à lui… Au moindre faux pas !

Je culpabilisais, ma honte m'enterrait. Je priais encore pour ce charmant garçon qui m'avait réchauffé le cœur lorsque j'en avais besoin. Je devais le protéger, l'avertir, faire quelque chose, mais quoi ? Après avoir contourné un cimetière – comme si c'était fait exprès – nous arrivâmes à la « cible ». La rue était paisible. Il faisait nuit noire, sans le moindre réverbère. Personne aux alentours. Lucifer avait le feu dans le sang. Je n'osais défier son regard dément. D'ailleurs, j'étais passée au second plan : tout ce qui l'intéressait, c'était rétablir son honneur. Par malchance, Noah était là, complètement hypnotisé, le dos courbé sur son ordinateur. On voyait assez mal à travers sa fenêtre opaque, au premier étage. Si Lucifer avait eu une mitraillette, il serait mort !

« C'est lui ? Mais comment t'as fait pour aller avec ce… Regarde, il tchate avec une autre pute… Réponds. Avoue que tu t'es fait troncher par ce gars-là. Réponds ! »

Je laissai échapper un filet de voix. Il fallait une réponse sur-le-champ. Il brûlait. Il s'agissait, encore et toujours, de canaliser autant que possible cette folie meurtrière. En transe, il suait désormais à grosses gouttes. Il était un animal sauvage prêt à bondir sur sa proie. Noah semblait ne rien entendre, la musique et la fenêtre devaient certainement étouffer les hurlements de Lucifer. Il remonta dans sa voiture dans l'idée de faire demi-tour. Je n'étais plus qu'une chose, un objet sans vie qu'il gardait sous sa coupe.

Mon état de panique intérieur me rendait paradoxalement inapte à tout mouvement. Nous fîmes quelques mètres pour aller nous garer à proximité de la seule voiture blanche stationnée le long du trottoir ; le véhicule que « la voix du téléphone » avait décrit. Il rugissait encore et descendit de sa voiture, les clés à la main.

Noah avait fini par entendre des cris au dehors et s'était approché de la fenêtre. Michael lui ordonna de descendre pour « régler ses comptes », l'assurant que « d'une façon ou d'une autre », il lui « ferait la peau ». Soudain, à l'aide de ses clés, il raya entièrement la carrosserie de la voiture blanche sous l'œil stupéfait de Noah, qui ouvrit sa fenêtre pour mieux cerner ce vacarme, ne comprenant pas ce qui se passait. Il faut bien dire que ce n'est pas tous les jours qu'on observe pareil éclat de folie. Lui qui était si cool et tranquille…

Le Diable égrenait ses insultes et ses menaces :

« Regarde bien cette salope, c'est à cause d'elle, tout ça. »

« C'est sa faute et toi, tu vas payer, je te le promets. Tes jours sont comptés. Fais gaffe, je reviendrai. »

« Ouais, regarde-la bien, cette putain… »

Quand il m'injuriait, j'en étais malade physiquement et je saignais psychologiquement. Transcrire ces maudites paroles me terrifie une fois de plus. Comment ai-je pu croire cet homme ? Et pourtant, c'est la réalité des faits. Rien de plus. Rien de moins.

Nous repartîmes à fond de train vers « notre » appartement, l'antre de la bête... Là, il m'obligea à prendre ma voiture. Me sauver maintenant était impossible : il aurait vite fait de me rattraper et me faire basculer dans le premier fossé. Je restai transie de peur, incapable d'une quelconque initiative de fuite dont je craignais qu'elle ne me nuise encore davantage. Il me dit de passer devant ; il m'indiquerait par téléphone le chemin à suivre. Après plusieurs allées et venues dans le quartier, il m'ordonna de me garer le long d'un trottoir où il y avait deux places libres.

« Si le bougnoule te piste, il risque de s'en prendre aux voitures. »

Lucifer s'imaginait sans doute que tout le monde lui ressemblait... Il me fallut un peu de temps pour comprendre son intention, qui était de cacher nos véhicules au cas où Noah voudrait se venger. Nous rentrâmes à pied, à distance l'un de l'autre. De retour à l'appartement, quelques courriers et messages téléphoniques de copines inquiètes de mon absence m'attendaient – cela me mit un peu de baume au cœur. À ce moment précis, j'avais « envie » de larmes... En un instant, la haine disparut dans les yeux de Michael et son regard fut celui d'un enfant apeuré après une bêtise. Je le regardais, vide. Il ne devait rien lire dans mes yeux. Je n'avais pas le droit de me trahir. Mais cette transformation m'annonçait que j'allais devoir le réconforter et le soutenir... L'idée qu'il soit câlin me révulsait et me rassurait à la fois sur mon avenir proche.

Combien de fois ai-je fait référence à ses yeux, à son regard ? Jades ou lames noires ! Yeux d'enfant, amoureux, tristes, shootés, fous, j'avais appris à y lire comme dans un livre. Ses yeux resteront à jamais gravés dans mon esprit, telles des mitraillettes prêtes à anéantir. On dit que les yeux sont le miroir de l'âme, je crois plutôt qu'ils sont le miroir des pensées. L'âme est unique ; les pensées, elles, sont plurielles.

Il s'enferma dans la chambre « au mur frappé » après avoir pris soin de me montrer quelques larmes d'appel au secours. J'étais sur le canapé, avec Miou-Miou qui tournait autour de moi et miaulait timidement. Il était très maigre, lui aussi. J'attendis un peu et posai délicatement le pendentif dans « son » tiroir. Je « divorçais » en laissant mon alliance dans « ses » meubles. Il revint un bon quart d'heure plus tard :

« J'ai pensé à un scénario, avança-t-il, déterminé.

— Oui ?

— Ce gars va sûrement aller porter plainte chez les poulets. Deux possibilités : soit tu es avec moi, soit tu es contre moi. »

Ses mitraillettes ne m'offraient pas le choix.

« Je suis avec toi... B... Bien sûr.

— Alors, quand les flics te poseront des questions, il faut qu'on se mette d'accord sur une version, tous les deux... Dis que c'est un jaloux et qu'il a griffé sa caisse tout seul et qu'il m'accuse à tort. »

Il était convaincu de la pertinence de ses conneries.

« Et tu crois que ça marchera ? »

Vous allez me dire : encore une fois, encore un scénario... Oui...

Ce soir-là, ce fut la dernière fois qu'il mit ses sales pattes sur moi... Il s'endormit avec difficulté, se tortillant comme un lombric toutes les cinq minutes. De mon côté, je faisais semblant de dormir ; je lui tournais le dos dans l'idée de me libérer quelque peu de sa présence physique. Il m'horripilait, mais j'avais encore une nuit à passer à côté de lui, une nuit qui paraissait ne pas vouloir finir !

Le réveil sonna enfin. J'espérais si fort qu'il me laisse sortir. Il fallait user d'une malice perverse. Il fallait qu'il ait confiance en moi, qu'il ne se doute de rien. Je pris soin de me mettre un bandeau dans les cheveux afin de masquer mon oreille violacée, et un peu de maquillage sur les paupières. Il avait souvent souligné mon manque de goût et mes gamineries vestimentaires. Il n'avait pas compris leur « utilité ». J'avais pris l'habitude malheureuse d'avoir toujours un peu de « cache douleur » dans mon sac à main. Un dernier baiser et je me libérai de mes chaînes dans l'hypocrisie la plus totale. Je comptais me sauver une fois la porte franchie, mais il me fallait encore vomir un dernier : « Oui, je t'aime ! » avec cette lueur qui ferait qu'il ne pouvait douter de ma sincérité. Il me déclara sa flamme une ultime fois : « À tout à l'heure, ma femme. N'oublie pas que je suis ton homme. Appelle-moi pour me rassurer, je t'en supplie. Ça va être très long d'attendre ton retour. Et... ne te fais pas monter la tête par tes parents. Promets-le-moi... »

Je passai la porte et tout alla très vite. Je descendis

les escaliers quatre à quatre, courus jusqu'à ma voiture cachée trois rues plus loin... Encore quelques mètres... Encore quelques pas... Pied sur l'accélérateur, musique à fond... Ouf ! Peu après, j'étais aux portes du lycée. La captive était en liberté ! Je devais être forte et ne pas montrer de signes de défaillance ou de désarroi sur mon lieu de travail. Rien ne devait transparaître.

Ma mère vint me remettre un document. Elle avait le regard plus sombre que la nuit. Si ses yeux ne pleuraient pas, c'est seulement parce que les larmes n'arrivaient plus à couler. Ses lèvres étaient pincées par l'amertume et sa silhouette trahissait une indéniable perte de poids. Mon père m'observait de loin mais préféra ne pas m'aborder. Il était aigri, en colère et si inquiet ! Les élèves remuaient dans les couloirs. Les heures s'écoulèrent et j'étais toujours en état de choc, tel un pantin qui avançait, sans réaction, sans émotion.

En fin de matinée, je fus convoquée dans le bureau du proviseur. Sans argument ni défense valables pour justifier mon absence, je ne pus que me résoudre à entendre son discours : il était contraint de signaler un abandon de poste et de me renvoyer pour faute professionnelle. Au revoir, lycée refuge, au revoir, élèves appréciés, au revoir, revenus financiers : un autre échec, une énième faute... Presque soudainement, je fondis en larmes comme quelqu'un sortirait d'un état hypnotique ou d'un coma. Devant ma réaction et mes plates excuses, le proviseur m'accorda une seconde chance : j'étais en sursis. Je l'en remerciai grandement et m'engageai à assumer mes responsabilités.

L'après-midi, plus le temps me rapprochait de la dernière sonnerie, plus j'angoissais.

« Allô, maman ? J'ai besoin... »

Au moins, ces vacances auront eu le mérite et la puissance ultime d'ensevelir le doute, d'enterrer l'espoir. La violence avait atteint son paroxysme, j'avais touché le fond. Après, c'était la tombe ! En un sens, j'en avais eu besoin. Mon naufrage était devenu trop long. J'étais en vie mais, d'une certaine manière, j'étais morte une fois. Je crois savoir ce qu'il y a de pire que la peur de lui, c'est la peur de la mort, l'angoisse insupportable qu'il aille jusque-là. Je pense avoir touché la peur extrême, la peur que celui qui est censé vous protéger vous assassine. J'ai longtemps eu du mal à employer ce terme mais, avec du recul, je pense qu'il est approprié. Surtout qu'il l'avait lui-même employé à maintes reprises pour qualifier ce qu'il avait l'intention de faire à ce garçon qui m'avait offert la chaleur de ses bras dans des moments de solitude et de douleur cachée. Meurtre, assassinat, homicide, crime, je ne connais pas les différences entre ces termes, mais je les associe dorénavant à ce personnage que j'ai tellement aimé et admiré. Quelle erreur !

Ma mère n'avait pas choisi mon retour auprès de ce « fou ». J'avais pris seule cette décision irresponsable : c'était à moi de l'assumer, mais je ne pouvais me sauver seule. Alternant confessions et omissions protectrices, je lui dis que j'avais besoin de rentrer à la maison familiale pour m'y réfugier. Me voir suffisait à comprendre mon état de détresse et les séquelles traumatiques de ces « vacances ». J'eus l'autorisation exceptionnelle de quitter le lycée quinze minutes avant l'heure au cas où... La maison, enfin ! Maman était devant moi, éteinte mais consciente que j'étais en vie. Elle n'arrêtait pas de me regarder pour se rassurer. Papa m'embrassa. Il avait souffert d'une attente interminable et pesante. Peur que sa petite fille ne revienne plus jamais... J'avais disparu... j'étais disparue... Eux aussi étaient traumatisés. Il eut besoin de sortir de ses gonds et de me dire à quel point ce fut terrible. Je l'écoutai mais, en état de choc persistant, je finis par m'écrouler dans les bras de ma mère. Je me vidai de ces larmes retenues depuis des jours et simultanément, je versai des larmes de joie d'être de retour chez moi. Je ne tenais plus sur mes jambes. Ma mère me serra très fort contre elle. Quel bien-être de ressentir cela !

Comment l'exiler de mon corps ? Je voulais l'expulser de mes entrailles. Je voulais accoucher de lui pour qu'il ne puisse plus y entrer. C'était physique ! J'avais tellement été son pantin que je me sentais robot, machine, objet... De toute façon, il avait fallu que je fasse totalement abstraction de ma personne physique pour ne plus flancher face à sa brutalité.

Oui, je voulais qu'il sorte de ma vie. J'étais passée de l'amour extrême à la haine, et ce sentiment m'interdisait toute idée de retour. Ouf ! Je pensais que je serais libérée de son emprise lorsque j'atteindrais l'indifférence, autrement dit l'absence de sentiment. Là, j'aurais gagné mon combat mais c'était loin d'être le cas. Cette expérience restera à tout jamais incrustée dans mon être. J'espère seulement que le temps passera comme les souvenirs. Qu'ils auront un air de vieux, de fou et de moche. Dès ce retour à la vie, je ne voulais plus savoir ce qu'il advenait de lui, ce qu'il faisait ou ne faisait pas, ce qu'il pensait, comment il gérait sa vie. Il devait mourir dans ma tête et je devais mourir dans la sienne.

Après une nuit mouvementée et sous somnifères, il me fallut bien me lever et assumer mes engagements. La vie ne s'était pas arrêté – et heureusement ! Au lycée, mes supérieurs hiérarchiques gardaient un œil sur moi. Les élèves affluaient. La journée se déroula plus ou moins normalement, si on considère que la vie peut être normale après ça. Mes collègues me soutenaient à leur façon. Un regard pour leur faire comprendre ma volonté de ne pas m'appesantir sur le motif de mes absences inexpliquées... J'appris plus tard que Lucifer avait inondé l'établissement de coups de téléphone toute la journée et que la secrétaire, conformément aux ordres qu'elle avait reçus, ne m'avait transmis aucun de ses appels. Par ailleurs, le proviseur adjoint l'avait prévenu que son acharnement frisait le harcèlement professionnel et qu'il obstruait intentionnellement l'accès à un service public de l'Éducation nationale. En conséquence, s'il s'amusait à persévérer dans cette démarche, il serait contraint de le signaler aux autorités compétentes.

Comme prévu dans mon emploi du temps, je finis avec une heure d'avance ce vendredi-là. J'avais demandé à ma mère de venir me chercher, car j'avais beaucoup de mal à rester seule. Je sortis de l'établissement et me dirigeai vers le parking. Soudain, Lucifer surgit d'entre deux voitures, manifestement désireux d'un échange. Comment faisait-il pour oser encore se montrer ? Tremblante, consciente de la présence de quelques élèves, je tournai les talons et demandai qu'on m'ouvre la porte principale. Je ne voulais pas d'esclandre devant la grille du lycée… Je me réfugiai dans le couloir sous le regard inquiet du personnel de direction et de quelques employés qui ne comprenaient pas grand-chose à ce qui se passait. Lucifer gravitait avec nervosité autour de ma mère, qui garda son calme et prit à son tour le chemin du lycée. C'était clair, elle n'avait rien à lui dire ! C'était clair aussi, je n'avais plus rien à entendre. Elle entra, il resta dehors. Cette impasse et l'impossible discussion annonçaient une nouvelle crise. Sa colère montait et sa gestuelle me faisait craindre une explosion d'hystérie. Il tambourina la porte en criant mon prénom et son amour.

« Je t'aime. Je te faisais confiance… tu es encore partie ! »

Je ne le regardai qu'un bref instant pour lui adresser un regard que, j'espère, il n'oubliera jamais. Un œil noir rempli de haine et un magnifique « doigt d'honneur » pour symboliser toutes les insultes que j'aurais aimé lui cracher au visage. Ce geste ne me ressemblait pas du tout. Il me retourna un regard affolé et triste. Des larmes perlaient sur son front, il tremblait comme une feuille morte. Comme moi, ses jambes ne le tenaient que difficilement. Ma mère et moi préférâmes sortir par une porte réservée à l'administration et nous rendre chez ma grand-mère, au cas où…

Les heures s'écoulèrent... les jours passèrent. Il me semble avoir écrit cela souvent. C'est mettre en avant ma grande passivité face aux événements. Un vrai légume qui n'avait plus que sa consistance physique pour dire qu'il était en vie. À l'intérieur, c'était un trou béant. Ce temps qui passait devait me révéler les limites de sa folie... Il aurait été capable de me tuer et de se donner la mort juste après, pour que l'on monte ensemble au ciel et qu'on se redonne une chance. Je me barricadais dans ma chambre, j'osais à peine sortir, je m'enfermais dans la voiture, je me retournais sans cesse... Toujours aux aguets, je me murais après avoir été séquestrée et son fantôme me poursuivait. Est-ce que je devenais paranoïaque ? Qu'est-ce que je ferais s'il m'attendait au coin d'une rue ? Est-ce que je lui obéirais ? Est-ce que je me sauverais en courant ? Un pantin terrifié... J'avais tout essayé et tout risqué ! Et puis j'avais peur, si peur pour Noah... J'avais tant de fois imaginé un assassinat, une torture « à cause de moi ». Oui, la culpabilisation me sautait au visage comme une évidence. Je doutais encore. Les minutes étaient longues. Je n'en pouvais plus.

Sa version des faits était bien entendu très différente de la mienne. Quelque temps après, Audrey me montra des courriels que Michael lui avait envoyés à ce moment-là, et dans lesquels il décrivait à sa manière tout ce qui s'était passé ces derniers mois. À sa manière : à l'en croire, je lui avais fait payer longuement le fait d'avoir levé une fois, une seule fois, la main sur moi. J'avais joué avec lui, je l'avais fait passer pour un monstre, mais c'était moi, l'hystérique. Celle qui l'avait trompé et manipulé.

Le vécu n'est jamais le vécu. Il ne peut être que ce dont on se souvient et la manière dont on s'en souvient. Ce filtre s'appelle la subjectivation, mais avions-nous vécu la même histoire ? C'est à se le demander ! Je sais que tout est question d'interprétation, mais à ce point… Pour quelqu'un avec qui je voulais construire une vie, il ne m'aura proposé que la mort. Pour l'homme qui me faisait exister, il m'aura bien tuée. Que se serait-il passé si j'étais restée une heure de plus ? Un mois ? Un an ou une vie dans cette décadence exponentielle ? Peut-être qu'il ne se serait rien passé, peut-être que je serais sous terre, là où il ne peut plus rien se passer.

Mon compte bancaire l'accusa d'un délit nouveau : le vol. Ne croyait-il pas m'avoir assez volée ? J'étais étonnée car je n'avais même pas remarqué qu'il m'avait usurpé ma carte bancaire. Enfin, je n'étais plus à ça près : 200 euros. L'attaque au portefeuille semble bien fade face « au reste ». Mon père l'appela pour tenter de récupérer mes vêtements, au moins ça, mais sans succès. Deux jours après, 2 h 34 :

« Les vêtements sont dehors. »

Et Lucifer raccrocha. J'accourus vers le portail : trois gros sacs-poubelles noirs à moitié fermés, voilà le bien maigre retour matériel qu'il consentit à me faire. En les ouvrant, je constatai qu'il en manquait une grosse partie. Les achats récents ou préférés avaient disparu, sans oublier toute ma lingerie fine et mes hauts festifs, bien entendu !

Ma maison ne brûla pas. Il ne me kidnappa pas. Mes parents se rétablissaient peu à peu, me serrant dans leurs bras réconfortants. Mes amis m'entouraient, comme toujours. Mes obligations professionnelles m'occupaient. Pas de meurtre à l'horizon... seul demeurait mon meurtre psychologique ! Sous les coups, quelles blessures ? Quel espace occupait la partie immergée de l'iceberg ? Les cicatrices n'étaient pas toutes visibles... Je n'osais pas regarder la rubrique nécrologique de peur de le voir apparaître, un jour ou l'autre, dans la rubrique « Faits divers » après un accident de voiture, un acte suicidaire, une bagarre qui aurait mal tourné...

Je n'étais désormais plus sous sa coupe directe, c'était déjà ça. Je respirais mieux et cette boule au ventre commençait à rétrécir. C'était loin d'être joué pour autant. J'étais toujours à l'affût ! Hyper-vigilance, hyper-émotivité, hyper-sensibilité, hyper-tout ! Il était encore si présent dans les failles de ma sombre existence. J'avais encore du chemin à parcourir pour ne plus me barricader, faire des cauchemars et retrouver une sérénité de vie et d'esprit. Il fallait aussi que je me réapproprie mon corps et ma sexualité. Cette histoire avait tué ma libido. J'avais besoin de ce long manteau noir qui me réchauffait et me couvrait en même temps. Impossible de retirer mes gants, je cachais mes mains. Sans doute avais-je trop caressé le Diable. Je ne pouvais supporter cette vie qu'en espérant en sortir.

26

Un élan de courage et j'appelai Noah. Je ne savais pas quoi lui dire ni ce qu'il pensait de moi, mais je lui devais au moins cette prise de contact. La conversation ne fut pas facile mais au fil des échanges, nous trouvâmes un terrain d'entente.

« Franchement, je suis désolée. Je ne sais pas trop quoi te dire ni quelles sont tes intentions. J'ai fait la plus grosse connerie de ma vie… et voilà, maintenant ta voiture est… Pardon, sincèrement pardon. Tu dois me… »

Mes mots n'étaient pas clairs, mes idées se mélangeaient. J'étais plus que confuse.

« Et toi, tu vas bien ? Mais pourquoi t'es repartie avec lui après ce que tu m'avais dit ? Je ne comprends pas…

— Heu…

— Surtout que ce n'est pas ma voiture. C'est celle de mon grand-père… » m'avoua-t-il, décontracté.

Grand silence. Je baissai la tête.

« Et pourquoi tu lui as montré où j'habitais ? »

Sa question n'était pas agressive, il voulait simplement comprendre.

« Je te jure que j'avais pas le choix. C'est difficile à expliquer… c'était la voiture ou ma tête…

— Bon, calme-toi... L'essentiel, c'est que tu ailles mieux. Franchement, j'ai rien compris au délire et ce n'est que le lendemain que j'ai vu l'état de la voiture. J'étais fou, mais je ne t'en veux pas à toi. Je ne comprends pas, mais ce n'est pas toi la folle. J'ai jamais vu ça... Quand j'y repense ! Il est complètement taré, ce gars-là ! Comment tu as pu aimer un gars comme ça ! Je n'ai vraiment rien à voir avec lui... Et il hurle, j'ai jamais entendu ça... Hallucinant ! »

J'aurais aimé que tout cela n'ait été qu'hallucination. Il fit preuve d'écoute, d'empathie et de compassion.

« Pour les réparations, il faut qu'il paie, lui dis-je.

— Ben, qu'est-ce que tu veux faire ? Il n'y a rien à faire...

— Si ! Porter plainte. Et moi, je me porte témoin.

— Tu sais, les flics, j'y crois pas vraiment.

— Tu portes plainte pour dégradation et j'enchaîne avec mon affaire. T'inquiète, il faut relier les deux dossiers. Je veux qu'il te dédommage, ce fou ! »

La conversation prit un tour presque burlesque. En tout état de cause et à mon grand plaisir, je pouvais compter sur lui. Cet homme était bel et bien à l'opposé de Michael et de Lucifer. Rendez-vous fut pris pour le lendemain devant le commissariat, à 10 heures.

Noah avait le sens de l'empathie, il n'y avait pas de doute là-dessus. Enfin une chose dont je ne doutais pas !

C'était un garçon vif, compréhensif et si humain. Il était doté de raison. Ce doit être une qualité rarement mentionnée pour décrire quelqu'un, sauf quand on a touché la folie de si près.

J'arrivai en avance, Noah en retard. Un bruit de moteur et je l'aperçus au loin. Je pris ma respiration à deux fois, soufflai un bon coup comme un coureur avant d'entamer une course décisive. Je le regardai, gênée mais tellement heureuse de pouvoir le serrer contre moi. C'était le seul homme qui pouvait me toucher. Je fus soulagée de le voir sourire. J'avais eu tellement peur pour lui ! La standardiste nous demanda de patienter. Nous bavardâmes de tout et de rien ; surtout pas de cette histoire irréelle… et pourtant si réelle ! Il avait le don de la répartie et de la dérision. Humour aidant, je parvins à m'évader quelque peu, malgré tout le poids de ce lieu. Ce fut un bien-être énorme.

Un uniforme blanc de capitaine de police, quelques médailles sur les épaules : c'était l'heure. Nous prîmes place dans un étroit bureau qui dégorgeait de dossiers mal rangés. Le policier me demanda le motif de notre présence conjointe. L'entretien dura près de deux heures. Les détails ? Je ne pus pas tout révéler. C'est moi que l'on aurait traitée de folle ! Pas de preuve du calvaire psychologique ! J'étais dans un commissariat, pas dans un cabinet psychiatrique ! Toutefois, vol, violences conjugales, menaces de mort, harcèlement constituèrent les chefs d'accusation retenus contre lui. Je sortis délestée du commissariat. Je voulais lui faire cracher l'argent escroqué… C'était bien la seule chose qu'il pouvait me rendre ! Je voulais qu'il soit reconnu coupable, qu'il soit fiché pour une prochaine victime à venir, que justice soit faite. À moi de monter le dossier d'accusation et d'accumuler les preuves. Inutile de préciser qu'elles étaient assez nombreuses et simples à recueillir : témoignages, relevés téléphoniques, justificatifs de suivi au SAVU, courriels, certificats médicaux et anciennes mains courantes…

Comment se comporter lorsque vous n'avez plus d'autre choix que de porter plainte, de mener un homme au tribunal pour que la justice vous protège ? Je sais d'où je reviens : je suis une miraculée. J'ai longtemps hésité à porter plainte. À votre avis, vaut-il mieux se faire aimer par le Diable ou s'en faire haïr ? Étant donné ce qu'il avait été capable de faire en hurlant « ma femme », que manigancerait-il en criant « ma pire ennemie » ? J'avais peur d'envenimer les choses en portant tout cela sur la place publique. Quand je repense à ces années de ma vie, je suis heureuse de m'en être sortie et je suis profondément malheureuse d'avoir subi cela…

J'espérais ne pas être déçue. J'étais en colère et bien décidée à me battre… non, à gagner ! Je ne pensais qu'à ma « bataille » et cela me permettait de ne plus être une proie.

Tous les criminels ne sont pas en prison. Tous les fous ne sont pas à l'asile. Lesquels sont les plus dangereux ? Il perdra, j'en fais la promesse… Il le faut absolument !

Le lendemain, je passais ma soutenance. La nuit fut longue, car sans sommeil, comme souvent. Impossible de relire mon mémoire alors que j'en aurais eu rudement besoin. Fragilisée et harassée, je m'effondrai de sommeil au matin. Ma mère vint me réveiller vers midi. L'épreuve avait lieu deux heures plus tard. Crayon à la main, je notai quelques idées pêle-mêle pour ma présentation orale. J'avalai un déjeuner sur le pouce et montai en voiture. Mon père m'accompagna – tellement stressé qu'on aurait dit que c'était lui qui passait l'examen ! Il espérait tant pour sa fille chérie... Toutes ces péripéties l'avaient marqué. Il m'encouragea et me transmit sa force par sa présence et son attention particulièrement touchantes.

Malgré les circonstances calamiteuses de la rédaction de mon mémoire et de sa soutenance, je m'en sortis avec une mention « bien » et une invitation à continuer dans le domaine de la recherche en école doctorale. J'étais fière de cette réussite – je n'avais passé qu'un mois et un jour sur ce travail d'une année... Il fallait bien que je trouve de la fierté quelque part !

Michael fut convoqué au commissariat le 27 octobre. En passant discrètement devant l'immeuble, j'aperçus sa voiture. Je ne saurais dire ce que je ressentis... Devais-je en rire, en sourire, en pleurer ? Non, j'avais vu sa voiture, point. Cela marquait la fin... la fin ! Je repassai le lendemain : elle était toujours à la même place. Était-ce bon signe ? Combien de temps allait durer cette attente ? Pour une fois, nos chemins se séparaient vraiment.

Désormais, c'était moi qui dominais, moi qui établissais les règles, moi qui lui donnais le rôle de « coupable ». Il resta deux jours en garde à vue. Que représentent ces quarante-huit heures comparées à une semaine entière de séquestration, aux humiliations, aux souffrances physiques et psychologiques que j'ai vécues ?

On m'a plusieurs fois affirmé que je devais être fière d'avoir porté plainte. Le terme n'est pas approprié. On peut être fière de se marier ou de donner la vie, mais certainement pas de porter plainte. Ça ne doit pas arriver dans une existence paisible. Ça m'est arrivé… tragiquement.

Un coup de fil du commissariat m'apprit qu'il avait tout avoué, excepté les menaces de mort. Je n'en saurai pas davantage. La convocation au tribunal correctionnel était prévue le 6 février, un peu plus de trois mois plus tard. J'avais la possibilité de m'y présenter ou non : je décidai d'y aller. Je n'avais plus à avoir peur ni à fuir. Je voulais le voir dominé, écrasé et jugé. Il était enfin en situation d'infériorité face à moi.

Je n'étais pas devenue quelqu'un de méchant ou de rancunier, loin s'en faut, mais je savais faire la part des choses. C'était à moi de tirer des leçons de cette « expérience de vie et de mort ». Soit elle me rendait plus forte et je me reconstruisais au-delà de ce détestable passé, soit elle continuait à me poursuivre et à m'affaiblir. J'ai choisi la première voie, celle de la vie et de l'espoir. Oui, j'avais un futur, un avenir, un bel avenir. Lucifer ne serait plus jamais là !

Lundi matin, 10 h 30. J'ai rendez-vous avec Cécile, ma psychologue du SAVU. Je ne veux plus y aller, je ne veux plus être une femme battue. J'annule, c'est terminé... Je rejette totalement ce qui s'est passé. Je décide de sortir de ce lieu, de refermer cette porte symbolique. « Aide aux victimes, bonjour » : je déteste vraiment cette phrase d'accueil parce qu'elle est une vérité ! Deux jours après, je rappelle. Il me faut un rendez-vous en toute urgence. Vite, j'ai une crise. Ma tête va exploser. Il faut que je parle, que je dise, qu'elle m'écoute. J'ai encore besoin de ce centre d'aide parce que j'ai encore besoin d'expulser des choses.

Une oreille professionnelle est plus appropriée qu'une écoute familiale ou amicale. Quelle personne peut soutenir ce que j'ai subi ? Et à quoi cela servirait-il ? Mon entourage ne peut rien faire pour moi et je refuse qu'il porte sur ses épaules (déjà bien mises à contribution) ces confessions sordides. Je dois tout garder pour moi car je ferais souffrir ceux qui m'aiment sans pour autant m'apaiser. Avec eux, je veux vivre simplement, normalement. Retrouver cette normalité que j'ai oubliée.

Je revis mon amie de toujours, Audrey. Après trois ans au Mexique, elle revenait quelques jours en France avant de repartir pour sa nouvelle destination : Barcelone. Elle n'avait vraiment pas changé, toujours le même dynamisme et la même soif de vivre ! Ma première réaction fut d'être heureuse pour elle, la seconde de me dire que j'avais vraiment raté des années importantes de ma vie. Quatre années de la vingtaine à tout jamais perdues... Quel âge avais-je ? 20 ans, pour ces quatre années que j'aurais aimé oublier ; 24 ans, pour la vérité biologique ; ou bien plus encore, car mon expérience m'avait fait vieillir.

Oublier le temps, récupérer le temps, profiter du temps... Tout est fantaisie puisque le temps passe, tout simplement. Il n'appartient à personne ! Pour connaître la valeur d'un an, questionne l'enfant qui attend son prochain cadeau de Noël. Pour connaître la valeur d'un mois, interroge un malade en soins palliatifs. Celle d'une journée, réfère-toi au prochain lever du soleil sur cette plage. Celle d'une heure, regarde cet amoureux transi qui attend le train qui lui ramène sa bien-aimée. Celle d'une minute, lis la plus belle des poésies. Celle d'une seconde, imagine ce qui motive une nageuse à battre son record. Celle d'une microseconde, mesure le nombre de kilomètres que parcourt la lumière dans ce laps de temps... Qu'est-ce que le temps ? Ce que je sais, c'est qu'il est important, qu'il a de la valeur, et que je n'ai fait qu'en perdre.

J'avais une boule dans la gorge et une envie de vomir incroyable. Je voulais dénouer ce nœud, mais il était bloqué. J'appelai Charlotte, mais elle ne travaillait pas ce jour-là. Alors je sautai sur le clavier : peut-être ma crise passerait-elle avec l'écriture. Certains me disaient : « Arrête, c'est fini tout ça ! Tu n'en as pas marre d'être triste ? », comme si je récoltais ce que j'avais semé, sans rien comprendre à la manipulation souterraine, à l'effacement de ma personne et aux multiples souvenirs atroces.

« Si tu veux, tu peux. » Quelle phrase terrible pour quelqu'un qui peine à relever la tête ! Ce conseil se révèle une véritable agression. Comme si c'était facile, comme si ce n'était qu'une question de volonté. Ligature psychologique... pas de moyens de défense, pas de réaction. Je crois que les pauvres victimes sont considérées comme faibles. Je conçois fort bien cette position. J'adoptais la même avant de connaître ce sort.

Un ingénieur en informatique passa à la maison pour nettoyer mon PC de certains virus. Il m'annonça que quelqu'un avait installé des « espions » pour connaître toutes les opérations réalisées sur cette machine : les documents privés, les boîtes de messagerie, les relevés de compte, les recherches Internet... « Je n'ai jamais vu pareille arnaque ! » m'avoua-t-il, étonné et presque content de sortir de sa routine. L'ordinateur avait été mis sous surveillance environ quatre ans plus tôt. Il ne fit aucun doute pour moi qu'il s'agissait là de l'œuvre de Lucifer.

J'appris aussi que la première main courante contre lui remontait à son adolescence... Lucifer était dans ses veines dès le collège. Dès qu'il sentait qu'il ne régnait pas en roi suprême, il cognait. C'était apparemment son mode de communication depuis toujours.

À quelqu'un qui est menteur, on dira qu'il est mythomane. À quelqu'un qui est violent, on trouvera des raisons (séquelles de l'enfance, stress, manque de contrôle...) suggérant qu'il n'y peut rien, le pauvre ! Déresponsabiliser, c'est permettre de continuer. Une boucle sans solution. C'est une erreur que j'ai commise, moi aussi.

J'avais des nouvelles de lui : il « s'amusait » à m'envoyer des messages instantanés sous des pseudos bidon. Tantôt, c'était le méchant : « C'est moi, ton niqueur. » Tantôt, c'était le gentil : « Reviens, ma belle. » Je ne répondais pas, mais enregistrais ces contacts imaginaires dans le but d'accumuler de nouvelles preuves de ses immixtions dans ma vie privée et de son illégalité.

D'un point de vue professionnel, je fus promue. Dorénavant, j'avais un temps complet, 35 heures, transformées en 40 heures pour récupérer mes absences. Cet emploi du temps bien chargé me permettait d'être active. À la maison, ça continuait d'aller bien et je demandais sans cesse des câlins à ma mère. J'en avais besoin. D'un sourire, d'une caresse ou d'une parole, elle me donnait le réconfort nécessaire et le courage d'assumer quelques jours difficiles. Mon père m'épaulait par des attentions multiples et une présence formidable. C'était mon garde du corps tout particulier. Il souhaita m'offrir un téléphone portable, mais il me fallait encore du temps pour assumer de me servir à nouveau de cet appareil au fil transparent. Je n'avais pas peur d'être tentée d'appeler Lucifer, mais je savais que lui pouvait chercher à me joindre, et je refusais d'entendre sa voix ou même de voir des appels en « numéro privé » s'afficher sur l'écran.

Il est vrai, une fois les choses passées, qu'on a du mal à comprendre comment on a pu les supporter. Je regrette tant de m'être autant investie dans cette relation. J'ai déifié le Diable, quelle erreur ! Je me répète sûrement, mais c'est une pilule difficile à avaler… Je suis passée par une porte rouge : couleur de l'amour, couleur de la blessure. Je regrette de lui avoir donné mon corps, mon cœur et ma confiance. Quel gâchis ! Je dois rebondir…

Je décidai de reprendre le kimono. Cela tombait bien, une section « avancée » avait ouvert ses portes près de chez moi. Ingrid m'y accompagna. Là-bas, je retrouvai d'anciens compétiteurs, du temps où je défiais mes adversaires sur le tatami dans le respect des règles et des principes qui régissent ce sport de combat. Certains de mes élèves devenus grands s'y entraînaient aussi et j'étais fière de leur avoir transmis la passion – que dis-je : le goût – de cet art martial. Les séances se déroulaient très bien. Je me retrouvais élève et c'est avec grande satisfaction que je revécus les sensations d'antan. Je ne pratiquais désormais plus que la technique. Je ne voulais plus d'adversaire, même en kimono, devant moi ! Je n'aurais pas supporté d'avoir à contrer un coup de poing dirigé vers mon visage, même dans ce contexte totalement différent.

Comme il était étrange et culpabilisant d'entendre des inconnus me dire qu'ils connaissaient mon nom ou mon palmarès ! Ils me disaient que j'avais tout gagné et que j'avais un sacré talent. Au lieu de prendre ça comme un compliment, j'avais mal. Dans ce sport, il y a un équilibre physique et psychologique entre les « adversaires », qui ne sont pas « ennemis » dans la vie. À la fin de chaque rencontre, ils se saluent, gagnant ou perdant. Il y a aussi un cadre, des règles, des principes et des sanctions en cas de manquement à la loi ou au respect d'autrui. Dans la violence conjugale, tout est fondé sur un déséquilibre physique et une profonde différence mentale. Le bourreau est un déséquilibré mental et, à ce titre, il ne respecte aucune règle, aucun droit. Il n'y a rien pour arrêter l'offense... pas même la défense ! L'agresseur n'est jamais sanctionné sur le coup, seul l'agressé l'est, sans aucun doute et sans raison.

« Tu peux retourner ton compagnon, si tu veux ! » : une plaisanterie au goût amer. Que les gens peuvent se tromper et froisser sans intention... Dans ce contexte, une simple boutade se révèle une véritable blessure.

Je voulus « me faire violence » en embrassant un autre. J'essayai, j'échouai. Il ne comprit rien. Je m'autorisai ces deux risibles minutes, mais j'avais un énorme blocage psychologique.

Mon gros problème, c'est que je n'ai aimé qu'une fois. J'ai donné mon corps et mon cœur à une seule personne. Un peu comme s'il n'y avait eu qu'un homme sur cette terre. Dix ans... ça représentait quand même le tiers de ma vie. Toute ma vie, si l'on considère que les premières pulsions amoureuses se manifestent à l'adolescence. Michael représentait tous mes liens avec l'amour, le reste n'avait été qu'amitié ou amusement.

Que l'on ne me parle plus d'amour, c'est un poison qui m'est interdit ! Je n'étais plus capable d'aimer, c'était trop tôt, je n'y arrivais pas. Je continuais à croire aux hommes gentils et à l'amour, mais pas pour tout de suite. Il me faudrait du temps pour retrouver ce flash. J'enviais certains couples d'amis sans les jalouser. La jalousie est une persécution, voilà bien une chose que j'avais apprise ! J'avais réussi à corriger le tir, il fallait maintenant continuer dans la voie de la liberté. Je n'assimilais plus le fait d'être célibataire au fait d'être seule. Cela m'apaisait.

Je me demandais tout de même si je serais capable de reprendre une relation « normale » avec un homme. Comment faire en sorte que mon passé ne rejaillisse pas sur ma relation future ? Comment me reprogrammer ? Est-ce que je saurais ? La frontière entre normalité et anormalité n'avait plus rien de clair. Adopterais-je un comportement sensé ? Où était la norme ? Cette norme que je rejetais adolescente et que j'appelais désormais de mes vœux… Je devais réapprendre.

Une vie normale, j'avais oublié ce que c'était ! Aller boire un pot entre copains, il fallait que je me réhabitue. Regarder simplement un homme, il fallait que j'ose. Tout ce qui m'était si naturel auparavant avait disparu. Ma vie était pathologique, normalité et anormalité s'étaient inversées.

27

Pour Orwell, « le pouvoir est de déchirer l'esprit humain en morceaux ». Je crois aujourd'hui qu'il y a plusieurs façons de se suicider, dont celle inconsciente d'entrer dans l'arène de la violence de couple : don complet et oubli total de sa propre personne. Lucifer a laissé des bouts de moi un peu partout. Je dois reconstituer ce qui n'est plus qu'une personne fractionnée, un miroir cassé, une flaque éclaboussée. Éparpillée, je suis en miettes. Avant de me reconstruire solidement, il faut que je me rassemble. Des mois se sont écoulés, mais il reste présent, tout le temps et partout. Je me sens encore sous sa coupe et ce, au-delà de son absence concrète ; un fantôme me guette. Une ombre me pourchasse, noirceur de mon passé dans mon présent. Je compare l'univers dans lequel il m'a enfermée à une espèce de secte. Il était mon gourou, un gourou d'autant plus difficile à fuir qu'il ne m'a pas été présenté de la sorte. J'ai vécu dans un monde déconnecté de la réalité car il n'y avait que lui, lui et moi, c'est tout. Il comptait plus que moi-même. Oui, j'ai bel et bien été détruite… Il faut que je réintègre mes valeurs de vie et ce n'est pas évident. Que je retrouve un sens et une valeur à mon existence.

On sait qu'il faut en finir et fermer la porte mais est-ce si simple ? Non ! Mon passé fait de moi quelqu'un d'unique et de particulier. Je ne ressemble plus à personne. Je voudrais me confondre dans la masse, être sur la page, mais je reste en marge, étrangère, différente de tous. Si les gens que je croise me perçoivent comme l'une des leurs, moi, lestée de mon passé, je me sens inconsistante, vide. Croyez-moi, j'aurais préféré être « dans le moule » ! Je ne tourne que des pages inutiles : celles imprégnées de taches hantent toujours mon esprit ; celles imbibées d'effroi me tourmentent toujours. Je parle de symptômes post-traumatiques, autrement dit de séquelles, et c'est le côté psychologique qui vacille le plus. Il pleut sans cesse et l'hiver ne veut pas partir : dépression. J'ai toujours autant besoin de Charlotte et de Cécile, mes deux psychologues particulières... Vouloir ranger ce lourd fardeau dans la boîte à souvenirs et à oublis n'est qu'une utopie de plus. Ce poids est si lourd et si volumineux qu'il n'entre dans aucune boîte. Il me faudra du temps, mais combien ?

Selon certains témoignages, ce fardeau se porte à bout de bras toute la vie. Galère ! Dix ans, vingt ans, trente ans... tout le reste d'une existence. Redevenir vierge du passé, nul ne le peut. Il restera pour toujours une trace indélébile... Une blessure refermée reste une blessure qui a été ouverte ! D'ailleurs, on continue de parler de mon « couple » qui n'existe plus au travers des poursuites judiciaires et des demandes de nouvelles...

Je me sens vivante, rayonnante et l'instant d'après, tout est sombre, réduit au néant. Volte-face : me revoilà ! J'ai fait le clown toute la journée et, pourtant, j'ai dû m'éloigner car je sentais ma tension monter. Je me suis isolée pour passer mes nerfs. J'ai fait une crise de spasmophilie dans les couloirs. J'ai senti la fièvre grimper, m'obligeant à me dévêtir au niveau de la gorge. Je me suis assise et j'ai attendu. Ce pus, qui est toujours dans ma trachée et que je dois digérer ou vomir... D'une façon ou d'une autre, il doit partir de moi. Refuge aux toilettes. Pourquoi ? J'avais pourtant décidé que pour cette journée, je m'interdisais de penser ! Fin de l'heure, la sonnerie retentit. Je prends mon courage à deux mains, me lève rapidement avant que les élèves ne sortent de classe. Et c'est reparti...

Qu'est-ce que je fais au juste ? Ah oui, je suis assistante d'éducation. Pionne, quoi ! Une ramasseuse de papiers ! Je m'ennuie, dans ce boulot. J'ai un bac+5 et je me retrouve à errer dans les couloirs à m'assurer que les murs ne vont pas soudainement s'effondrer. Le contact avec les adolescents me plaît, mais je n'entre pas dans les classes. On peut toujours considérer les événements sous deux angles. Peut-être suis-je plongée, moi aussi, dans un système binaire ? Hier je me satisfaisais de ce travail. Aujourd'hui il me fatigue.

L'heure du procès approche et rien ne va plus. J'ai cette boule qui grossit à fur et à mesure que le temps se rétrécit. C'est une boule de nerfs, de rage, de colère et de stress. Que va-t-il se passer ? Charlotte m'a expliqué la procédure et le déroulement d'une « affaire ». C'est impressionnant. Ce qui me gêne énormément, c'est que rien n'est à huis clos. Les délits mineurs sont jugés au tribunal correctionnel, pas aux assises. Trouvez-vous réellement que mon dossier soit mineur ? Autant de lignes pour parler d'un vol que de menaces de mort. J'aspire à ce que certains sévices soient autrement pris en considération qu'un petit retrait de deux cents euros. Plusieurs affaires seront jugées cette matinée-là. J'appréhende la présence d'un élève curieux ou indiscret qui se plairait sûrement à répandre la nouvelle :

« Eh, vous savez quoi ? La surveillante rousse, là, c'était une femme battue… »

Le 8 décembre. Un symbole : une date. Une date : un symbole. Anniversaire de notre union, premier anniversaire sans lui. Comment interpréter cette journée ? Un jour malheureux car non fêté ! Non : c'est l'anniversaire de ma libération. Que je suis heureuse que cet épisode ne soit qu'une tranche de vie. Certaines le vivent jusqu'à mourir…

Ce procès, c'est « mon » affaire ! J'ai bien conscience que je ne suis pas la seule concernée, mais j'en reste le malheureux maillon central. Mon entourage a été victime par procuration, mais je ne souhaite pas la présence de mes proches lors du procès. Je sais qu'ils seront présents par le cœur et cela suffit à me réconforter. Je leur ai dit sur un ton assez catégorique :

« Non, j'irai seule. Pas la peine d'épiloguer. Je n'ai pas envie d'en parler et je ne changerai pas d'avis, c'est comme ça !

— Mais pourquoi ? Tu n'as pas besoin de nous ? J'ai besoin, moi, d'y aller, d'assister ma fille ! Et tu nous rejettes… je ne comprends pas, enfin ! »

Ils sont aussi surpris que blessés. Je n'ai pas envie de m'étaler sur le sujet, ma décision est irréversible. Est-ce une erreur ? Ils perçoivent cette absence comme une mise à l'écart. Je comprends sincèrement leur besoin de m'apporter leur soutien mais, au-delà de leur amour, je refuse leur présence et leurs regards. Je ne veux pas être confrontée, une fois de plus, à des yeux tristes, haineux, compatissants ou solidaires… Ils m'en veulent énormément, mais je leur demande de saisir mon besoin de gérer seule cette sordide affaire. J'ai les rênes en main, je veux être une « grande fille » ! Personne ne peut se mettre à ma place. De plus, je pense que cette décision est une réponse à Lucifer qui m'a souvent reprochée d'être « sous leur influence ». Comme il l'avait écrit dans un mail, « c'est maman qui gagne jusqu'à ce que… ». Eh bien non ! C'est ma décision de le traîner devant le tribunal correctionnel et j'aurais même préféré les assises. La seule personne qui m'ait conduite à le haïr, c'est lui et lui seul ! Par cette non-présence, je souhaite qu'il saisisse bien que ce ne sont pas mes parents qui sont « responsables » de son procès. Je livre « ma » bataille et désire que justice soit faite. Et puis, je ne voudrais pas que mon père entende certaines choses, qu'il apprenne à quel point sa fille a été meurtrie. Mon père a assez de haine avec le « peu » qu'il sait et le « tout » qu'il soupçonne…

Très généreusement, mes deux psychologues préférées m'ont proposé de m'accompagner. J'ai accepté avec grand soulagement. J'ai tout de même besoin d'être épaulée... Charlotte et Cécile seront donc mes deux gardes du corps, le physique en moins, mais l'esprit professionnel en plus. Et Noah sera là aussi : merci beaucoup...

Ça y est. Tout s'accélère. Le procès a lieu dans moins de deux semaines. J'attends patiemment d'y être et, dans le même temps, j'en suis transie d'effroi. Être en sa compagnie une ultime fois... J'ai un premier rendez-vous avec mon avocat. J'en ai le souffle coupé... attendez que je respire... C'est un homme, et un homme que je ne connais pas. Je dois avoir confiance. Charlotte et Cécile m'ont assurée de ses compétences. Parlaient-elles de compétences purement professionnelles ? J'ai besoin de qualités humaines, pour pouvoir rendre compte à un parfait inconnu de ce lourd secret. En dehors du SAVU où j'ai su me livrer en pleine confiance, il m'est très pénible d'en parler. Je me suis épluchée. Un avocat : c'est quelqu'un que les victimes n'oublient pas, puisque leur combat dépend directement de lui. Je n'oublierai jamais son visage. Je prie pour qu'il soit à la hauteur de mes espoirs. Il a une bonne réputation, en tout cas, et c'est pour cela que je tenais à ce qu'il me représente... Si le système avait été autre, je me serais représentée moi-même ! Il n'y a que moi qui sache à quel point je suis ruinée, et qui mieux que moi pour peindre sa folie ?

« Je préfère que vous me lisiez... C'est impossible de vous dire... »

Je tends quelques feuilles à mon avocat. Je sens en moi bien trop de pression... J'attends, avec toujours cette boule qui gronde et qui me donne si mal au ventre.

« Il faut effacer tout ça, jeune fille. Recommencer une nouvelle vie... Courage ! »

Une nouvelle vie ? On n'a qu'une vie ! Je ne pourrai la reprendre, cette nouvelle vie, qu'en tuant celle-ci, à la fin de ce procès.

Mon dossier juridique est sous mes yeux, aussi volumineux qu'un annuaire téléphonique. J'ai lu sa déposition : rien ne m'a surprise. C'était bien fidèle à un esprit déchiré.

« Je ne sais pas combien de fois j'ai levé la main sur elle » : au moins, cet aveu nous fera gagner du temps.

« Ce n'est qu'un petit bout de hasch et deux speeds. C'est la deuxième fois que j'en prends » : cela veut-il dire qu'il s'est rendu au commissariat avec des substances illicites ? Quel débile ! Il n'est même plus apte à la réflexion ?

« Elle ne désirait qu'assouvir ses désirs sexuels, je ne voulais plus garder de relation avec cette fille » : il sera si enfantin d'évoquer les relevés téléphoniques !

Tout l'accuse et il ne sait même plus mentir correctement. L'avocat, sans plus de détails, me déclare que le casier judiciaire de Michael n'est pas vierge. Je n'en saurai pas plus ce jour-là. Parle-t-il de drogue, de violence conjugale ? Peut-être d'autre chose encore ? Ce n'est plus mon problème, mais cela m'arrange plutôt, au vu des accusations que je porte à son égard.

Comme mon avocat n'en parle pas, j'ose lui demander, en pointant le passage concernant les viols : « Et pour ça ?

— Vous risquez d'être déçue, mademoiselle. Ce type, c'était votre copain… Dire qu'à tel moment, vous étiez consentante et qu'à tel autre non, c'est compliqué… Vous pouvez perdre ! »

J'abandonnai l'idée de l'attaquer pour cela : manque de preuves, les assises, et il faudrait expliquer une relation corporelle impossible à démêler.

Au procès, devrai-je avoir l'air forte pour décontenancer Lucifer, me montrer supérieure et sans pleurs ? Devrai-je avoir l'air apeurée et faible face au juge pour qu'il tienne compte de séquelles post-traumatiques ? Je ne sais pas. Je crois que je ne maîtriserai pas mes émotions et que mes sentiments me guideront. Comment me vêtir ? À quelle heure arriver ? Comment me conduire avec Noah ? Tout revêt de l'importance, ce sera le moment fatidique. Le dernier !

Et lui, quelle stratégie défensive va-t-il adopter ? Aura-t-il une assistance judiciaire ? Sera-t-il accompagné ? Comment va-t-il affronter, affronter Noah, les juges ? Va-t-il tenter une approche ? Optera-t-il pour l'arrogance ? Sera-t-il capable de brandir un pistolet ? Lucifer en est capable…

Est-ce que le délit de « démence » existe ? Non. Il faudrait. Il devrait se faire interner : l'asile correspond à son profil déviant. Trois scénarios sont possibles :

— L'hospitalisation libre. La personne en fait la demande elle-même. De manière volontaire et consciente, elle reconnaît sa souffrance et demande qu'on la soigne.

— L'hospitalisation d'office. Ce type d'internement,

sur arrêté préfectoral, fait suite à une enquête du maire ou de la police.

— L'hospitalisation à la demande d'un tiers, avec l'aval de deux médecins. Je pourrais la demander pour Lucifer, mais j'estime que sa famille en a davantage le devoir que moi. Je lui ai assez suggéré de se prendre en main. Je ne veux plus qu'il interfère d'une quelconque façon dans ma vie. Ni moi dans la sienne ! Et il serait bien trop rusé pour piéger les psychiatres…

Le procès est dans quelques jours. Je conserve mon manteau noir et mes mitaines. J'ai très peu de tension. J'ai mal au ventre. Mon ventre… mon cœur… je ne réussis toujours pas à dormir sans aide médicamenteuse. Que de nuits blanches dans la nuit noire ! Maman, pourquoi dors-tu ? Samba, fais-moi un câlin, je t'en supplie. Mes lèvres omettent de sourire. Ma bouche oublie de parler. Je suis muette, je m'ankylose. Alors qu'avant il me fallait une obscurité absolue, aujourd'hui il me faut de la lumière pour fermer mes yeux en une paix toute relative. Ma famille me voit dormir, dormir, dormir dès que je rentre du travail ou que j'ai une journée de repos. Normal, eux dorment et récupèrent lorsque je n'y arrive pas. Vivement ce week-end que je fasse la fête et que je me vide la tête. Danser me permet de me libérer de la sueur et d'un peu de cette puanteur corporelle. Mais il me reste cette tête trop pleine. Vive ce centre de remise en forme qui me fait suer à grosses gouttes.

Dommage que l'expression « remise en forme » ne soit pas une garantie ! Son fantôme est toujours au-dessus de ma tête. Quand va-t-il disparaître ?

J'y suis. L'heure du coup de théâtre final ! Le « fou » doit se présenter... J'ai vu arriver un homme « tout propre sur lui », selon l'expression de l'article de presse qui a repris notre « histoire ». « Tout propre sur lui », certes, mais si changé ! Seul pour son jugement, sans personne pour entendre ce dont il a été capable – coupable –, lui qui se fait encore passer pour une pauvre victime de mon infidélité sauvageonne. Cadavérique et maladif, j'ai vu arriver « quelqu'un ». Je m'attendais à le voir amaigri, mais pas à ce point. Ses jambes sont des piquets qui ne le soutiennent que difficilement, son teint est fade, ses cheveux sont poisseux et longs. Je le reconnais à peine !

Le beau Michael ? Où est-il ? Comment va-t-il ? Est-il mort ? Oui, je pense qu'il n'est plus de ce monde, mais il n'a pas de tombe. Lucifer a dû l'avaler... Où puis-je déposer ma gerbe rouge ? Où puis-je me recueillir ? Quel deuil m'est permis ? J'ai besoin de me dire que Michael a réellement existé. Je ne peux concevoir que je n'aie aimé que le Diable. Je ne suis pas folle. Je n'ai pas aimé une invention, je l'ai aimé lui.

Il est devenu laid à force de se démolir. Comment ai-je pu trouver si lumineux cet homme si sombre ? Sa détérioration n'est pas terminée, mais il est déjà bien rongé par... par « lui-même », en fin de compte ! La mort lui ressemble. Il doit se sentir comme rempli de fer rouillé... Je pense qu'il vivra mal toute sa vie. Il doit survivre, au jour le jour, victime de lui-même !

Le plus grand drame d'une existence, c'est de vivre sans exister ! Il est beaucoup plus à plaindre que moi, même s'il est sur le banc des accusés. Je suis plantée sur le banc des victimes qui ne veulent plus l'être... Je refuse de culpabiliser sur le sort qu'il s'est lui-même infligé. C'est lui qui m'a fait entrer dans son labyrinthe, où je me suis perdue mais d'où j'ai fini par sortir. Heureusement que j'avais un fil : celui de l'amour familial et de l'amitié, ainsi que la profonde et sincère motivation de cesser de m'y perdre. J'ai suivi le fil et suis sortie de ce piège obscur. La vie m'a donnée à lui. Je suis sortie de ses griffes, de son haleine, de son emprise... Je lui ai tout donné, il m'a tout repris et il a tout brisé. Tout est fini.

Je suis accompagnée de Noah, cool et décontracté. Ces deux hommes dans la même pièce : un tremblement de terre silencieux, un coup de tonnerre ténébreux. J'entends les questions qui le perforent alors qu'il ne dit rien. Il n'a même plus ce pouvoir-là ! Le pouvoir de tuer par un mot criminel ou celui d'ensorceler par une parole exaltée...

« Est-ce que tu sors avec lui, il a l'air gentil ? »

« Où en êtes-vous de cette relation, j'espère que tu es heureuse, au moins ? »

Il s'inclinerait devant un frêle regret... mais je n'y crois pas vraiment. La version susceptible de lui marteler le crâne doit être davantage sur ce ton :

« J'espère que vous vous déchirez. »

« On verra comment tu retomberas dans mes bras lorsqu'il t'en aura mis une ! »

« Crevez tous les deux... »

Je me souviens qu'un pervers ne perd jamais... Il

doit osciller entre ces deux tendances extrêmes à l'intérieur ! De l'extérieur et vu son air, les cris de Lucifer semblent ne pas transpercer sa carapace et laissent voir la tristesse d'un Michael en déchirure avec lui-même. Vrai sentiment de déchirure, ou jeu de rôle où il incarne la victime ?

« C'est un psychopathe pervers et dangereux », annonce mon avocat, ce à quoi le sien répond en avançant sa grande peine de m'avoir perdue et sa grande passion qui l'avait dévoré lors de notre rupture. Bien entendu, ses paroles laissent sous-entendre que je l'ai quitté pour un autre, ce qui est totalement faux. Je regrette de ne pas avoir pris la parole à ce moment-là, même si la cour n'était pas là pour juger d'un acte d'infidélité. Mais cela change beaucoup la vérité… Je ne l'ai jamais trompé, pas même du regard.

Étais-je coupable d'adultère ? Michael était-il cocu ? Non ! Nous étions séparés, résolument plus ensemble. Et avec cette Sylvie, croyez-vous qu'il aurait continué longtemps à jouer au docteur ou à la poupée ?

Il s'excuse de ses mauvais agissements à mon encontre et de sa déraison générale.

« Je m'excuse auprès d'elle et de… Noah », peinant pour achever sa phrase.

« Je n'étais plus moi-même ! »

« Si, je l'aime. »

Ça doit lui faire exploser les tripes de s'excuser ainsi et de s'humilier en public. Il est à ramasser à la petite cuillère. Durant les six heures d'audience et jusqu'à l'annonce du verdict, je le regarde souvent, droit dans les yeux. Des yeux neutres... des yeux qui ne peuvent plus rien dire... Lui me retournera un regard d'une tristesse incomparable. Un enfant qui pleure de l'intérieur devant sa mère, sa femme, son ange, son amie, sa confidente. Un bisou par-ci, un sourire amoureux par-là... Il se reproche ce qu'il a fait, j'en suis intimement convaincue, et c'est le pire de toute notre relation, aussi destructrice et ravageuse a-t-elle pu être !

Si les épreuves font grandir, alors je suis une géante. Si les expériences endurcissent les esprits, alors mon cerveau est bétonné. Si les difficultés font partie de la vie, alors j'en ai eu assez pour le reste de mon existence ! Aimer : le mot le plus beau mot de la langue française, et le plus cruel aussi... Pire que la haine, pour moi ! Je crois que c'est quand il me dit encore m'aimer que je me sens le plus persécutée. Parce que c'est vrai... « Il m'aime à me tuer. »

Le procureur dit que sa violence lui avait fait tout perdre. Il comparaît également pour détention et consommation de drogue dure. Sûrement que la cocaïne est pour quelque chose dans son état, mais c'est bien lui qui a décidé de devenir cocaïnomane !

Verdict :

— 2 500 euros de dommages pour la dégradation du véhicule.

— 3 300 euros pour le préjudice moral (ce qui correspondait à mes frais d'avocat).

— 3 ans de mise à l'épreuve.
— 10 mois de prison avec sursis (demande de 6 mois par le procureur).
— Injonction thérapeutique.
— Interdiction d'approcher les victimes.

Je saisis dans le répertoire de mon nouveau téléphone tous les contacts qu'il peut mémoriser. Et vous savez quoi, je peux appeler tout le monde et plus encore, car je suis libre ! Libre ! Libre de faire, de dire, de voir qui je veux. Personne ne m'est interdit. Rien ne m'est refusé. Je gère ma vie au gré de mes envies. Les mots « autorisation » et « interdiction » ne feront plus jamais partie de mon langage, plus jamais ! Promesse tenue pour le reste de mon existence. Je crois bien que plus personne sur cette terre ne pourra m'imposer quoi que ce soit. Plus jamais ! Je veux une vie, une belle vie, une vie heureuse ! Désormais, je ne rejette plus cette maison qui m'a vue grandir, je suis si bien auprès de cette famille chaleureuse. Papa, maman, frérot, Samba et moi : une famille formidable. Les souvenirs qui me taraudaient autrefois se sont effacés avec le temps.

Un speech devant ma glace à la moindre faiblesse : « Mais qu'est-ce que tu fous à te lamenter sur ton sort ? Tu as les rênes de ta vie, maintenant, alors réagis ! Sors, arrête de ruminer ! Fais un effort, relève-toi ! C'est un ordre. Tiens-toi debout, cesse de penser à ça... C'est derrière toi ! Tu lui accordes encore trop d'importance. Il n'en vaut pas la peine, franchement. Fais quelque chose de ta vie ! N'oublie pas que c'est à toi, maintenant, de décider qui tu es et qui tu veux devenir... Tu n'es pas si faible, enfin quoi ! À chaque larme versée, il gagne ! Remue-toi ! Du nerf ! Tu ne vas pas recoller les morceaux de son permis de démolir que tu as jeté au feu ! »

Je ne me laisse pas le choix ni l'occasion de piquer du nez et de revenir près du précipice de la dépression.

Plus rien ne doit me blesser. Je me suis construit une carapace pour empêcher que ce fléau me balaie sur son passage. Lucifer est le nom de cette maladie. Lucifer est le nom de cette cicatrice... Puis je croire que Lucifer sera le nom de ma guérison ? Je reprends conscience, peu à peu, de mon corps. Aujourd'hui, je me suis habillée légèrement sexy, un petit décolleté très léger, un pantalon noir et des chaussures à talons. Je me suis même maquillée et coiffée, juste un fin trait de crayon sous les yeux et un rose à lèvres. Rien qui contrarie mon naturel. Les compliments fusent et c'est bien agréable. Plus de bleus à cacher par un col roulé ou de longues manches, plus de douleurs à contenir lors de contacts, plus rien de toute cette merde de vie...

Première tentative : un appel et personne au bout de fil. Je sais que c'est lui. Je raccroche. Seconde tentative le jour de mon anniversaire. Troisième tentative :

« Parce que je t'aime comme ma vie. »

Qu'est-ce qu'il attend, à me pourrir la vie malgré l'injonction judiciaire ? Que je rappelle mon avocat pour manquement à la consigne ? Je lui livre bataille, plus jamais il ne m'aura de quelque manière que ce soit. C'est moi qui gère notre déchirure, maintenant, et c'est lui qui obéit au verdict. Continue un peu et tu vas voir ! Sa mine déchue n'aura aucune chance de m'attendrir ! Je l'attends au tournant s'il persiste. Je ne suis plus sa proie… S'il doit y en avoir une, ce sera lui.

Depuis peu, je ne reçois plus de messages ambigus, le lien est définitivement coupé. Ce fut difficile et long, mais c'est arrivé. J'ai conscience de ce que j'ai. Je me rends compte de ce que j'ai fait et de la bataille que j'ai menée, finalement à la victoire ! Je ne m'apitoie plus sur mon sort. Il y a ce que j'ai gagné et ce que j'ai perdu, voilà tout ! Relativisation absolue, plus rien n'est un problème. C'est ce que je tente de me dire. Politique du *carpe diem* : « Cueille le jour. »

Champagne, c'est mon dernier rendez-vous au SAVU. Je n'ai plus besoin de venir. Peut-être qu'un jour j'aurai simplement envie de passer dire bonjour à deux femmes qui m'ont vraiment aidée. Merci. Cette porte sera alors un autre symbole, celui de mon passé. C'est la première fois que je pense que mon bien-être durera dans le temps, que je ne m'effondrerai pas un jour prochain.

Michael a fait appel. La procédure a duré plus d'un an, au bout duquel le juge a rendu un nouveau verdict : « La cour a confirmé la totalité du jugement, tant sur la culpabilité que sur les condamnations, et vous alloue cinq cents euros en plus au titre de l'article 475-1 du Code de procédure pénale. »

Après plus d'un an d'attente, il a fallu que je fasse intervenir un huissier pour récupérer difficilement mon dû.

Épilogue

Merci à ma famille pour son amour : mon père, ma mère, mon frère, ma grand-mère. J'ai une famille fabuleuse, extraordinaire, merveilleuse, formidable. Vos paroles ont été des rayons de lumière dans la nuit de mon cœur meurtri. Vous m'avez donné des pouvoirs magiques.

L'amitié a toujours été un repère dans ma vie, une valeur à laquelle me rattacher. Ce livre est un hommage à cette valeur si noble. Au-delà de mon isolement et de mes problèmes, mes amis ont toujours été là. Dans le passé, le présent et sans doute l'avenir. Ingrid et Loulou, Audrey, Christine, Benj, Gaëlle, Allison, Delphine, Pierre, Youssef et tant d'autres… Ils ont des valeurs et des principes. Ils ont des vertus et un grand cœur. Je pense honnêtement que je ne m'en serais jamais sortie sans eux.

Deuxième maison, le refuge. J'y ai retrouvé le chemin de la vie. Je remercie le SAVU, Charlotte et Cécile, deux femmes aux qualités professionnelles remarquables et ô combien salvatrices. Merci pour votre empathie, votre altruisme, votre oreille, vos conseils. Ces centres sont d'une utilité humanitaire.

J'ai trouvé ce que je veux faire de ma vie : je veux ouvrir un centre d'aide. Des femmes ont encore besoin d'être sauvées. Des enfants ont encore besoin d'être soustraits à certains parents. Je veux servir cette cause. Mon bonheur sera cette richesse de cœur. Que ma faiblesse enfouie devienne une force humanitaire qui me porte… Je sens que je peux le faire… Vocation !

J'aimerais crier ce tabou pour changer la loi… Droits des femmes et devoirs des hommes. Avançons, non pas seulement dans un souci d'égalité, mais de respect. Je ne pense pas tenir un discours anti-masculin, mais j'interpelle les fondements : Liberté, Respect, Dignité… Trois piliers de la société qui s'effacent encore trop souvent une fois les portes fermées. Détectons ce fléau, prévenons-le et combattons-le ! La violence de genre, au début du XXIe siècle, devrait être éradiquée et la récidive interdite.

J'espère que ce livre vous aura fait comprendre comment l'on brise les femmes maltraitées, au cours de leur union et après. J'espère que vous ne considérerez plus les femmes violentées comme des esclaves complaisantes ou dénuées de personnalité, car cette opinion aboutit à une déresponsabilisation des hommes violents. Responsabilité et culpabilité des femmes : non ! Cycle vicieux et tourbillon cauchemardesque d'où il est très difficile de s'échapper : oui ! Il n'y a aucune séduction dans la violence. Il faut fuir sans jamais se retourner. Le quitter restera le plus difficile labeur que j'aie dû entreprendre…

Je ne veux surtout pas attirer la pitié ou la

compassion. À côté de tout ce que j'ai pu dépeindre, n'oubliez pas que c'était un choix... au début, tout du moins. J'ai choisi de vivre avec cet homme sans tout connaître de lui, il est vrai, puis en le connaissant déjà bien, à mes risques et périls. Ce livre, c'est ma révolution ! Je désire apporter mon témoignage et par ce biais, faire réagir. Peut-être sa lecture réveillera-t-elle certaines femmes en situation analogue. S'il en réveille une, une seule, cette entreprise n'aura pas été vaine.

La maltraitante de couple est une situation et non un état. La différence n'est pas insignifiante, elle induit la possibilité d'un changement. Une situation n'est pas figée, elle est évolutive. Un état, lui, est bien plus rigide et solidement enraciné. Rien n'est perdu. Ce livre, à travers la tragédie qu'il dépeint, est également rempli d'espoir. La fin est heureuse et montre bien que les choses peuvent tourner. Destinée, hasard, malchance ont bien peu de poids par rapport à des choix de vie. Des choix ! Je vois la trajectoire d'une vie comme la combinaison d'un arc et d'une flèche. L'arc, c'est le socle, le point d'élan constitué de données que nous ne contrôlons pas : les conditions de notre naissance (famille, pays, santé...), le hasard de rencontres. La flèche, c'est notre personnalité, nos choix, nos projets, autrement dit un ensemble d'éléments qui sont de notre responsabilité. À nous de choisir, au final, la cible que nous désirons atteindre. Certains ont tout pour réussir et passent à côté de leur vie. D'autres ont peu d'éléments auxquels se raccrocher et réalisent de grandes choses. Les chemins sont pluriels. Tout est question de choix et de priorités.

Tout le monde a ce pouvoir. Chacun a le pouvoir sur sa vie. Dire qu'on n'a pas de chance est une chose, mais il faut se donner les moyens d'aller au-delà et se dire qu'on mène sa vie et non pas que la vie nous mène.

J'en appelle à vous, lecteur-lectrice : si vous connaissez quelqu'un, une sœur, une cousine, une amie, une collègue, une voisine qui présente les symptômes que j'ai décrits, je vous demande de l'aider. Je vous le demande vraiment. Chaque cas est unique, mais je me permets de décrire grossièrement deux cas de figure :

Elle vient d'elle-même et c'est tant mieux. Que vous l'ayez pressenti ou pas, là n'est pas le problème. C'est d'elle qu'il faut s'occuper. Dans ce cas, elle a déjà commencé à réagir. C'est loin d'être fini... Ne lui tournez pas le dos et considérez les perches qu'elle vous tend, ce sont des amorces, des appels, des SOS. Plus ou moins subtilement et consciemment, elle dit qu'elle a besoin de vous. Chacune ayant sa propre histoire et sa propre personnalité, les entrées en matière sont plurielles : anecdotes significatives, explications de marques corporelles, mal-être expliqué par une relation « particulière » avec son conjoint... Elle prendra tantôt un air malheureux, tantôt un air gêné, tantôt elle arborera un sourire : à chacun son mécanisme de défense, il faut tenir compte de ses propos. Un pas en avant, il serait dangereux de la faire reculer... Ce premier pas demande beaucoup de courage !

Vous vous en êtes rendu compte en constatant des ecchymoses, un isolement inexpliqué, en entendant des explications douteuses, des pleurs. Dans un premier temps, c'est certain, elle rejettera votre soutien et considérera votre intrusion dans sa vie privée comme une agression. Il ne faut pas considérer ce rejet comme tel. N'oubliez pas la loi du silence, le sentiment de honte, l'espoir d'un changement... Seulement, quand la spirale se consumera, elle saura sur qui s'appuyer, à qui demander un avis ou un conseil, ou parler tout simplement. Votre présence est cruciale, surtout si l'isolement social et/ou familial est réel. Elle a besoin de vous, même si elle ne le sait pas encore ! Croire est une chose, faire face en est une autre. Dévoiler une vérité niée, banalisée ou occultée est désarmant. En tant qu'ex-victime (comme cette appellation me plaît !), je peux vous affirmer que ce soutien est fondamental à sa renaissance prochaine.

Je vous conseille de ne pas la forcer à parler de choses trop « fortes et pénibles » pour elle, surtout si elle est en période de déni (sauf si elle en ressent le besoin). Conscientisation, distanciation et rationalisation constituent les trois sommets d'un triangle dans lequel s'inscrivent encore le doute, l'hésitation, la peur, mais aussi l'espoir, l'envie et l'amour. C'est un phénomène bien complexe qu'il ne faut pas brusquer, sous peine de fragiliser encore davantage la personne qui demande de l'aide et d'obtenir un retour encore plus précipité dans les bras de l'ennemi qu'elle ne perçoit pas encore ainsi : elle aime son Prince charmant ! Il faut savoir écouter sans juger. Savoir attendre qu'elle soit prête à fournir l'effort d'un dévoilement, savoir lire entre les lignes et ne pas juger sa responsabilité. Ce n'est pas chose évidente que de mettre des mots, de se « découvrir » lorsqu'on a été si habituée à se taire, à se voiler. Devrais-je dire à se mentir à soi-même et à nier l'évidence ? Le masque tombe doucement. Laissez-lui son rythme à elle, même si vous désirez gagner contre le temps et les blessures. C'est vrai que le temps est précieux, mais il faut laisser du temps au temps. C'est absolument nécessaire. Sachez être patient(e) au-delà des déceptions que vous endosserez à force de l'entendre dire qu'elle espère et qu'elle aime ! Je sais : c'est impossible à comprendre pour ceux qui ne sont pas passés par cette porte maudite. Moi non plus, je n'aurais jamais cru être victime ! Et pourtant… Quand je vois certains documentaires télévisés, je me dis, encore aujourd'hui, que les témoignages sont atroces et que jamais je ne subirais pareils traitements. Puis je ferme les yeux et je me dis : « Si, ça m'est arrivé ! » Jeune fille modèle, petite allumeuse, serveuse ou médecin, personne n'est à l'abri. L'illusion de l'amour n'est pas l'apanage des plus jeunes, des plus pauvres ou des plus sensibles. C'est un piège pour toutes !

C'est à elle de faire « son » travail, selon ses capacités et selon son « façonnage ». À elle de trouver son chemin, d'affronter les embûches et de « déterrer » ses solutions. Le silence lors d'un échange de cette sorte n'est pas inconvenant. Il ne faut pas penser qu'il ne mène à rien, au contraire. Le plus important est autant ce qui est en réflexion que ce qui est verbalisé. Le silence permet le cheminement de la pensée et permet aux idées de se lier entre elles. La pensée prend son chemin et des connexions s'établissent.

Un conseil à toutes les femmes : n'entrez jamais dans cette arène. Quelle que soit votre force en tant que taureau, vous succomberez devant le marionnettiste au foulard rouge. Partez ! Courez vite et surtout, ne vous retournez jamais. Il y a toujours des signes annonciateurs. Écoutez ce qui se dit autour de vous : les yeux de votre entourage voient plus clair que vos yeux trompés... À force de l'aimer pour rien, vous finirez par le haïr de tout.

À d'éventuelles victimes, j'espère vous avoir aidées. Courage ! Vous êtes plus fortes que ce que vous croyez. Rehaussez l'estime qu'il vous reste. À vous de décider de votre vie. Votre condamnation peut finir si vous le voulez, si vous le voulez vraiment. N'entretenez pas le contact. Partez aussi loin qu'il le faut. Laissez-vous le temps d'être seules avec vous-mêmes, malgré ce sentiment d'effacement de soi. Apprenez la vie, réapprenez le lien social. Posez-vous l'ultime question : est-ce que je suis heureuse ? Où est l'amour dans notre relation ? Si vous ne trouvez rien de salvateur, sauvez-vous de vous-mêmes et de lui ! Parlez, libérez-vous.

Je m'adresse aussi à vous, hommes violents. Si vous aimez vraiment « votre femme », sachez l'aimer et la respecter comme il se doit. Si vous désirez vous sauver et sauver votre couple, prenez-vous en main. Sinon, partez avant de la détruire. Votre conjointe est malheureuse à cause de vous ! Vous seuls êtes en mesure de changer. L'amour et la tendresse sont des sentiments bien plus puissants que la violence. Vous êtes responsables de vous-mêmes et de votre relation. Allez voir un psychologue, déplacez-vous dans un centre, débrouillez-vous comme vous le pouvez, mais changez ! La violence n'est pas une maladie qui s'attrape, c'est un choix de vie. Vivez autrement. Si vous m'avez lue, vous devez comprendre mon point de vue sur la question.

Quant à toi Lucifer, je te condamne et t'accuse pour ce que tu es et ce que tu as fait. Je n'ai pas cité ton nom de famille, pourtant la télévision affiche bien le visage de certains bourreaux, malfrats, terroristes ou assassins. Si vous le croisez, mesdemoiselles, fuyez-le avant de tomber sous son charme et son air malheureux. C'est sûr, vous croulerez d'amour, puis vous croulerez tout court... Ne tombez pas dans le piège cruel de l'amour, de l'espoir et de la désillusion, sinon, comme moi, vous finirez victimes et détruites de l'intérieur. Fuyez avant d'être accrochées...

Composition et mise en pages réalisées
par Text'oh! – 39100 Dole

Achevé d'imprimer par N.I.I.A.G.
en mars 2010
pour le compte de France Loisirs, Paris

N° d'éditeur : 59062
Dépôt légal : février 2010
Imprimé en Italie